我们没有秘密

吴晓乐 著

中信出版集团 | 北京

图书在版编目（CIP）数据

我们没有秘密 / 吴晓乐著 . —北京：中信出版社，2022.5

ISBN 978-7-5217-3971-8

I. ①我… II. ①吴… III. ①长篇小说—中国—当代 IV. ① I247.5

中国版本图书馆 CIP 数据核字（2022）第 020177 号

我们没有秘密
著者：　吴晓乐
出版发行：中信出版集团股份有限公司
（北京市朝阳区惠新东街甲 4 号富盛大厦 2 座　邮编　100029）
承印者：　河北鹏润印刷有限公司

开本：880mm×1230mm 1/32　印张：11.375　字数：218 千字
版次：2022 年 5 月第 1 版　印次：2022 年 5 月第 1 次印刷
书号：ISBN 978-7-5217-3971-8
定价：49.80 元

服务热线：400-600-8099
投稿邮箱：author@citicpub.com

目录

第一章 _1
第二章 _31
第三章 _49
第四章 _75
第五章 _99
第六章 _125
第七章 _155
第八章 _177
第九章 _221
第十章 _253
第十一章 _281
第十二章 _325

后记 _353

第一章

范衍重平视着前方，一个很长的红灯过后，他急着想迈开步伐。

事件就这样发生了。

穿着制服的高瘦男孩卖力奔跑，擦撞到一名牵着孩子的妇人。范衍重几乎以为自己听到了肉体撞击的闷响。妇人尖叫了起来，她动也不动，后面的范衍重也就无法再前进。男孩停下脚步，冷淡的视线接连扫过妇人跟范衍重，最终停在范衍重后方的一个点上。男孩转过身，这一次他再也不管妇人的呼喊，低头往前疾行。

又红灯了。

妇人，小孩，范衍重都给困在斑马线中间。

妇人见范衍重一身西装，貌似诚恳，摊开双手埋怨起来，你有看到吧，刚刚那个学生。范衍重摸摸鼻子，轻嗯了声。妇人振振有词。现在的小孩，不晓得在干嘛，只顾着低头滑手机，也没有在专心看前面。撞到人就算了，还一副理所当然、没做错事的模样。到底是怎么一回事？范衍重点头，表示理解。妇人的注意力转向了她的孩子，她弓身询问状况。

好不容易抵达约定的地点，范衍重看到邹振翔坐在里头，双手环胸，看起来有些心不在焉。

范衍重咳了一声，邹振翔的脸上浮现了尴尬的微笑："范叔叔好。"声音细如蚊蚋。

"你爸爸今天没来？"范衍重补充，"他跟我说他会来。"

"他喔，"邹振翔垂下眼睛，拖了好一阵子才回复，"他本来要来。刚刚我问他，他又说他不想来了。"

范衍重哦了一声，这不是他第一次经历这种场景，他完全明白那些父母为什么不想出席，老实说，他反而相当佩服那些愿意出席的父母，在这种处境下，他们收起内心复杂的痛苦，明知道旁人的观点，仍决定与孩子同进退。换作是他，很可能办不到，特别是他的身份特殊，一旦被人揭底他有个这样的孩子，范衍重可以估计，这将对他的职业掀起波澜。换句话说，他不可能亲自处理的。

他是在昨晚十一点前后接到邹国声的电话。确认内情后，范衍重不假思索地应允了。他告诉邹国声，难免的，年轻人有时候就是这样，冲动、不分轻重，也不晓得一旦走错路，再回头有多难。邹国声的声音干哑断续，像来自信号不良之处，他说，衍重，这件事你务必要帮我保守秘密，不能再告诉别人了。事实上，我觉得好危险，如果媒体知道了，他们会怎么对我。邹国声的声音开始发抖，市长正在争取连任，身边的人都会受到高度检验。不会轻易放过我的。我们二十几年的交情，我从来没有请托过你什么。这一次，就这一次。

挂断电话后，邹国声的声音犹在耳边回响。范衍重闭上双眼，更鲜明的画面自眼前浮起。范衍重跟邹国声是高中同学，他们都属于一个叫作“八匹狼”的团体，两人在团体内不算特别熟稔，联系也远低于其他成员。毕业后，两人就读同一所大学，范衍重读法律系，邹国声读政治系。在校园几度碰面，闲聊几句，交情才日益深厚。范衍重在高中时期对邹国声有一些抵触，“八匹狼”中，范衍重永远是鬼点子制造机，邹国声则时常以一种迂回、间接的方式说服其他人放弃冒险。范衍重一度以为邹国声讨厌他，直至大学，跟邹国声讨论时政，他才理解到这个人将人生蓝图规划得很长远，并笃行：在实践之前，每一天都得步步为营。看见了这点，范衍重欣赏起邹国声，直觉告诉他，有些朋友并非来自志同道合，而是出事时可以相互依赖。

事后证明，他的判断实属正确。

大学毕业，范衍重到一家中等规模的事务所当受雇律师，邹国声先从民意代表助理开始爬。八匹狼维持一年一次的餐叙，范衍重知道邹国声的日子越过越好。一日清晨，他在早餐店的报纸上读到这位故友的名字，某民意代表办事处主任被挖进市府。那感觉真是奇妙，你看着记者形容一位你认识十多年的人，所建构出的形象却与你脑海中的身影如此不同。

五年前，范衍重出了事，他六神无主，四顾茫然，他慌乱地上下逡巡着手机的通讯录，见到邹国声这个名字，范衍重心底一沉，就是他了。范衍重诚恳且不无谦卑地询问，这件事是否有邹国声可以助力之处。邹国声给了他一组号码，那通电话是个救命索，让范衍重暂时从媒体的追缉中匿去踪迹，他才有足够的精神坐下来与颜家谈判。

此时此刻，是他报答邹国声的时候了。

他佩服邹国声，在此紧要关头，竟绝口不提五年前自己施予范衍重的恩惠。

范衍重把思绪重新落在邹振翔身上，这个将满十八岁的年轻人，目不转睛地玩着手机游戏。范衍重微倾脖子，假意在伸展，实则是想把邹振翔的面孔给看得更仔细。

邹振翔满月时，其他七匹狼体贴地把那年的聚会设在邹国声家中，大伙轮流抱着邹振翔，彷徨地感受着生命的重量。范衍重低头注视着那只有他巴掌一半大小的脚掌，以及满是血丝的双颊，问，这样正常吗？邹国声的妻子说，婴儿的皮肤很薄，又无比脆弱，他们对于外界，哪怕是一丁点灰尘，都十分敏感。范衍重回去看怀中那个小家伙，心想，原来人类也有这么干净的时刻。这份悸动的心情，在颜艾瑟把范颂律放进他怀里时，却召唤不出来，可能是那时范衍重三十六岁，当律师超过十年，生活让他彻底失去了为一件事悸动的能力，也可能是在那当下，他看出了颜艾瑟已经处于精神崩溃的边缘。

“范叔叔，他们会来吗?”

邹振翔的声音把范衍重从回忆中拉出，他看了一眼腕上的手表，对方迟到十五分钟了。范衍重想，要打电话给对方吗？对方打算放他们鸽子？或者是他们突然不满意在电话中约定的价码？疑心凝聚成紧压着胸口的重石。难不成对方发现邹振翔是邹国声的儿子？邹这个姓氏并不常见。若是，那二十万恐怕难以让他们善罢甘休。

范衍重飞速地推演，若对方想提高价码，那他该打个电话跟邹国声商量应变措施。他得知道邹国声的底线是多少。更棘手的是，他要怎么防堵对方一鱼二吃，原有的和解书，只要求对方在未来不得提起诉讼，他如今得再列进一条保密协议。若告知媒体，我方可以要求解金三倍的违约金。三倍，够吗？假设媒体或另一位候选人的阵营愿意吃下这笔钱呢？不太可能，邹国声的位置还不够核心。范衍重的手机页面还停留在对方的号码时，手机响起了。范衍重看了一眼邹振翔，邹振翔抬头问道，范叔叔，是他们吗？范衍重点了点头，按下接听。

“请问是范律师吗？我是娜娜的妈妈，我有点迷路了。”

“没关系，这里有点难找，不然你跟我讲你在哪里，我出去找你。”

他跟邹振翔示意自己得出去找一下对方，而那张满是痘疤的青春脸庞，面无表情地说好。

“黄女士你好，这是我的名片。”

女子并没有伸出手来接过名片，只是瞪着邹振翔。

“就是你吗？娜娜在你家待了多久？”

邹振翔不安地瞧了范衍重一眼，似是在征询意见。

“你就回答一下这个问题吧。”范衍重把名片纳进名片盒里，指示邹振翔。

邹国声传来短信。“对方到场了吗。13：17”

范衍重很快地回应。“到了，只有妈妈来，算好事。13：17”

“那就好。我太太刚刚紧张到吐了，我在照顾她。痛苦。13：18”

“你先照顾嫂子，这里我来处理。13：18”

取得范衍重的首肯后，邹振翔缩着脖子，语气犹疑地回答，“十天吧……”邹振翔拉了一个很长的尾音，“我也不是很清楚。我那时有考试。”

“你知道娜娜未满十六岁吗？”

“我不知道，她没说。她只跟我说她没有地方住，问我怎么办。我觉得她很可怜，就叫我朋友帮忙租一个房间给娜娜住。有时候娜娜说她很无聊，叫我去陪她，我就去陪她。”

“那你们做了几次？”

邹振翔又看了范衍重一眼，这个问题他们事先有排练过，范衍重打了一个肯定的手势。

“就你看到的那样，两三次吧。”

“你说谎。娜娜跟我说，你们每次见面都会做，有时候一天好几次。恶不恶心？她那么小，一个瘦巴巴的小女孩，你做得下去？范律师，你有小孩吗？”

范衍重早已习惯自己得随时上场，但妇人突然点名，仍让他心弦一紧。他整理了一下节奏：“黄女士，我跟你一样，有个女儿，我可以理解你的感受。现在的状况是，振翔也知道自己错了，他的父母有赔偿的诚意。我们今天就是想好好处理这件事。”

“那他的父母呢？人在哪儿？有赔偿诚意又不出现？不敢面对？”

“黄女士，不是这样子的。”到了这一刻，范衍重大致可以确信，对方尚未把邹振翔与邹国声联想在一起。他松了一口气，相信自己可以漂亮走完这一局。

“振翔的父母他们今天很想来，只是振翔的妈妈身体不好，住院好几个月了。振翔爸爸刚刚还在这里准备亲自跟你道歉。只是医院打来电话说振翔妈妈又出了一些状况，他只好再赶回医院。”

妇人轻哼一声，说：“二十万太低了。我只有这一个女儿，二十万根本不能弥补我们所受到的伤害。至少要三十万。”

果然！范衍重跟邹振翔交换了一个眼神。他早已预言了事情的发展顺序。

范衍重不动声色地交代：“这件事确实造成你跟娜娜的困扰。振翔的父母说，如果你觉得二十万太低，我们完全理解。这里是和解书，你看一下内容。振翔父母真的很抱歉。”

上头的金额写着五十万。

几秒后，她的眼底闪起点点星芒。

◆◆◆

送走了黄女士，范衍重如释重负地往后倚倒在椅背。

邹振翔嗫嚅，“我妈没有在医院。”

“有时候，为了达成目标，谎言是必须的。”范衍重瞪着邹振翔，“再说了，这也不完全是谎言，你妈是真的身体不舒服。”

“我不懂，有必要这样子吗？我觉得这对我并不公平。”

跟邹国声报告完，范衍重回到邹振翔身边。

“哪里对你不公平？”

“我不晓得我哪里做错了。是娜娜自己吵着要跟我见面的。”

“这不表示你可以跟她上床。你可以等到她年纪大一点。”

“可是她被很多人上过了。”邹振翔愤恨不平地解释，“娜娜说，她妈妈的男朋友会摸她屁股，她不想待在家里，才去睡网友家，那些网友都可以，我为什么不行。娜娜也喜欢这样，还说我是个好人，我给她的零用钱最多。范叔叔，我没有强暴娜娜。你们怎么这样说我？我爸妈要为了这件事付五十万？”

“听着，振翔。你千万不能、不能告诉任何人，你跟娜娜有说到钱。再来，范叔叔要你收回第一句话，我不晓得是谁灌输你这种想法的，但我相信你父母的教育，你不应该讲出这种话。”范衍重把额前的发丝梳到一旁，“最后，我想跟你澄清。这一次我们运气不好，法律的规定对娜娜他们比较有利。我打个比方好了，就像手机游戏一开局，对方的卡牌比你好，你赢的概率就不大，只能想办法不要输得太惨。我们现在就是这样。”

“五十万是很大一笔钱。”邹振翔还在挣扎。

范衍重不自觉地提高音量，“你到底有没有搞清楚状况？还是你爸太谦虚，所以你没看到他的身份？一般人哪会一天到晚跟市长吃饭？其他人的案件，我都有把握二十万以内搞定，为什么你的案子是五十万？有三十万是在保你爸。你的一举一动，都会影响到你爸，甚至市长。你哭屁啊？”

看着邹振翔委屈地掉下眼泪，范衍重再也忍不住咆哮的欲望。

他并非不能理解邹振翔。他调查过这个女生。娜娜是她在游戏中的代号。娜娜自小父母离异，母亲换了数任男友，十四岁时，她第一次逃家，接下来这两年，她至少住过十位网友的家，她称那些网友为“干哥哥们”。娜娜跟这些干哥哥们发生性关系，干哥哥们则负担娜娜的生活费，直到有一天，娜娜找到更好的对象，这段“互利共生”的关系便告结束。娜娜的母亲找到娜娜时，也把这些干哥哥们一同告上法院，这些人以十万到三十万不等的和解金，争取缓刑的机会。有些人成功了，有些人则被送入监狱。范衍重计算了一下，加上邹振翔的五十万，娜娜的母亲这几年来收受的金额，至少有两百万。娜娜一离开邹振翔，邹振翔很快地收到短信，对方指出邹振翔跟未满十六岁女生上床的行为触犯了刑法，若不配合和解，将很快收到警方的传讯。邹振翔在游戏中找到娜娜，娜娜告诉邹振翔，请你相信我，我也是受害者。那些钱我一块钱也拿不到。我妈只会拿去喝酒，或者跟她的男朋友去唱歌。走投无路的邹振翔只好把讯息交给母亲，夫妻俩长谈数日，由邹国声接洽范衍重，请他出面处理儿子铸下的大错。

“我跟你说，我会找到娜娜，我会报仇。”

范衍重不可置信地看着邹振翔，血液驰骋过太阳穴周围，针刺一般的剧痛。

“你哪来的资格去报仇？你疯了吗？”

“我觉得我被利用了。她不应该这样搞我。我跟你保证，她早就找到新的干哥……”

啪的一声，水接触到邹振翔的脸，高速往四周溅射。

邹振翔呆若木鸡，滴滴水珠自他的发梢坠落。他的眼周泛红，显得更加无辜。

“要不是你爸，我真想揍你。你根本没有听进去我说的话。你父母真的把你给宠坏了。我再跟你讲一次，这一次你最好给我听仔细。给我使用你的大脑跟耳朵，思考一下，你的行为会影响到谁。你如果去找娜娜复仇，这一次谁帮你？五十万，我他妈的不如叫你爸直接扔进水沟里，都比花在你身上值得。你现在、立刻放弃去找娜娜复仇的念头，否则我跟你保证，就算你是邹国声的儿子，我还是有办法教训你，你信不信？”

“我信。”邹振翔的眼中射出暧昧的光，“我google过你，范叔叔，你打老婆。”

“那不是真的！”

范衍重倒吸一口凉气。

“我只是被我前妻的家人利用了而已。”

范衍重倏地觉得自己再也不能呼吸，他扶着腰站起身，背对着邹振翔。

“你叫出租车回家吧，或是搭地铁，随便。我不想载你回家。你走吧。”

邹振翔一消失，范衍重打了一通电话给吴辛屏。渴望让妻子温暖的嗓音安抚他，一声，两声，无人接听。他没有多想，吴辛屏是安亲班老师，这时段很忙碌。

范衍重粗喘着气，懊悔自己接下了这案子。邹振翔毫无羞耻心，他很遗憾自己的老友没有教养出品行优良的下一代。

整个下午，邹振翔的那句话在范衍重耳边如秃鹰一般盘旋，挥之不去。他趴在桌上休憩，刚要陷入熟睡，邹国声的电话吵醒了他。

“我听振翔讲，你们到后来有些不愉快。很抱歉，我这儿子就是一根肠子通到底，我跟我太太想尽办法逼他改，但越希望他改，他越是叛逆。”

范衍重花了几分钟把他跟邹振翔的对话尽量交代得很清楚。

“我知道。”邹国声的声音软了下去，“这一次是很好的教训。我跟我太太有很多要反省的地方。我们过去确实太惯着他，久而久之，他就变得自以为是了。”

见邹国声如此自责，范衍重也失去了发牢骚的兴致。他借口客户来访，匆促地结束通话。一走出办公室，两位受雇律师立即抬起头来。范衍重的心情更加恶劣，他传短信给妻子，等候将近半个小时，依然显示未读。范衍重看了一眼壁上的钟，决定先打电话给母亲。李凤庭很快接起了电话，透过话筒，范衍重听到范颂律的高呼声，爸爸，快点来接我。李凤庭没好气地说，听到了没，你女儿在嫌弃我这老人家无趣了。范颂律机灵地澄清，我才没有嫌弃阿嬷，我只是想念网络。如果爸爸也在阿嬷家装网络，我一定跟阿嬷住，阿嬷不会管我滑手机滑多久。范衍重微笑，范颂律有股魔力，可以扫除他心中的灰暗。范衍重的好心情没有持续太久，李凤庭接了话，小屏吃补药吗，我刚刚跟朋友要了一个帖子，说是可以活络子宫。范衍重皱起眉头，腔调冰冷地回应，妈，我跟辛屏不打算要孩子。我们有颂律就够了。李凤庭并不气馁，她轻佻地问，这是你的想法，还是辛屏的？说不定辛屏也想要一个你们的孩子，只是她不好意思说。

范衍重感觉到消散几分的疲劳又因为母亲的刺探而全数回归。他忽略母亲的提问，表示自己待会在门口接小孩。李凤庭的注意力一下子被转移，她嘟囔，门口？你不打算上来吗？我有买苹果给你，你最喜欢的日本进口的那种。范衍重敷衍地说，苹果你叫颂律拿下来，我有点感冒，怕传染给你，周末再带你出去走走。李凤庭终于甘心挂了电话。

范衍重想，八点了，这个时间点，安亲班只会剩下少数几个家长和迟到的学童。他又拨了一通电话，响了好久，没人接起。范衍重留了一则短信，最近是段考吗？忙到不接。看到请回电。摇出一根烟，不多时，烟雾自他嘴里滑出，他散漫地看着眼前来去的人车，抹了抹脸，走向停车场。

◆◆◆

一进入车内，范颂律嘟嘴埋怨，苹果好重。手好酸。范衍重一边握着方向盘，小心地控制着车回转的弧度，一边安抚女儿。

范颂律玩弄着车窗按钮，想到什么似的开了口。

“学校要我们写作文。你可以帮我吗？”

范衍重眉头拢起，女儿很少提出这种要求。

“你可以请妈咪帮你。”

“不行，这一次妈咪不能。”

“为什么？这一次的作文这么难？”

“这一次的题目，老师要我们写自己成长的过程。”

范衍重无意识地握紧方向盘。

“这题目不好，可以跟老师说换个题目吗？”

“为什么要换题目？”范颂律踢了椅背一下，“哪里不好。”

“这种题目并不能测验出你们使用文字的能力，只是在浪费大家的时间。”

“没有人这样说啊。只有你。”

“那是因为其他人都没有我这么聪明。”

“老师说明天要交，迟交的人会扣分。”

“你刚刚在阿嬷家有写吗？”

“我有写，可是写到一半就不知道怎么写了。”

“为什么？”

“我不知道，你跟妈妈的事情，可不可以写进去。”

一抹白色的身影倏地掠过眼前，范衍重重踩刹车，他听到范颂律的身体撞上椅背，嘴中发出闷喊。悬挂在车内后视镜上的貔貅挂饰掉了下来，滚落在副驾驶座。

“干，该死的流浪猫。”

范衍重转身看着女儿，范颂律抚着头，面容苦涩。

范衍重急问，“你还好吗？有撞到头吗？要不要给爸爸看一下？”

“我没事。”范颂律的声音听起来有欲哭的气息，“可是我觉得你不开心。你说你不管怎样都不会在我跟妈咪的面前讲脏话的。”

范衍重叹了一口气，看着前方的红绿灯变换，觉得自己像是被固定在黏鼠板上的禽鸟。他越是奋力挣扎，越是让自己包裹上更多的胶液。八点三十七分，吴辛屏既没回电，也没有读取他的短信。绿灯亮起时，范衍重一个转念，跨过双黄线，来个大回转。

安亲班的招牌已经暗下，二楼全黑，一楼的灯也未全开。一个看起来跟范颂律差不多等高的男孩趴在柜台上。一位二十出头的丰满女子正在拖地。

“我们今天要来载妈咪吗？”范颂律双手贴在窗户上，“柜台换人了，不是以前那个。”

范衍重一走进安亲班，两人同时抬起头来。一察觉不是父母，男孩又倒回去，继续滚动他掌中的橡皮擦。女子目光存疑，范衍重看得出来，她正紧抓着拖把的长柄。

范衍重表明来意，“不好意思，我是吴辛屏的先生。我来接她下班。”

女子露出松懈的笑容，但新的困惑在她的眼中聚拢，她轻语：“吴老师今天请假耶。”

◆◆◆

范衍重撒了一个谎。

他告知范颂律，吴辛屏去台中看一位好久不见的朋友。

范颂律只有追问一句，妈咪什么时候回来。范衍重说，明天，妈咪明天就回来了。他们一起完成了那份恼人的作文作业。不要把妈妈给写进去，他跟女儿这样建议，你写妈咪就好。范颂律握着笔，笔芯划过稿纸。那是范颂律抗拒的标准动作，从她的生母那儿学来的。颜艾瑟的胸腔内仿佛有个沉沉的秤砣——也就是一般人称之为“原则”的事物，一旦没有被充分地说服，她是不可能让步的，一步都办不到。但她也不乐意表达自己真正的想法，她只是杵着，以很多小动作来拖延时间，偶尔眨着她那双大眼睛，等待你更用力地说服她，更精确地说，乞讨她的动摇。

多数的日子，范颂律像他，唯有在不同意他的主张时，范颂律会极为熟练地展现出跟生母神似的那一面。范衍重安慰自己，至少，至少现在他只需专心地处理范颂律的情绪。他放缓语速，跟女儿商量，现在只有妈咪会读你的作文，你把妈妈写进去，也许妈咪会有点伤心？范衍重心知肚明，这是谎言。吴辛屏很尊重范颂律对生母的眷恋。即使如此，范颂律还是屈服了，她采用父亲的建议，作文完成后，范颂律恳求，今晚可不可以不要洗澡。范衍重点头，某程度上作为交换。

范颂律进了房。范衍重数着手机上的每一次拨出，三十五通。陪伴范颂律写作业时，他按下重拨，一次又一次。他感觉自己正站在悬崖上，脚边的石块正在裂解、松动。上一回他有这种感觉，是在深夜试着跟颜艾瑟谈判。范衍重摇头，想甩掉那沿着尾椎爬上来的森冷感。他再次按下重拨，无人接听，数字来到三十六了。颜艾瑟带点颤抖的高音在耳边响起，你不觉得你这样很像变态吗？

范衍重瘫软在沙发上，补习班的工读生西西说，差不多半年到一年前，吴辛屏固定每一个月会请假一次，理由是她得回诊。至于是什么疾病，西西并不清楚，那不在她能够过问的范围内，她只负责在吴老师请假的那一次，联络分馆，把吴老师的学生带到分馆，跟同年级的学生并班。西西补充，隔天吴老师会请她喝饮料及吃蛋糕。

范衍重跟西西要了补习班负责人的手机，打了三通，也跟西西预估的一样，老板的小孩刚满月，九点以后，只接打到家里的电话，号码只有资深老师才知道。

吴辛屏有事情瞒着他。范衍重从来不知道，妻子有什么得持续追踪的疾病。若有，为什么不说？范衍重想起了吴辛屏在答应与他成婚前，曾问过他一些问题。这些问题非常重要，请你一定要说实话，不要为了讨好我而说谎。我若跟你说，我不想生小孩，你可以接受吗？我说过，我的家人，童年好友，跟我亲近的人，不是早逝，就是意外连连，让我不禁觉得，是不是只要跟我变得太好，就会发生不幸。你明知这点，依然想跟我结婚，我很感动，但我还是想坚持不生小孩的决定，我不想赌，孩子若有个三长两短，我会自责得很痛苦，请你尊重我的想法，也别试着改变我。范衍重答应了，以一种如释重负，甚至侥幸的心态，他很讶异，这个女人并不打算拥有跟他的孩子。若他先走一步，他的资产，那些不动产、股票、债券，都会由范颂律与她共同继承。他承诺吴辛屏，绝不谈孩子的事情，他也不认为自己想要除了颂律以外的孩子。一个就够了。

难不成吴辛屏并未说出真相？她其实有遗传性的恶疾？不，范衍重并不倾向采纳这个答案，吴辛屏理应明白，他的思想开明，有什么疾病不能据实以告？

范衍重信手抄来纸笔，这是他的作风。一旦遭遇棘手的案件，他非得持笔在纸上反复画着圈圈，不这么做，思绪无法继续前进。就他所知，有个道长也有类似的习惯，好笑的是，那位道长不需要道具，他的手指头不断地在头颅上打圈，那一块发量特别稀疏。

范衍重问自己，一般人会联络谁呢？妻子的亲人？不，吴辛屏没有亲人。约会阶段吴辛屏就表明，双亲已不在世上，而她跟唯一的哥哥很多年前就失去联系。吴辛屏语气迂回地说，哥哥有债务的问题，范衍重那时还安慰她，至少哥哥没要求她帮忙还债。退而求其次，打给妻子的朋友吧？吴辛屏固定聊天的对象也不多，其中一个是补习班同事，叫什么来着？曼曼？对，曼曼。怎么联络曼曼呢？范衍重的搜索很快地遇到了瓶颈，这也跟吴辛屏的个性脱离不了干系：她唯一使用的通信软件只有Line。吴辛屏说过，像她这种朋友不多的人，使用社交软件徒增尴尬。发个文章得不到多少回应，她也不习惯在网络上交代自己的人生。范衍重那时听了，窃喜暗升，他不能再忍受高调行事的伴侣，吴辛屏多么适合他。

范衍重小步奔至书房，吴辛屏的笔记本电脑还在桌上，范衍重如寻获绿洲的旅人，发出一声长叹，他打开笔记本电脑上盖，输入笔记本电脑的密码，点击桌面上Line的图示。

“已从这部计算机登出太久，请重新输入密码。”

范衍重尝试了几组，直到他被系统警告。他重捶了一下桌子。该死的，吴辛屏究竟在搞什么？为什么不接电话？为什么不设定他猜得出的密码？颜艾瑟带点神经质的颤声又在轻搔他的耳朵，那声音说：跟你在一起的女人，到最后都只会被你逼疯。

简曼婷拿着超市买的简历表，到安亲班面试时，杨主任看起来不到四十岁，提着一只小包包，金链子发散着盈润的光泽，皮包料子看起来是真皮。简曼婷恍神了一下，听见杨主任的咳嗽声，她才羞赧地把垂落的发丝捋到耳后，请杨主任再重复一次问题。小朋友有时候作业写不完，可能会需要你留下来陪他写完。可以吗？你家的三个小孩怎么办？杨主任漾起微笑，简曼婷也微笑了，她端出准备已久的答案。家里有人会照顾。

试用期结束后，杨主任给简曼婷调高了两千元的月薪。简曼婷与柜台闲聊，无意间说了出去，有老师去找杨主任对质，同样负责高年级，为什么新来的简曼婷薪水比较高？听闻自己成为了被讨论的对象，简曼婷抚着脸，眉头深锁，一副即将承受不住的模样。从小到大，简曼婷便很害怕从别人那里听到对自己的评价，她时常想，别人心目中的她，仿佛是另一个简曼婷。她分不清楚，是哪边出了差错，是那些人不识好歹？还是说，人有时会蒙骗自己的内心？

十七岁那年，简曼婷喜欢班上一位同学。她坐在男孩后方，改男孩的考卷时会刻意放水。她以为男孩注意到了。她以为两人之间共享着这秘密。她以为他们之间会因为这秘密而变得不同。青春期的女孩老是这样，喜欢秘密，又痛恨别人有事瞒着自己。男孩偶尔把喝不下的早餐店奶茶给她，简曼婷更相信这段感情不是一厢情愿。一日，有人起哄，在黑板上写下两人的名字，简曼婷故作生气，内心却像是有人松手放掉气球，扬起了希望。下一秒，她亲耳听见男孩说，我才不可能喜欢简曼婷，拜托，我讨厌胖子。她有自然卷，从后面看好像香菇头。

简曼婷去找朋友诉苦。那个简曼婷默认是最好的朋友的女生，低声笑了起来，好像被男孩的创意给逗乐。简曼婷问，你不觉得他很过分吗？女孩眨眨眼，嘴角咧开，停留在一个或许可以解读为戏谑的角度，她说，不会吧，你以为人家会喜欢你？拜托，他条件很好耶。简曼婷没有再回应。好长一段日子，简曼婷得了强迫症似的，每三五分钟，她就得从口袋中摸出小镜子，专注地，心无旁骛地盯着镜中的人影瞧。简曼婷下定决心。千万不可以忘了镜子，得时时刻刻保证自己所看到的简曼婷，跟别人所看到的是同一人。

升上大学，简曼婷交了第一个男朋友，施德顾，她对施德顾没有太多好感，之所以答应交往，是想要证明自己也有人喜欢。睡前，看着天花板，简曼婷允许自己诚实地想一些心事，例如，她其实很难过自己的男朋友这么丑。当施德顾尝试把舌头伸进她的嘴巴里，简曼婷看着眼前逼近的满嘴烂牙，没有悸动，男人剥她的衣服，她闭上眼睛。大学毕业典礼结束第二天，验孕棒浮出两条线，简曼婷关掉求职网站，转而规划婚礼。婚礼上，新人的朋友很少，宾客多数是施德顾父母的朋友，简曼婷在双方父母初次见面时，才得知施德顾的父母在台北市区拥有三四处出租的房产，他们收回一间郊区的公寓，给新人作为新房。

简曼婷告诉杨主任，自己曾在别的安亲班待过，这是谎言。她没有任何工作经验。施德顾的工作运势并不顺遂，甚至称得上有些坎坷。过去这十年间，两人一再抱着孩子回去跟施德顾的父母求援，直到施德顾的父母以“这样对其他小孩不公平”为由，婉拒了他们最后一次伸手，施德顾转而要求妻子分担家中经济。简曼婷原先很怨恨丈夫逼自己外出谋职，孩子好不容易都去上学，她值得迎接一场漫长的休息，吊诡的是，她倒也在安亲工作中找到不少乐趣。孩子们太可爱了，她可以用各种方式威胁利诱。看着孩子们手足无措，在心底闷笑。简曼婷也很擅长说服家长放弃那些无理取闹的要求，她生了三个孩子的身份，让家长们有时说不动她，只得退让。

众多老师中，简曼婷最喜欢吴辛屏。简曼婷不喜欢谈到自家的事，她永远无法理解有些老师很热衷把自己的家事如袜子翻面那样掏出。就简曼婷所知，吴辛屏来这家安亲班有五年了，跟所有老师、工读生都维持着一定的距离。孩子们倒是很吃她那一套，觉得她过分冷静，很是新鲜。吴辛屏不管是教学或是检查作业，都很仔细，杨主任说过一个理论，若不想跟家长们打交道，就得以吴辛屏为榜样，以实力来让家长们心悦诚服。有些老师暗地挖苦吴辛屏自视甚高。简曼婷不这么想，她欣赏吴辛屏，从不过问同事的家中境况，同样地，也不让你问。她不会明白地拒绝他人窥探，而是以一种得体的、迂回的，甚至，带点忍让的手法，让双方都有台阶下。

吴辛屏有一个女儿，但她不是那种乐于分享孩子生活的父母，她保护得很严实，大家只知道孩子在邻近的小学读书，至于名字或年级，吴辛屏拒绝透露，她说怕学生在学校捉弄自己的小孩。简曼婷问过，怎么说服丈夫父母只生一个女儿？吴辛屏耸了耸肩，睫毛低垂，一边写着教师日志，一边漫不经心交代，我先生坚持一个就好了。他爱自由。吴辛屏总是如此优雅，游刃有余，简曼婷也问过，你怎么会想来当安亲老师？你那么有气质，又优雅。吴辛屏笑了笑，说，这工作很好啊，很单纯，也很好上手。简曼婷没好气地说，可是这工作累积不了什么啊，不像一般的公司你做久了可以升迁，你在这里做十年，二十年，也没有一张可以发给别人的名片，小孩子你带一年就跟你说再见了，那些说会很想你、再回来找你的，也只是说说而已。

吴辛屏微眯起眼，谨慎、缓慢地说，我对于工作没什么企图心。升迁什么的，不会很在意。而且，我觉得被学生忘记，不是缺点。你仔细想想，我们以前读书，会记住那些对我们很好的老师吗？好像也不会，倒是对于会打人骂人的老师印象深刻，对吧？

简曼婷瞪着吴辛屏，觉得这女人简直不可思议，换作其他老师，也会加入埋怨的行列吧。她后来拿一些家里的事情问吴辛屏，吴辛屏的反应也大同小异，她不轻易附和，而是轻巧地把话题牵往另一种方向。偶尔简曼婷会认为吴辛屏在答非所问，令她不解的是，对话结束之后，往往，她的心情变好了。

她慢慢有了结论，跟吴辛屏说话，有个诡异的效果：你会甘愿放弃一些原本的痛苦。为什么会这样？简曼婷在心中为吴辛屏编织过身世，她认为，吴辛屏很有可能离了婚，目前独居，偶尔探视小孩，这个想法可以解释吴辛屏的许多行为。简曼婷心底一热，若是如此，她得对吴老师友善一些，这社会对于离婚女性的歧视太严重了。

范衍重的出现，彻底推翻了简曼婷的假设。

范衍重高胖的身躯完全挡住了娇小的工读生小杨。

简曼婷忖度，奇怪，才下午一点，怎么有家长来了。不祥的预兆很快侵入她的思绪，难道又有学童出事了？那她得赶紧看仔细这到底是谁的父亲。

原本负责教低年级的是许老师，不是现在的谢老师。几个月前，端午节前后，许老师见学生们安分地写着作业，走到柜台跟工读生聊天。事后，监视录像器显示许老师跟工读生聊了近十八分钟。在那时间内，两个学童一时兴起，拿起名牌绳往隔壁同学身上套，被套住的学童紧张地挣扎，绳子在脖子摩擦出浅浅的瘀痕。家长除了对恶作剧的学生外，连对许老师、杨主任，都一并提出赔偿的要求。风波结束后，三名当事者先后转走。他们的父母嘀咕，孩子们还没发展出控制自己的能力，许老师轻率离开教室，才是憾事的主因。

几天后，谢老师取代了许老师的位置，没有人感到意外。

越靠近男人，简曼婷越能听到自己的心跳声。她昨天嘴馋，跑到附近商场的超市买了一包饼干，难不成这几分钟内出了差错？简曼婷拼命回想，返回教室时，学生们脸上的表情是否有异样？不，她没有印象了。那时接近八点，她的心思都在老三手背上的过敏是否好些了？要再预约回诊时间吗？若许老师的际遇发生在自己身上，赔钱事小，她恐惧的是丈夫一旦知情，很难不透露给公婆知道，想到那对夫妇唠叨的事情又多了一桩，简曼婷不由得握紧提袋，身躯僵直。

“啊，简老师，你来了。”小杨喊出声来。

男人跟着转过身。他站起来，惯性地伸出手，又缩回，改为凌空致意。

“不好意思，敝姓范，我是吴辛屏的先生。这是我的名片。”

简曼婷伸手接过范衍重递来的名片，心跳踩空了一拍，又加速跳动。

吴辛屏的丈夫是位律师。

“你、你好。”简曼婷缩起脖子，不敢正眼看范衍重，“请问找我有什么事吗？”

“是这样子的，可以借一步说话吗？”

简曼婷凝望了小杨一眼，勉为其难地点头答应。

一步出补习班，范衍重等不及地开口，“是这样子的，辛屏昨天没有回家，她有联络你吗？”

“啊？”简曼婷顿了几秒钟，“怎么了吗？”

“辛屏经常在我面前提到你，我才想说，”范衍重挠了挠头顶，指尖在头皮上擦出刺耳的声响，“她有跟你讲过这几个月她请假的原因吗？如果你知道的话，请一定要告诉我。”

范衍重的眼神直盯着简曼婷，简曼婷读得出来，这是一双很少向人求助的眼。

那双眼与其说在哀求，不如说是在施压。

“对不起。辛屏只告诉我，她得去医院。”

“她有说是哪家医院吗？”

“没有。”

“好吧。那，她最近看起来有跟以前不一样吗？或者，她有特别说到什么吗？”

“嗯……”简曼婷抚着自己的脸颊，意外地摸到一颗新痘，她很清楚范衍重正紧盯着自己的一举一动，她皱眉，故作苦思，但她实在没有什么深刻的记忆。

“她只提到女儿生日快到了。要买礼物给她。”

范衍重提起的呼吸倏地释放，他的胸膛轻轻一降，失望的神情溢出了双眸。

“辛屏是怎么了吗？”简曼婷问。

“我昨天下午开始打电话、传短信给她，到了八点多她都没有回。我也是昨天才知道辛屏大概每个月会请假一次。她没跟我讲过。”

假设范衍重有余裕抬头，望上简曼婷一眼，他会看到简曼婷眼中流转着兴奋的光芒，那光芒就像是小孩子听到了一个惊喜的行程，晶莹地闪烁。

“辛屏怎么会不说呢？只是去看医生而已。”

“是啊，我也想不透，看医生有什么不能说的。”

“那辛屏还有可能去哪了？她会不会是回自己家了？你可以打给她家人？”

“辛屏的爸妈都过世了。她也不可能去找她哥。”范衍重无奈地回答。

“怎么会？辛屏的妈妈明明来找过她啊。”简曼婷急忙转身推开大门，呼喊正忙着护理奖状的小杨，“我问你，吴老师的妈妈是不是之前来找过她？”

小杨缓下手边的动作，“什么时候的事？”

“我想一下，”简曼婷轻抚着下巴，“我记得吴老师的妈妈来过以后，没几天，许老师那班的学生就出事了，所以，大概是端午节那一阵子，你想起来了吗？”

“嗯，端午节，可能是西西值班，得问她了。”

“请问西西在哪里？”范衍重插嘴问道。

“她明天会来上班。”小杨答。

“你还记得当时是怎么样的情形吗？”范衍重把焦点又放在简曼婷身上。

“我只有听到一些而已，我赶着上课。那个女人好像跟柜台说，她是吴辛屏的妈妈，她要找吴辛屏，请我们转达。”

简曼婷每吐出一个字，范衍重眉间的刻痕就越深凿一分。

“你有印象那个人长什么样吗？”

“我记得她头发烫卷，就是那种蓬蓬头，身高跟我差不多吧，大概没有一米六，中等身材。她那天提着两袋看起来有点像是行李的东西，嗯，不过，有件事情……我也不确定我该不该说，说了吴老师也许会生气。”简曼婷眯起双眼，刻意营造停顿。她的内心千回百转，会不会吴辛屏逃家了？范衍重看起来很诚恳，可是，这又如何？那些被记者报导会痛打老婆的高官或企业家，平常也是人模人样，不是吗？

另一个更古怪的想法不断骚扰着简曼婷，她怎么觉得这男子有些眼熟。

她之前在哪里看过这个人吗？

“你有什么线索的话，拜托务必告诉我。辛屏就这样消失了，没有任何迹象，我刚刚打她的手机，打不通，手机转成关机，我担心她会不会是出事了。”

“你们先等我一下，我先确认一件事情。”简曼婷放下提袋，走了出去。

她步过转角，让自己隐身在隔壁店铺的柱子旁。确认自己的动作没有受到范衍重的监视，简曼婷拿出手机，滑开界面，翻出吴辛屏的号码，按下。

“这一期的美妆盒，我觉得很超值。美肌乳，防晒蜜粉，三支迷你版的雾面唇膏，我查过了，色号都可以擦来上班的。那支美肌乳就一千元。等于蜜粉跟唇膏都是送的。我只要那条美肌乳跟两支唇膏。如果你要防晒蜜粉跟那支正红色唇膏，我只收四百五。上午 11：11”

“好啊，那我什么时候把钱给你？下午 13：26”

“不急，我先在线付款，货到了你再把钱给我。下午 13：28”

短信停在这里。

您拨的电话未开机，请稍候再拨。男人没骗她，吴辛屏的手机关了。

简曼婷心如擂鼓，她要相信这登门造访的男人吗？这超出了她的经验范围。在她的观念中，若丈夫是律师，那妻子有比做安亲老师更好的选择。她宁愿给文件归档、去邮局送件，或者是客户上门时，端水送上报纸什么的，都好。也许吴辛屏跟她先生的关系并不理想？

简曼婷又发出一则短信。

“辛屏，你在哪儿？你的老公到安亲班找人了。下午13：18”

指甲敲打着键盘。一，二，三。简曼婷停下脚步，心底有了主张。

她回到范衍重与小杨面前。

“抱歉，刚刚临时有事，我得处理一下。”

范衍重不置可否，看起来信了简曼婷的说辞。

“我们讲到哪儿了？”

“我们讲到，有个女人自称是我妻子的母亲，来补习班找她。”

“啊，对，我们说到这儿，”简曼婷故作恍然大悟，“反正，隔天我就跟吴老师聊到，她跟她母亲长得有点像，只是吴老师比较瘦。我这样说很正常吧，女儿像妈妈有什么不对？没想到吴老师不是很高兴。我认识她这么久，她第一次表现出不高兴的样子。她跟我说那个女人不是她的妈妈，只是妈妈那边的亲戚。”

“那为什么要自称是辛屏的妈妈？”范衍重问。

“我不知道，辛屏感觉不想说，我也不敢再问。”

补习班门前的行道树上，数十只野鸟大声鸣唱着。

谜题未解，新局又启。天色是亮的，范衍重却有视线昏暗的错觉。

“只有西西跟那个女人讲过话吧。”

“应该是。”

“那可以给我西西的联络方式吗？”

简曼婷与小杨相视，两人的眼中都藏着提防。简曼婷做了主。

“牵涉到个人资料，不太方便，也许你明天再来？”

“好吧。那我明天再来。”

“范先生……”小杨盯着范衍重几秒，轻轻地开了口。

“怎么了吗？”范衍重双眼跳着火光，期待着小杨想起些什么。

“我们要报警吗？”

范衍重狼狈地瞪圆眼睛，看着小杨，嘴唇嗫嚅，却没人听得清他在说什么。

第二章

You are the dancing queen

Young and sweet

Only seventeen

说不清楚为什么，简曼婷克制不住自己想哼歌的冲动。她也很想唱一些当下的流行歌曲，在脑海里搜索了好一阵子，却只能想起孩子出生前，自己时常随着广播电台的曲目，摇摆身躯的时刻。

“你今天怎么了？心情那么好？”施德顾问。

“也说不上好或不好。”就着汤匙，简曼婷啖了一口汤，出乎意料的美味。也许施德顾说得没错，她心情极好。“我们安亲班有一个老师，吴辛屏，你还记得吗？我有说过。”

“哦，对，你有说过。”施德顾眼神茫然，简曼婷明白他在说谎。

她并不意外，她也是这样子对待施德顾的言论，佯装正经聆听，一转头马上忘掉。幸好她今天非常仁慈，有不计较的雅量。简曼婷望了丈夫一眼，说也奇怪，知道一个秘辛的乐趣，往往得再告诉一个人才能兑现。这背后有什么道理呢。

简曼婷熄掉炉火。

“我之前说过吴老师啊，气质很好，也很聪明，小孩子都很听她的话。你知道吗，今天发生一件很奇怪的事情，她的老公跑来安亲班找她耶。”

“这有什么好奇怪的。”

“这是我第一次看到她老公。之前啊——不管我怎么问，她都没有回答，我还以为她老公是做什么不太好说的职业。没想到，她的老公是位律师。你不觉得很矛盾吗？如果我的老公是律师，我一定会忍不住让所有老师都知道。”

“搞不好人家想要低调。”

简曼婷咽了咽口水，硬是把话题给延伸下去：“为什么要低调？我看她老公的西装，很服帖，一看就是量身定做的。西装你们家有经验，量身定做的一套差不多要多少啊？三万？五万？”

“可能，看布料跟师傅做工吧，这很重要吗？”

烤箱传来叮的一声，简曼婷回过神来。

简曼婷瞄了施德顾一眼，平静地问。

“你都不问我，为什么对这件事这么在意吗？”

“哎哟，”施德顾紧盯着电视屏幕，“放过我吧，工作了一整天，今天妈没来帮忙顾小孩，我已经帮你把小孩的联络簿看完啦，现在只想要快点吃饭。”

“不是我害你这么累的吧。”

“好好。”施德顾打起精神，“不过就是有一个老师的老公去补习班找她嘛，这有什么好大惊小怪的，你之前东西忘了拿，我不是也会帮你送过去吗？”

“吴老师好像失踪了。”

施德顾停下手上转换频道的动作，诧异地看向简曼婷，“你说什么？”

“就是字面上的意思，”简曼婷可以感受到自己的胸口正在膨胀、发热，“吴老师的老公说她昨天没有回家，手机怎么打都不通。我拼命传短信给她，她也没有回。然后啊，吴老师今天没有来补习班，也没请假喔，主任打给她，电话关机。她从来没有这样子过……”

“怎么办？”

“我们只好把吴老师的学生带去分馆，请分馆老师支援。”

“你们昨天在补习班还有看到她吧？”

“没有，吴老师昨天请假，她最近每个月会请假一天，说是去医院做检查。”

“吴老师的先生有去医院找吗？说不定吴老师住院了。”

“你问到重点了。”简曼婷的语气混入赞许，“吴老师的老公不晓得这件事。我跟他说吴老师每个月会请假一天，喔，我好希望你在现场，超好笑，他整个人吓呆了。”

咖喱送上餐桌了。香气浓烈，口感温醇。秘诀是巧克力，简曼婷也试过优格，三个孩子不喜欢，最终换回巧克力，黑巧克力的效果又比一般巧克力好。

孩子们在专属的位置坐下，简曼婷翻搅着蒸好的米饭，竖耳等待施德顾的回应。

“你的意思是，吴老师没有让她老公知道自己请假的事情。”

“对对，你不觉得这样很可疑吗？”

“妈妈，你们在说谁的事情啊？”一个孩子问。

“不关你们的事。你们先吃饭，吃完饭快点洗澡，很晚了。十点，全部都要躺平。我待会儿去检查，如果有人还没有睡觉，就出来罚站。”

简曼婷不自觉地把对学生的语气带回了家里。

“老公，你觉得呢？”

施德顾又没有跟上了。

“喔，对，”施德顾眨眨眼，眼神闪过一丝困惑，仿佛一时半刻迷失了方向，庆幸的是，在妻子意识到他又迷失了之前，他回到轨道上，“吴老师为什么不告诉她老公？”

“我个人觉得，八成是吴老师不想让她老公知道自己生病了。”

“为什么要这样？”

“可能跟她生的病有关吧。搞不好跟生小孩有关。吴老师好像也有三十一、三十二了，老公又是律师，或许有生儿子的压力吧？再拖下去就是高龄产妇了。”

“有必要住院吗？就算是，接个电话有这么难吗？”

“我有另外一个想法，你想听听看吗？”

“哦？”

“我觉得吴老师在逃避她老公。”

“你为什么会这样觉得？”

“证据在这里。google这个名字，会找到很有趣的信息。”

简曼婷露出甜蜜的微笑，把范衍重交给自己的名片，滑到丈夫的面前。

You can dance

You can live

Having the time of your life

Ooh, see that girl

Watch that scene

Dig in the dancing queen

范衍重醒来时，背上爬满了热汗，他环顾左右，见到自己第一次去德国时，亲自扛回来的咕咕钟，力气又全数卸去。三点十七分。他抓取放在桌上的手机，没有未接来电，他点进去跟吴辛屏的对话窗口，依旧躺着未读的数十则短信。范衍重把手机摔至地面，高密度的仿羊毛地毯吸收了冲击，制造出极为细小的声响，没有惊吵到房间内的范颂律。

范衍重压制快速跳动的太阳穴。

吴辛屏今天也没有回家。范衍重告诉女儿，妈咪有事耽搁了。

范颂律没有再问，只是骨碌碌溜转的眼珠，泄漏了她的好奇。她挑眉，深吐出一口气，似是接受了父亲的说法。范衍重不禁起疑，范颂律的沉默，究竟是随着年纪而成熟懂事，还是目睹他跟颜艾瑟的纷争，才变成这副模样。他记得，范颂律两三岁时，也挺无理取闹，娇蛮横行，那几年，他跟颜艾瑟都还愿意演戏，范颂律被宠得乱七八糟。范衍重首次看到Baby Dior珍珠白纸袋散落于家中时，双眼发直，他没想过孩童也能穿设计师服饰。他的耳边闪过颜艾瑟在交往期间赌气说的话：你不要硬把你的价值观框在我身上，我们本来就是不同世界的人。

范衍重心一横，拆了颜艾瑟的信用卡账单，他的双眼黏在那行数字上，十三万，其中范颂律的衣服与配饰就占了八万。经过血淋淋的争执，他与颜艾瑟做出协议，范衍重不得再侵犯颜艾瑟的隐私，颜艾瑟则必须管控她个人的开销。范衍重讲得直接：我不希望颂律长大之后，不把别人的钱当作一回事。颜艾瑟没有反驳，范衍重以为这是理解的意思。直到他再次拆了颜艾瑟的账单，为上面的数字而暴跳如雷，颜艾瑟也趁机表明心意，她后悔了，结婚这么累、这么辛苦。她想回到最初的人生，她看清了，她最喜欢的人生角色，是商界大佬宠爱的幺女。

刚跟着范衍重时，范颂律细声撒娇过，喜欢妈妈买给她的衣服，牵着她去百货公司喝下午茶。日子一久，她好像察觉到母亲去了很远的地方，她从此绝少提及颜艾瑟，仿佛那是一个罕见的生词，也是那一时期，她的性情起了转变，变得有些内敛，说话时更常看着对方的脸，似乎在推敲着什么。唯独跟范颂律承认自己和吴辛屏开始交往的那个夜晚，范衍重在客厅里，看犯罪影集，冷不防被女儿的哭声给惊醒，他提起脚步，推开女儿的房门，见范颂律坐在床沿，小小的脸蛋埋入掌心，细细呜咽。范衍重让自己的重量轻缓地分散在床垫上，轻轻地把手放在范颂律的肩膀上，仿佛童年时试着抚触停在叶片上的蝴蝶。他问，怎么了。范颂律抬起头来，双眼饱含泪水，含糊地问，爸爸，你是真的很喜欢吴老师吗？范衍重心底一沉，觉得自己难得的快乐即将要被取走，他挤出微笑，逼自己说话：颂律，我希望你可以明白，在爸爸心目中，你最重要。你不希望我与吴老师在一起，我就再也不跟她见面。

话一出口，范衍重竟也不能确定他的承诺有几分真实。或许他动了真感情。他不能形容自己为什么那么需要这个女人，只知道跟吴辛屏在一起时，他感到门当户对，是的，哪怕吴辛屏愿意透露的部分很少，范衍重仍可以按照直觉与经验拼凑出：跟他一样，吴辛屏是有过去的人。他不喜欢吴辛屏问他过去的事，正好，吴辛屏也是。两人之间无声的投契带来极大的舒适。颜艾瑟是充满存在感的女人，吴辛屏是另一种极端，她把自己的痕迹消减到最低，两人稳定约会之后，吴辛屏不送他东西，也不接受礼物。她毫无宣示主权的概念，未曾问过范衍重的交友情形，以及他是否会跟别人提起她的存在。吴辛屏静静地一步步深入他的内心。

范颂律的声音唤回他。

“吴老师会离开我们吗？”范颂律低头盯着自己缩起的脚趾。

范衍重吐出一口长气，他几乎可以感受到肺部轻微塌陷。喔，好险，她喜欢这安排。

迟疑了几秒钟，范衍重决定跟女儿说实话。颂律，你记得吗，去年爸爸带你跟阿嬷去东京迪士尼，你不想回饭店，说我们可以躲起来，不要被抓到。我是怎么跟你说的，你有印象吗？我说，你看，每一个人都不想走，可是没有人不遵守规矩啊。你那么喜欢迪士尼，就要记得自己多么开心，你却都在哭，以后想起迪士尼，就只会想起眼泪。

范颂律直勾勾地注视着父亲，等待父亲继续说下去。

范衍重很高兴自己有个场合把储藏在心底好久的话给说完。他跟颜艾瑟的分离是一场不折不扣的人祸，他深知在范颂律的脑海里，也有一套自己的版本，今日目睹女儿的恐惧，范衍重理解到自己有未竟的任务。他的掌心轻抚女儿头顶，小小的头颅与细软的发丝，再次提醒他，底下所存在的一切思想多么脆弱。范衍重轻叹，说下去，爸爸跟妈妈，爸爸跟吴老师，也像是这样。我们有规矩得遵守，时间到了，就是得分开，回到自己的生活。

范颂律眨眨眼，没有再说话。

她真是贴心得让人心痛，范衍重想。

该如何跟范颂律解释，吴辛屏没有回来这件事。

范衍重摇摇晃晃地站起身子，从酒柜内取出珍藏好久的麦卡伦三十年。他喝得太急，呛入满嘴的空气，绝望、兴奋、痛苦、刺激，复杂的感受纷纷刷过脑海，心脏几乎要麻痹，他居然还有感觉，范衍重混沌地想。若有个旁观第三者问他，现在，你最想要做什么，范衍重会说，他想把吴辛屏带给他的焦虑跟苦闷，悉数还给她。

吴辛屏失联，快让他发疯了。

她可能去哪里？

她还可能去哪里？

那个妇女的真实身份是谁？她不可能是吴辛屏的母亲，吴辛屏的父母早在几年前先后去世，他没记错的话，分别死于车祸跟癌症。他跟吴辛屏讨论到婚礼时，吴辛屏坦言她看不出举办婚礼的必要性，她身边几乎没有亲友。范衍重简直想为自己的幸运喝彩。他的母亲李凤庭也反对他们办婚礼，她认为参与者很难不抱持看好戏的心态。吴辛屏什么都不要，正中范衍重下怀。连去户政事务所登记的那天，她都只是穿上了平常跟范衍重约会时的衣服，仿佛只是去申请一张会员卡。

那名妇人为什么要自称是吴辛屏的母亲？

另一个可能性，说谎的是吴辛屏。

范衍重看了看还剩下三分之一的酒瓶。干脆一口气喝光的念头不断地在他的脑中徘徊，他勉强克制住。他有个预感，他得留些什么，为了明天。

他倒回沙发，想起关于吴辛屏的第二个问题。

很谢谢你那么诚恳地告诉我，你也不想要再有第二个孩子。接着，请你老实告诉我，你有没有打颂律的妈妈。我知道这个问题比第一个困难，我只能再次希望你诚实以对。

◆◆◆

李凤庭坐起了身子。

她做了一个梦，梦见自己在跟范衍重说话，场景是自家。她问，你老实跟妈妈说，你说什么我都可以接受，你有没有伤害人家？那新闻是真的，还是人家设计你。范衍重背对着母亲，半声不吭，李凤庭伸手去推那堵沉重的身影，你回答啊，不要让妈妈这样为你着急啊。范衍重回过身来，倏地伸出双手，圈住李凤庭满是皱纹的脖子。

李凤庭睁开眼睛，凉被不知何时被挤到自己胸膛跟脖子之间的凹谷，逼得她喘不过气。她使劲把被子往旁边一抽，喘了几口大气，理智跟血液滴滴回流至大脑。

是梦，也不是梦。有部分的片段发生过。

今晚，范颂律说漏了嘴。

一句“妈咪去找朋友了”让李凤庭停止咀嚼，胃里仿佛被喂了铅块，再也没有食欲。范衍重来接女儿时，李凤庭格外想从儿子的神情中推敲出一些信息。范衍重的神情举止竟一如往常。李凤庭无计可施，只得开口问：“家里最近没什么事吧？”

范衍重抹了抹脸，说，“她去找朋友了。”

“找朋友？为什么是这个时候？她不用工作吗？再说了，对方这么重要，得在那边过夜？”

“妈，可不可以别干涉这么多。”

“你们有没有吵架？”

“没有。”

李凤庭愁苦地瞅着范衍重，渴望儿子能够卸下戒备，告诉她究竟发生了什么事。范衍重生硬地别过脸，低头询问范颂律东西是否带齐了，别再像上次，把文具忘在奶奶家。

范衍重父女前脚一离开，李凤庭后脚走向电视柜旁的柚木五斗柜，急忙拉开，第一层散乱着药品，李凤庭很快地找到止痛药，忘了是什么时候养成的习惯，可能是儿子跟颜艾瑟闹婚变的那段时日，只要胸闷，李凤庭就找止痛药来吃，也不清楚是安慰或者实际有效，总之，她会好受一些，如果没有，她吞第二颗、第三颗，在床上躺平，赌自己是否能睡觉。

李凤庭觉得儿子什么都好，唯独看女人的眼光格外差劲。

第一眼见到吴辛屏，她直觉认为这女人的气场不好。但那时李凤庭仅把吴辛屏视为热心的安亲老师，没有关心吴辛屏的心思。直到范衍重以女友的身份重新介绍这女人，李凤庭才意识到范衍重十分钟情拥有精致、脆弱外表的女人。她心底雪亮，这种女人最是棘手。颜艾瑟不正是个最好的例子，瞧她把范衍重糟蹋成什么德行了？

席间，范颂律憨直地拉着吴辛屏，要吴老师听自己说学校的事情，李凤庭暗自翻了个白眼，父亲不知长进就算了，女儿也跟着没长心眼。

李凤庭搁下筷子，问："你是哪里人？衍重说你不是台北人。"

范衍重似是体察到母亲口吻背后的不耐，赶紧代答。

李凤庭一听，是个不怎么样的中部小镇，眉头深锁，"你父母是做什么的？"

吴辛屏也跟着放下筷子，目光清澄地看着李凤庭，答，"他们过世很多年了。"

李凤庭瞪了范衍重一眼，显然在怪罪范衍重刻意不提这么重要的信息。

“你们家还有谁啊？”

“我还有一个哥哥，只是很多年没有联络。”

“那你不就跟孤儿没两样？”

有一秒钟，吴辛屏脸上的微笑看似摇摇欲坠，但她维持住了：“不会啊。我的父母有把我照顾到读完大学。我不觉得自己是孤儿。”

李凤庭瞪着吴辛屏，说不上为什么，一股炽热的烦躁在她的心头萦绕。吴辛屏跟颜艾瑟的气质过于神似，无父无母的背景更让李凤庭警铃大作，颜艾瑟都还比这女人好一些，至少她发疯之后，还有父母收回去。从吴辛屏那不知所云的神情，李凤庭不消提问，也足以判断吴辛屏的哥哥八成不是什么好货色。她勉为其难地夹了几口菜，将就地结束了那顿晚餐。事后，她跟范衍重有了一场很长的对话，她剖析自己的担忧，吴辛屏没有一个条件比得过颜艾瑟，来历不明，工作也差强人意，跟她在一起会让自己的身价扣分。

范衍重纠正母亲，辛屏没有来历不明，她只是父母都不在了。李凤庭不甘心，问，那工作呢。范衍重的语气也上火了。在补习班教小孩，稳当正经，得罪谁了？加分扣分什么的，我跟颜艾瑟在一起，所有人都羡慕我、嫉妒我，说我可以少打拼三十年，最后呢？你我心知肚明，我也不想再说。在我眼中，吴辛屏比颜艾瑟好太多了。没有人像她这样体贴我，了解我的难处。我看得很透彻，吴辛屏很适合我，钱我自己会赚，我要的是平静跟安宁。

两人登记的那日清晨，李凤庭吞了两颗止痛药才压住她胸口的剧痛。

这两年，李凤庭时常刻意轻描淡写询问范颂律，吴阿姨会跟爸爸拿钱吗？不会啊。信用卡呢，她是拿爸爸的信用卡吗？你不知道啊？好吧，没关系。每一次确认完毕，李凤庭会慎重地要求范颂律发誓，不能把两人的对话透露给任何人。她提醒范颂律，奶奶这是在保护爸爸，爸爸是一个心很软的人，很容易付出太多感情，会被别人伤害。

现在好了。

李凤庭好不容易，看在吴辛屏把衍重跟颂律都打点得还算妥帖，她也松懈心防，不再把吴辛屏视为是一个城府深沉的淘金女。她却蒸发了。

哎，怎么说，这些女人，就是这么难伺候，老喜欢要花招，逼人对她们紧张兮兮、掏心掏肺。颜艾瑟第一次回娘家，也是李凤庭传了条短信，好说歹说，低声下气，总之把人给劝回家了。李凤庭索性起床，蹀躞好半晌，绕到客厅五斗柜前，服了两颗强效的安眠药。她倒回床上，双手交叠，在睡意如大浪淹至之前，她想道，如果吴辛屏跑了，未必不是个好机会。她要说动范颂律，找个时间拨电话给颜艾瑟。说爸爸被抛弃了，他们父女很难过，也寂寞，需要一个人陪伴。颜艾瑟说不成一个心软，放下那个小她五岁的外国人，回到范衍重身边。如此一来，吴辛屏也算功成身退。

⁂

社区保安汪和信告诉范衍重，11月15日当天，吴辛屏离开社区时，是10点多将近11点。吴辛屏经过柜台时，汪和信喊住她，提醒她有刚到的包裹，他还来不及把告示牌挂上信箱。他问吴辛屏，要先领吗？还是回来再领？吴辛屏没有立即回答，她从皮包内掏出一张纸，又看了一眼腕上的手表，苦笑着说，可能得晚点再拿，她有急事。

汪和信看清了吴辛屏手上握的纸是一张车票。

极冷与极热的感受轮流刺激着范衍重的感官，他有进展了，吴辛屏当天有出门的计划，不是地铁可达之处。否则没必要提早购票。她要去哪里？

他请汪和信仔细描述，是高铁的车票，还是台铁的，或是客运？有看到目的地吗？

汪和信窄小的眼睛闪过一丝好奇，他问，“范律师，发生什么事了吗？”

范衍重盯着汪和信，喉头滚动。这张外溢着油光的圆脸，为什么看起来会跟当时紧追着他的狗仔有几分神似？他停顿了几秒钟，心中盘算着，眼前这位报到没多久的保安，平常有看报纸的习惯吗？若把部分的真相告诉他，这个人是否会借此要挟他？

经过思量，范衍重将汪和信的威胁性归类在：极低。

“我跟她那天有点小吵架，她可能去找朋友散散心了。她没带手机出门，我现在联络不到她。偏偏她朋友又很多，北中南都有，一时半刻，要我去哪里找？”

汪和信点了点头，一副感同身受的模样。他说，很可惜他没看得太仔细。不过，他倒是想起一件插曲。他跟吴辛屏闲聊到一半，手机铃声响起，吴辛屏脸色一沉，一边接起，一边往门口移动。汪和信的声调有着不合时宜的轻快，吴小姐好像跟人在吵架，我没看过她那么激动。后来大门的感应又故障了，我去帮她开门，听到她说，妈，你可不可以稍微考虑一下我的立场。

汪和信观察范衍重的表情，问道，吴小姐是不是回娘家了？我大嫂每一次跟我哥吵架，也是二话不说，行李箱拉着就回娘家了。

回到家中，范衍重打了通电话给助理，交代自己今天不进办公室，有事电话联络。他走进书房，左右张望，吴辛屏搬进来时，行李很少，她使用多年的笔记本电脑，几件衣物，一些保养品，和几本书。范衍重问了不止一次，这些是你全部的东西？吴辛屏点头。

这间三房两厅、地段绝佳的电梯大楼是范衍重跟颜艾瑟一起挑的，颜艾瑟倾向四房，她才能规划个人的衣帽间，她的鞋子收藏价值抵得过一台跑车。范衍重说，他的存款有限，若要升级到四房，得请颜家支援。颜艾瑟冷硬拒绝，坚称颜家付清了婚礼两百多万元的费用，接下来要看范衍重表现。范衍重摸摸鼻子，在心底驳斥，两百多万，有多少是花在我身上呢？颜艾瑟坚持什么都要最好的。最好的场地。最好的季节。最好的护肤课程。最好的白纱和婚鞋。颜艾瑟执意住在娘家附近，随手一指都是一坪百来万的精华地段，他已把部分积蓄拿来装潢事务所，要再端出近千万的头期款，着实强人所难。颜艾瑟安抚他，颜正清底下一子二女，等颜正清百年，三个小孩继承的资产，是范衍重辛勤耕耘一辈子也不可能企及的数字。颜艾瑟双手抱胸，我见犹怜的大眼睛眨呀眨，轻撩范衍重的心弦，她粉嫩的嘴唇吐出催眠般的呢喃：为了我，难道你办不到吗？

范衍重时常觉得世上有两个颜艾瑟。好似日本妖怪镰鼬三兄弟，一个负责把人给绊倒，一个飞快持刀划伤，最后一个及时敷上膏药，让伤口隐于无形。颜艾瑟对范衍重而言，差不多也是这样，呼唤他，羞辱他，又安慰他，对他撒娇，让他再次卸下武装。

此时该想着吴辛屏，怎么思绪一再跑到颜艾瑟？

范衍重倒了一杯水，咕噜咕噜地喝下，他想不出吴辛屏离开的缘由。矛盾的是，他心中有个部分，浮现了“终于发生了”的感叹。偶尔，范衍重会想，自己跟吴辛屏的一切过于理所当然。这个女人出现，走进他的内心，在颜艾瑟制造的空位上，坐了下来。

他跟颜艾瑟离婚满一年又多几个星期，颜艾瑟给记者拍到，跟一名金发绿眼的男子在机场又搂又亲吻，男子的手往下滑入颜艾瑟的短裤，紧抓着她的臀部。记者打给范衍重，问他知情吗？颜艾瑟与这位外国人交往时是否已恢复单身？范衍重挂了电话。他想起两人最后一次谈判，颜艾瑟飞到欧洲去，说她需要一些空间，厘清这段婚姻如何走下去。

范衍重想，吴辛屏有对我诚实吗？

该不会，这世上也有两个吴辛屏，一个迷惑他，一个埋伏于暗处，准备收网。

第三章

范衍重再次见到西西，他利落地切入正题。

“那个女人有说自己叫什么吗？”

西西歪着头，以为自己将表情隐藏得很好，殊不知紧张的情绪早已浸润五官。她看着脸色紧绷的范衍重，摇头，吞吞吐吐地交代，“她只有说自己是吴老师的妈妈。”

“然后？她有提到自己为什么要来找吴老师吗？”

“没有……但是，”此际，电话响起，西西如释重负地跑去接电话，“喂，是，对，我们要订九十三份饭卷，昨天有打电话。啊，等一下，昨天有说两份要做素的吗？喔，那现在说来得及吗？太好了。会准时送到吧？谢谢，麻烦你们了。”

挂上电话，西西转过身，见到范衍重的眼神没有丝毫懈怠地紧咬着自己，她收起脸上的笑容，改以严肃的神情面对范衍重，“她有跟我问了一些吴老师的事情。”

“你记得她问了什么吗？”

“嗯……”西西闭上双眼，煞有其事地揉着太阳穴，“她有问吴老师在这里工作多久了。我说我不知道，我是新来的工读生。她又问，吴老师的薪水多少，我还是说我不知道，主任不喜欢我们聊薪水的事情。大概觉得我什么都不知道吧，那个阿姨的态度有些不耐烦。”

“然后呢？”范衍重追问。

“她叫我把吴老师的电话给她，我说我得先通知主任，这毕竟是吴老师的隐私。那个阿姨有点生气了，她直接吼我，说她是吴老师的妈妈，这样不够吗？”

“你有把吴老师的电话给她吗？”

西西摇了摇头，“主任没有接电话，我传短信给吴老师，吴老师也没回。后来学生来了，我很忙，那个阿姨就坐在那个位置，”西西伸手指着范衍重旁边的沙发椅，“坐了一阵子，她又催我打给主任，主任还是没接。她叫我抄下她的手机号码，再转给吴老师。我赶快拿纸给她。她写完之后，问我可不可以借她钱，她整个早上都没有吃东西，钱再跟吴老师拿。”

“你这里还有她的电话吗？”听到关键字，范衍重双眼发亮。

“有，”像是急着讨好老师的学生，西西忙不迭地点头，“我怕自己忘了这件事，赶快把那个阿姨的号码传给吴老师，这里应该有记录。”西西望向位于右手边的电脑。

“我可以看一下你们跟吴老师的对话记录吗？”

不待西西点头，范衍重已大步踏入柜台内。西西见状，叹了口气，移到电脑前，打开桌面上的通信软件。最新的信息停留在补习班打了好几通电话给吴辛屏，无人接听。西西吞了吞口水，偷觑着范衍重。范衍重双眼紧盯着屏幕，嘴唇抿成一条直线。

西西不敢停搁，她往上滑，终于找到那日的对话。

“取消。下午3：47”

“吴老师，我是西西，你妈妈来新馆找你。请回电。下午3：49”

“取消。下午4：20”

“吴老师，你妈妈请你打给她，她的电话是……下午4：22”

范衍重按照着上头的号码一一输入。

一，二，三，四，有人接起了，范衍重心神一凛，听见一道颇为浮躁的女声。

“我没有要再借钱了，你们不要再换电话打来了。”

“不好意思，我是吴辛屏的先生，请问你是吴辛屏的谁？”

一阵沉默，女人再次说话时，语气多了几丝错愕。

“小屏结婚啦？她都没有告诉我。这孩子真是死没良心。”

范衍重顿了顿，下意识地蹙眉。

女人又搭话了，“这位先生，怎么称呼你？”

“我姓范。我有一件事得跟你请教……”

女人打断了范衍重，“范先生，想请教一下，你是做什么的？”

“我？我是一位律师。”

“天啊，律师。孩子根本白生。她在台北找到一个金龟婿，也不管我们在这里的死活。”女人也不期待范衍重的回应，自顾自地倾诉，“范先生，论辈分，你也得喊我一声妈的。对吧？”

范衍重的呼吸加速，双眼瞪大，他完全不愿将优雅、静默的吴辛屏与这个喋喋不休的女人联想在一块，何况是母女这般紧密的关系。更进一步想，若这女人确实是吴辛屏的母亲，吴辛屏过往的欺瞒，似乎没他以为得那样荒唐。

“喂？你怎么不说话，没礼貌。”女子啧啧逼问，“在台北的律师应该赚很多吧？你呢？一年有一百万吗？”

范律师把手机自耳朵挪到眼前，他看着屏幕，两个念头几乎是不分先后地跃入脑海：再也不跟这个女人联系，或者，从她的身上挖出妻子的真面目。

两个选择都充满诱惑。

范衍重没有二话地押下筹码。

“我的收入不是重点，我打给你是因为……”

“没想到小屏这样狠心。她明明看到家里的冷气坏了，我的摩托车也该换一台了，我上一次出车祸……”

“不好意思，”范衍重无可奈何地打断，“换我问你，请问怎么称呼？”

“我？我小屏妈妈啊，小屏怎么叫我，你就怎么叫我。”女子答得理直气壮。

“我没有见过你，怎么确定你是辛屏的母亲？”

“范先生，你真的是个律师吗？你平常都这样跟你的客户说话吗？我都告诉你我是谁了，你为什么要怀疑？我造假有什么好处，还是说，我说谎会有人给我一百万？啊，我知道了，是不是小屏跟你说了什么？范先生，小屏从以前就满嘴谎言、自以为是，你不要被她牵着鼻子走。你把电话拿给她，我亲自教训她，这样做人是错的。”

“辛屏人不在我身边。你们最近有见面吗？”

范衍重没有错过女子话中的线索，吴辛屏有回去老家。

“有啊。她礼拜一有来，没多久就说要回台北了。”

“我可以现在去拜访你吗？想跟你确认一些事情。”

“小屏要一起来吗？”女子的语气透进了防备。

“小屏跟你见过面之后，没有回家，这也是我得找你请教的原因。”

“啊，这样啊，”女子不客气地发出讪笑，“这很像她会做的事。”

“当面讲比较清楚。现在去拜访你方便吗？”

“好啊，可是……”女子欲言又止。

“怎么了吗？”担心这条得来不易的线在眨眼间断失，范衍重掩不住焦急。

“你可不可以借我两万块？账单又来了，我没钱。”

▲▲▲

范衍重花上比导航预估还多将近一个小时的时间，过程中他尽力跟复杂、弯曲的乡间小路中奋斗，有些路看似可行，却容纳不下他那近两百厘米的车宽。范衍重费尽功夫，汗流浃背，才找到女子提示的那条道路。沿路他见到有几户碧丽堂皇的透天厝，门口停放着昂贵的轿车，也不乏几近荒废的破屋。他并不意外，这里开发得早，许多人口迁移至市区定居，选择待在这儿的，若不是有几分本事，就是无力支付城市开销。

范衍重数着门牌号码，好不容易找到吴辛屏的老家。

三层高的透天，跟隔壁一样，第四层是加盖，壁面的颜色和底下三层截然不同。隔壁两户很明显地有重新漆过外墙，显得这户格外陈旧，有些瓷砖脱落了。上面还有一些残破的传单，范衍重仔细凝视，其中一张写着“专业抽肥，保证……”，另外一半被人刮掉了。旁边还有一张写着“水塔清洗，热诚负责”的贴纸。门口放着一台自行车，范衍重左右张望，没看到车子，不知是开出门了，还是这户人家没车子。范衍重打电话告知女子自己抵达了。没有多久，一名身材圆润的女子走了出来，见到范衍重，她招手示意。范衍重才跟着女子的脚步进门，要把门带上时，女子制止了他。

“你关上就好，不用锁，还有人要来。”

范衍重很想问是谁，偏偏有一连串的问题在排队，他犹豫太久，错过了开口的时机。他抓了抓脸，不发一语，不晓得什么因素在作祟，范衍重浑身发痒，尤其是脸。屋内昏暗得不可思议，女子没有开灯，下午时分的微薄日光勉强地支撑着范衍重的视觉。女子穿着像是睡衣的衣物，边角起了毛球，她毫无光泽的皮肤与黯淡的灰色沙发几乎要融为一体。她看起来刚睡醒，眼角还浮着一泡黄色的眼屎。执业多年，范衍重见过不少贵妇在医美手术及饮食的护持下，外表比实际年龄少了十来岁。眼前的女子是另一种极端，范衍重扳着手指算，依照吴辛屏的年纪和那年代的结婚风气，女子了不起六十岁，然而她松弛的肌肤以及枯黄的发丝，让她比七十岁的李凤庭还要沧桑。范衍重也得出另一结论：他如今确信女子与妻子拥有一定的血缘关系，哪怕蓬头垢发，仍无法遮掩女子有一双相当深邃的双眸，那眼褶的宽度，说话时不经意的目光流转，都跟吴辛屏像极了，正确来说，是吴辛屏像极了她。

屋内各处莫名其妙地堆着纸箱。电视柜旁，桌边，以及走道，中间只余下勉强可供人行走的宽度。走道的中间是通往二楼的阶梯，再往下延伸则是厨房。地板明显蒙着一层沙尘，让人无从辨识它们本来的颜色，看来，这屋子很久没有大清扫了。

女子招呼范衍重坐下，她自己也坐下了。

范衍重看了看那褪色的沙发，指着一旁的藤椅，“我可以坐这儿吗？”

女子从鼻孔哼气，说，“你跟小屏一个样，她上次来也不坐沙发，说要坐那张椅子。”

“辛屏是这礼拜一来找你的吗？”

“对。”

“一个人吗？”范衍重心跳飞快，他害怕答案是否定的。

“对啊，就一个人，不然还会有谁？”

范衍重又看了几眼屋内，试图在杂乱、湿暗之中，寻找到吴辛屏与这个空间的关联。一张照片或什么都好。她曾住在这里吗？她怎能忍受不清理这里的欲望？

吴辛屏有着鲜为人知的洁癖，要不是与吴辛屏同居，范衍重没想过吴辛屏有这一面。她一个星期花上十来个小时清理住家环境，她使用国外原装进口的清洁液，擦拭后留有柠檬和茶树的香气。她曾在凌晨两点，访客离去后，蹲在地上检查是否还有落发。范衍重问，有必要这样吗？吴辛屏直视着地面，搓着手背，我就是觉得脏。

莫怪吴辛屏不肯坐在沙发上，那沙发看起来好可怕。范衍重想象着吴辛屏跟“母亲”对话的过程，她是客气地婉拒了女人的邀请，还是说，在女人面前，她有另一种样貌？

女人笑了笑，好整以暇地看着范衍重。“小屏不敢不来看我，我知道她在哪里工作了，我什么都不多，时间最多，不怕跟她耗。范律师，我这样称呼，可以接受吧。”

“小屏正式介绍我们之前，我也叫你黄女士吧。”

桌上散落着账单，范衍重瞄了一眼，收件人黄清莲，估计这是女人的名字。

黄清莲耸肩，一脸不以为然，她撕开指缘的甲皮，说了下去：“小屏怎么跟你说我们家的？你怎么会跟一个没父没母的人结婚？你家的人没说话吗？”

“辛屏说……她跟家里的人失去联络很久了，连你们在哪儿都不知道。”

“不愧是律师，说起谎来脸不红、气不喘。小屏是我带大的，她在想什么，会说什么话，我心知肚明。她才不会说得这么好听，什么跟父母失去联络。这种话，你出过社会的人会信？天底下哪有父母不愿意跟自己的小孩联络？”黄清莲眼中闪过一抹精光，“我来猜看看好了，小屏是不是说，我跟她爸都过世了？”

范衍重哑口无言，他过分小看了这女人，黄清莲看似粗鲁，却有副机灵的心眼。

“小屏确实是说她跟父母久没联系，我也信了。”

范衍重决定守护自己的谎言。他不甘心就这样失去话题的主导地位。

“哦，那你们的婚礼怎么办？女方没有半个家人出席，你们办得成？我看你的衣服还不错，你的事业做很大吧？你的爸妈可以接受女方没半个大人？”

“没有婚礼。我父亲不在了，我也不想让我妈为了婚礼伤神，总之，没有你说的问题。”

为了避免话题再度被黄清莲牵走，范衍重强硬地介入。“黄女士，我从台北赶过来，是有一件很严肃的事情要跟你商量。你说礼拜一那天辛屏有到过这里？”

屋外传来隆隆的引擎声，范衍重跟黄清莲对视了一眼。黄清莲先把视线抽走，望着窗外。

“来得正是时候。”

一名男子一边脱下头盔一边推门而入，他与范衍重四目相交。

范衍重一眼看穿了男子的身份，男子的眉眼、鼻梁，跟吴辛屏如出一辙。主要的差别在于下巴跟皮肤，男子脸蛋方润，吴辛屏则有个线条优美的尖下巴；男子的脸上满布凹疤，大概是青春期发了太多痘子，习惯用手去挤所留下的后遗症，吴辛屏的肌肤相当平滑。

越看着这对母子，吴辛屏就在不远处的感觉就越是强烈。

男子跟范衍重点头致意，慢吞吞吐了一声：“你好。”

“怎么这么小声，人家是你妹婿。”黄清莲用力地拍了男子的臂膀。

果然是吴辛屏的哥哥，范衍重心想。

“小屏有说过她的哥哥吗？”

“有。”范衍重答得很快。

诡异的兴奋之情掠上黄清莲的脸，她的双眼倏地撑大。“我跟你说过多少次，你妹早就把我们给抛弃，过自己的逍遥人生了，只有你傻傻地以为她是好人。”

吴启源指甲抠着手背，眼神低垂：“我妹有跟你说过家里的事吗？”

“她有说过，只是我工作很忙，印象有些模糊。”

吴启源笨重地移动到黄清莲的身旁坐下，他看着堆满杂物的桌面，转头询问黄清莲。

“妈，你没有给人家准备喝的喔……”吴启源又站起身，把卡进屁股的裤子拉扯出来，喃喃自语，“我先去看冰箱有没有饮料，家里好久没有客人了……”

吴启源亦步亦趋地移动，过程中碰撞到夹道的纸箱两三次。他似乎习惯了，熟练地架开。再次出现时，他抱着三罐铝箔包红茶。

范衍重接过吴启源递来的饮料，确认还在保存期限内，一鼓作气插入吸管。

“启源，你妹婿在问，你妹是什么时候来这里的？你告诉他。”

“小屏？她是礼拜一来的。”

“你确定吗？”

“我记得很清楚，那天……我送小孩去幼儿园，然后去工作，中午的时候去买便当，来妈妈这边，一边吃，一边等。小屏打电话来，说她快到了，外面那条路临时施工，她要绕一下远路。我跟她说不要急……”

黄清莲不客气地纠正：“人家没有要听这么多细节。”

吴启源朝范衍重露出饱含歉意的微笑："对不起，我一紧张就会拼命讲话。"

"没关系，你还记得那天辛屏看起来……怎么样？有没有异常的地方？"

"我那天只看到小屏一下下。"

"为什么？"

吴启源的眼神游走在母亲与范衍重之间，得到黄清莲的肯定后，才谨慎地回答。

"我老婆打来，说我儿子在幼儿园吐了好几次。礼拜天我岳母生日，我们吃烧烤庆祝……"

"停、停，"黄清莲咂嘴，"你只要说，你等你妹等到一半，幼儿园打电话来把你叫走，不就好了？你老婆真幸福，没有工作，睡到十点十一点，小孩还是老公送去幼儿园的。"

"妈，别再说我老婆了。"吴启源看起来更哀怨了。"我岳父不计较我们家没有钱，很伟大了，反、反正，我带我儿子去看医生，再赶快骑车回来，我在门口看到小屏，她说她差不多要回台北了，我问她，下一次回家是什么时候……"

"你还记得那是几点的事情吗？"范衍重问。

"好像是……三点多吧。"

"你们还说了什么？"

"我跟小屏说，我刚刚去接小孩了，你想不想看侄子，你最近难得想回来，却都只待一下就急着要走，到现在都还没看过我两个小孩。小屏说她再找时间去我家。我说，一定要遵守诺言，不要再像之前那样莫名其妙跑掉。”

吴启源的声音充满了依恋。他的目光落在自己的双手，面容有点羞赧。“小屏变好多，她现在就像都市人，穿得很讲究，手上的包包也是真的名牌吧。没想到小屏也结婚了，还嫁给了律师，怎么不通知我们，我们一定是祝福她的。”

“辛屏好像没有在这里待很久？”范衍重提问。

“嗯。”黄清莲不置可否地闷哼。

“方便让我知道你们两个聊了什么吗？”

“也没说什么。”

黄清莲跟吴辛屏独处不到两小时，说不上长，但也不短，两人可能会聊到什么？范衍重心底没有定见。目前为止，他接收到的信息，一再令他质疑，他根本不认识他的妻子。

她每个月会跟补习班请假一天，来见她口中已经死去的母亲。

而她暗示有债务问题的哥哥，对她很是思念。

为什么他没有质疑过吴辛屏的说词？没有对吴辛屏的过往问得更深？明明他已从颜艾瑟身上学到教训，女人相当精于掩藏。你不能够只依赖她们告知你的信息，应该把她们视为前来求助的当事人，一面倾听，一面保持警觉，从她们选择忽略或草草带过的情节，窥探，推敲，事情的真相往往在那里，罕有例外。

“我跟你讲了，吴辛屏这孩子没有良心。”

黄清莲注视着范衍重，眼睛里毫无情绪。

“师父说，我的女儿是我的冤亲债主，我的癌症是吴辛屏的怨气弄出来的。礼拜一的时候，我叫她跟我一起去找师父，她不要，我们吵了起来，我受不了，只好警告她，如果不跟我去找师父，我说不定会被她害死了。”

黄清莲顿了顿，换上心虚的表情，似乎没料到自己会说这么多。

“我说这句话是想要吓她，谁知道她给我走出去。”

范衍重紧盯着黄清莲的神情，不愿错过任何一个片段。一个念头攫住了他，说不定黄清莲联合吴启源一起说谎？范衍重不由得瞄了一眼楼梯的位置，把一个人囚禁在二楼，不是不可能。若是如此，这对母子图的是什么？

“请问一下，”范衍重开口，“师父是谁？”

“师父喔……就是有在修行的人。”

“那什么又是……”范衍重回忆着那名词，“冤亲债主？”

“冤亲债主就是……你在上辈子，或前几世，可能有做出对不起别人的事，没有跟对方化解，所以那个业一直累积……累积到这一世，就会来找你报仇。”吴启源答道。

“这个跟辛屏有什么关系？”

“师父说，妈妈在前几世，都对小屏做了很可恶的事情。有一世小屏还因为妈妈而自杀，不能转世，在鬼道被折磨。小屏这一世好不容易找到了妈妈，她一定会复仇。只要牵扯上小屏，我们家就会鸡犬不宁。”

范衍重听得头昏眼花、一头雾水，只得把话题绕回。

“黄女士，你确定辛屏有离开这里吗？辛屏没有回台北的家，她连工作都没去了。她礼拜一来找你，我猜，她说不定人没有回台北，还在这里？”

黄清莲发出刺耳的干笑声，“范先生，你好好笑喔。你怎么会觉得吴辛屏还在这里。她那天一听到要找师父化解，十六万，我不夸张喔，她站起来，往外面走，还边走边骂我，说什么我为了钱，什么借口都想得出来。”

黄清莲咽了咽口水，不怀好意地看着范衍重：“范先生，你是高才生，你的脑袋跟我们这种人不一样。我问你，你跟小屏的钱，平常是怎么算的？”

刹那间，范衍重想起了吴辛屏失踪的那一天，真巧，娜娜的妈妈也姓黄。

范衍重以指腹重压勃勃跳动的太阳穴。

范衍重没有答腔，他从黄清莲那刻意的停顿，听得出这女人不打算轻饶他。

“我都忘了，范先生是律师啊，你们可以钻法律漏洞，让财产不要算在一起对不对？哎呀，怪不得，我想说十六万也没有太过分，小屏何必反应这么大呢？看来她也没多少钱。陪人家小孩写作业，一个月能够拿多少呢？”黄清莲自顾自地说下去，“也不肯跟我讲结婚的事情，人家还防着自己呢，啊，傻小屏，以为自己有多高贵。”

“黄女士，你的意思是？”

“你听起来是什么意思，就是什么意思。我直接讲好了，我替小屏觉得委屈。你们结婚，不通知我，我不计较，但有一些礼数不能不做。我把一个女儿栽培到快二十岁，我不辛苦吗？”

范衍重不发一语。一来，他尚未摸索出应付黄清莲的方法，二来，黄清莲某种程度上说对了，他没有对吴辛屏放下戒心，他甚至设想了一份解释：他得保护范颂律。他在感情上的误判，不应该由女儿承担代价。最简单的解方就是财产各自独立。

“黄女士，请别转移话题。我来找你，是因为小屏没有回家。我很紧张，搞不好她发生了什么事，我希望你们提供线索。现在，我们至少确定了礼拜一辛屏有来到这，之后呢？她去哪里了？她的电话关机了，没有人联络得到她。你们是我唯一可以请教的人了。所以，我冒昧说一句，两位刚才有说出实话吗？辛屏三点就离开了，对吗？”

说完，范衍重深深看进黄清莲的眼里。他试图压迫谈判对象时，就会这么做。

然而那双眼睛也深深地回望，显示着主人的无所畏惧。

“范先生，你有跟小屏吵过架吧。”

再一次地，范衍重打从心底升起恶感。不只是这个女人，整个幽暗、闷潮的空间都让他觉得窒息。吴辛屏捏造谎言，来遮盖她的身世，会不会黄清莲即为始作俑者？

假设李凤庭见过黄清莲，必然会千方百计地阻止儿子跟吴辛屏成婚吧。

“我们没有吵架。”范衍重压了一下掌中的铝箔包，甜腻的红茶滑入嘴里。

“你不要骗我，我很懂小屏的，她看起来很温和，骨子里很倔强。以前也发生过好几次，小屏跟我吵架，几天后就消失了。我们找好久都找不到。我真可怜，生到一个不知感恩的小孩。”

手机响起，范衍重看了来电者，是扶轮社的刘董，范衍重示意他得到屋外接电话。范衍重花了几分钟才厘清刘董的来意：刘董的牙医儿子出事了。检察官怀疑他与学长合办的诊所有诈领保险的情况。刘董希望范衍重尽快与他儿子碰面。范衍重看向屋内，黄清莲频频地朝自己的方向张望，吴启源则倒回沙发上，不发一语。巨大的疲惫、倦怠自四面八方吞没了范衍重，他理应留下，继续追查线索，但直觉告诉他，得先回到自己熟稔的世界。

范衍重走进屋内，指着手机：“我得离开了，晚上跟人有约。”

“你要走了吗？”吴启源抬起头，惊讶地看着范衍重，“你才待了一下下。”

吴启源没说错，从踏进这屋内到现在，尚未满一个小时。

对范衍重而言，竟宛如整个下午。

“对，因为朋友的儿子有事。”

“等一下，你有带钱来吧。”

吴启源面露困惑，范衍重轻轻点了个头。

“你带多少来？”

“两万，你在电话里说两万的。”

“你看一下我们的状况，还会觉得两万够吗？我身体这样，没办法工作。”

“那你需要多少？”

“至少十万吧，你一定有的，我看你身上的西装跟鞋子就要好几万。”

范衍重皱了皱鼻子，再一次地，黄清莲命中要害。这女人拥有动物般的直觉与观察力，也或许还有一些运气，范衍重加深了离开的欲望。

“我只带了两万出来。”

“这附近有便利超市和邮局提款机，你可以去那里领钱。”

范衍重想起女儿观看的日本动画，穿着泳衣的年轻少女踩着沙子，持着棍子摸索，一旦碰到了西瓜，一下，两下，奋力地敲打，瓜壳破裂，沙红色的果肉与汁液流得满地都是。范衍重吞咽口水，咕噜，喉结的滚动令人平静。

“我最多给你五万。”

“五万一下子就用光了啊，不能再多一些吗？”

“妈，不要一见面就跟人家拿钱啦……”吴启源的声音微弱得仿佛从远方传来。

范衍重与黄清莲的目光不约而同聚焦在吴启源身上。

吴启源紧张地口吃：“这、这样子的话，小屏会生气吧。”

“我管她生不生气？”黄清莲脸颊泛红，胸部剧烈地起伏，“没有钱，我没办法好好治疗。我没有说你，你好意思说我？你自己跟有钱人结婚，就忘记你妈了。你岳父最近不是换新车吗？有这么多闲钱，为什么你没办法借个三五十万回来给我，我都快死了。”

“妈，”吴启源满脸通红，他窘困地看了范衍重一眼，“有别人在，你讲这些事要做什么。我已经跟你说过，钱的事情我有在准备，你不要一直讲、一直讲。”

“你妹到底给了你什么好处？你怎么一直护着她？”

“没、没有，小屏没有给我好处。可是妈，你不觉得这样子小屏又会跑掉吗？我们好不容易才找到小屏的，这一次是侥幸，有人在台北看到她，下一次我们会这么幸运吗？”

“有人在台北看到了辛屏？”

“对啊。”吴启源察觉自己做错了什么，用眼角偷瞄着母亲。

“这句话是什么意思？”范衍重抬高了音量。

“算了，说给你知道也没关系。”黄清莲以近乎挑衅的腔调回应，“我们教育失败，千辛万苦拉拔一个女儿，哪知道她有一天，说什么在这个家很痛苦就跑了。一下子跑去台中，后来又说自己在桃园。

前几年，想到还会回来看看，她爸走的那一阵子，有回来住几天，但之后，再也没有回来了。电话没人接，我跑去她住的地方，房东说她早就搬走了。”

范衍重暗自评估着黄清莲话语的可信度。他经手过太多案件，很明白人类拥有一种近乎天然的防卫机制：严重低估自己所造成的痛苦。

“我没有那个美国时间，一天到晚只顾着找她。再说了，台湾那么大，她有心要藏，我要去哪里找？我就等，等她自己良心发现。谁知道她真没有良心。”

不知是愤怒还是委屈，黄清莲眼眶变得湿红。

“台北的事情到底是？”范衍重心急地追问。

吴启源鼓起勇气，把话接了下去：“大概五六月的时候，我们这里有人去台北玩，她跟我们说，在台北看到一个女人，跟小屏长得简直一模一样，只是比她印象中白了很多。”

黄清莲不甘寂寞地把话抢过去，“我问她，你在哪里看到的。她说地铁站附近。那个女生后来走进一家补习班。我又问，哪个地铁站。她忘了，只记得在饭店附近。我叫启源去查，饭店最近的是哪一个地铁站，旁边的补习班都标出来。我一间一间找，不信找不到。也是命中注定，那天，我才进去第二间，就中了，工读生说吴辛屏在那边工作没错。”

“你们说的那个人是谁呢？”

“告诉你我有什么好处？”黄清莲不假思索地回。

“我再多给你两千。五万二。”范衍重摸熟了跟黄清莲打交道的模式。

“是住在我们这附近的张太太，她的女儿以前跟小屏是同学。”

“什么时候的同学？”

“从小学到高中都读同一所学校，好像有一两年还同班。”

“张太太住在哪？”

黄清莲瞪着范衍重，坚定地开口：“我们要不要去领钱了？”

范衍重从超市的提款机逐次领出两叠纸钞，走到黄清莲面前，摇着手上的钞票。

“这里是六万，我想知道张太太住在哪儿。我什么也不会做，只想多一分线索。”

黄清莲哼了一声，往门口迈步，范衍重赶紧跟上。

同一条巷子，过了两个路口，三人在一栋寻常的民宅前停下。

黄清莲按了电铃。没有多久，一名女子应了门。

一看清楚来者，女子没有迟疑地把门拉开。“阿姨好，来找我妈妈串门子啊？”

黄清莲点了点头：“你妈妈在家吗？有些事情想要问她。”黄清莲转过身，伸手指向范衍重，“这个人是小屏的先生，他想知道我们是怎么找到小屏的。”

女子探出头来，上下扫视了范衍重，那眼神说不上友善，反而带着几丝促狭。

范衍重往前一站，与女子对视。

“听说你母亲之前有遇到辛屏？”

“也不算遇到，只能说看到吧，我妈没有跟吴辛屏说到话。”

范衍重很难不在意女子提及吴辛屏三个字时，语气往上飘移。

毫不遮掩的轻视。

“你母亲不在家吗？”

“对，她去看我外公了。我外公住院。”

“你以前跟辛屏是同学？”范衍重又追问。

“我们小三到小六同班，初中、高中同校。高中我们是隔壁班。”

范衍重瞅着眼前女子的长相，跟吴辛屏同岁，满布暗疮的脸、干裂的唇，本来应该是加分的大眼，却被肿胀的眼皮给拖累。远比实际年龄苍老。范衍重心生纳闷，这里的人怎么都如此显老？女子对吴辛屏的恶感又是从何而来？照理，两人从十岁到十八岁都在同一个校园活动，对彼此的生活应有几分熟稔。黄清莲跟吴启源眼巴巴地看着范衍重，范衍重寻思几秒，打算另谋出路。

“我赶着回台北，可以跟你留一下你的手机或者信箱吗？”

女子没有回应。

范衍重只得掏出名片。

“你有什么想要说的话，都欢迎打给我。不一定要重要，跟辛屏有关系就好；或是等你母亲回来，有想到什么，也可以打给我。”

女子接过了名片，若有所思地看着上面的头衔。

“所以你是一位律师吗？”

“对。”

“吴辛屏真是好运。”女子扯开一抹淡笑。

“好了，你也把名片给人家了，我们不要再打扰了。”黄清莲一心想撤退。

三个人回到原点，也就是黄清莲的住处。范衍重将手上的钞票交给黄清莲，黄清莲数都没数，直接折半，塞进自己口袋。目睹此景，范衍重想回台北的信念更强了。

才来没多久，台北的生活面貌竟仿佛失去框架，从边缘涣散、模糊。

范衍重告别了黄清莲与吴启源。缩进车子，握着方向盘，看着仪表板上的图示一一亮起，范衍重吐出一口长气，天啊，他怀念这些秩序。

手机响起，不是他心心念念的吴辛屏，而是补习班的西西。

“范律师，有个女生跑来我们这儿，说吴老师今天跟她有约。她等不到人，电话又没人接，只好跑来我们这里。我们要怎么回她呢？”

“那个女生有说她是谁吗？”

“她说她叫奥黛莉。”

范衍重拼命回想，脑海一片空白。吴辛屏不曾提过这名字。

“你把我的电话给她，我跟她亲自联络。”

“好的。”西西的语气像是解除了一项危机，“那我请她联络你。”

电话铃声来得很快，完全没有要给范衍重喘口气的意思，“喂？”

“你是小屏的先生吗？小屏人在哪里？”

“你是辛屏的谁啊？”

女子安静了几秒，才小声地回答，“我叫奥黛莉，是辛屏的朋友。”

“辛屏从来没有跟我提过你。”

“范先生，请你相信我，我能证明我确实是辛屏的朋友。”

“你怎么证明？说不定你是打来诈骗的？”

“我知道吴辛屏许多事情。像是，你们结婚之前，你要求她签一张契约，你们夫妻财产是分开的。我提这个，没有别的意思，只是想让你相信我。”奥黛莉深吸进一口气，“现在，你可以告诉我她在哪里吗？我有急事要跟她商量。”

奥黛莉的言语仿佛一只透明的手，穿进范衍重的胸膛，攫住他跳动微弱的心脏，他的呼吸错了拍，流回胸腔的血液被拦截，根根肋骨糊成一块，再也得不到舒展。

“我现在在开车，我待会儿回电好吗？”

还没有得到女子的回应，范衍重抢先一步挂断。

手机又响了，范衍重把手机甩往一旁的副驾驶座，几秒后，愤恨地捡回，按下接听。

“奥黛莉小姐，我跟你说了，我人在开车……”

话筒一片静默，没多久，吴启源声音出来了。

“范律师，我是吴启源。”声音很轻，仿佛对于自己的话没什么信心。

范衍重自问，他有把自己的联络方式交给吴启源吗？没有。唯一的解释是，吴启源借了他给“小贞”的名片。范衍重燃起兴致，吴启源令他联想到蜗牛，哪怕有人用力地戳刺，逃跑的过程也缓慢、愚笨。他很想倾听这只蜗牛带来什么消息。

“我要跟你……沟通……一件事。”吴启源念到沟通二字的生硬，范衍重不禁猜想他平常多么不需要这词，“我们对小屏很好，没给她受到委屈。我发誓，我们尽力要对她好。”

吴启源清了清喉咙，再开口时，竟不无委屈：“范律师，你是我妹的先生，照理说，我不能这样跟你说这些，但我实在看不下去。偷偷跟你讲，小屏以前出过事。我不能告诉你她做了什么，只能说她伤了很多人的心。要不是师父帮助我妈看开，我妈差一点被小屏弄到发疯。我说到这了，信不信随便你。”

吴启源不等范衍重回话，如同扔出烫手山芋一般鲁莽地挂上电话。范衍重倒在椅背上，他有一种幻觉，身上的血液正从某个不知名的孔窍缓缓地流掉。这个令人倒尽胃口的小镇，以一种潜移默化的手法伤害着他。而不晓得躲到何方的吴辛屏，是否在观望着一切的进展，双眼时而流露哀伤，时而有冷光一闪而逝？黄清莲说中了，吴辛屏消失的前夕，他们有个小小的争执。原因很小，范衍重要求吴辛屏一同说服范颂律，再也不要提到颜艾瑟这三个字。吴辛屏不同意，她认为，孩子是无辜的。他们可以试着尊重颜艾瑟在范颂律心目中的特殊地位。范衍重震慑地盯着吴辛屏，他以为吴辛屏会懂，颜艾瑟凿空了他的所有，他好不容易才把自己拼凑起来。他气疯了，他握着吴辛屏的肩膀，刹那，吴辛屏的脸变成了颜艾瑟。

第四章

我睁开眼睛，花了一段时间，才想起自己身在何处。

我眼前的女人，她睡着了。我想了半晌，原来我也睡着了。这样很好，我不用那么紧张、提心吊胆。第几天了呢，说也奇怪，在这里，时间仿佛是静止的。静止到我开始感受到内心的宁静。我好多年没有这种情绪了。这几年我都在想同一件事：人用前半生来写这一生的剧本，后半生用那剧本排戏。我们再怎么不满意，都甩不掉这写好的剧本。

刚刚我做了一个梦。

哥哥骑自行车载我，在我们家附近的一块空地。风拂在脸上很清凉，我的头靠在哥哥的背上。哥哥的背都是汗水跟热气，我的脸被弄得黏黏的，一点也不觉得恶心，哥哥的汗水闻起来几乎跟洗澡的水没什么两样。过了不晓得多久，哥哥停下来，看了看天空，说，该回家了，妈妈在等我们了。我本来快睡着了，一听到这句话，着急地哭了起来，我搥着哥哥的背，吵闹着，说我不要回家，为什么不能继续待在外面呢？哥哥叹了口气，一副拿我没辙的模样。我哭得更认真了，哥哥伸手戳我的肩膀，说，你不要哭了啦，气喘又发作了怎么办。好啦，我答应你，我们再骑一下下，就一下下喔，你等一下不能再耍赖。说话要算话。哥哥卖命地踩起了踏板，风穿过我的脖颈跟发梢。我以手背抹掉鼻涕跟眼泪，伸出手，抱紧哥哥。

没有比哥哥更重要的人了。即使结了婚，我还是这样相信着。我的世界以哥哥为中心绕着转。没有了哥哥，我就不晓得要找谁讲话，或者我该说些什么。从小到大，只要哥哥不在我的视线之内，我就会紧张、肚子痛，身上浮起一粒一粒的红色疙瘩。

我没有朋友，只有哥哥。

由于身体虚弱，我从小就很不擅长与同龄的小孩相处。刚开始，身边的人以为是普通的感冒，医生测试了几次才确认是气喘。我一喘起来，母亲想尽办法把我送进医院。她怕我待在家里，一个不小心就窒息了。后来，只要我头晕、流鼻水，母亲也会把我载到医院，说打个点滴也好。我们这里只有一间大医院，父亲跟院长感情很好，院长简直是看着我长大的。医院的其他医生、护士也很疼我，偶尔会在我掌心里递上一把软糖。我不排斥去医院，认真说，可能还有点喜欢那种被悉心呵护的感觉。话虽如此，住院并不便宜。我跟母亲商量过，不想太依赖医院，得为父亲省钱。母亲冷静地质问我，若你有了三长两短怎么办？不要任性，你留在家里只是增加我的困扰，我不知怎么照顾你。不要担心钱，你爸应付得来。

我不是很清楚父亲的事业，只知道他很忙碌，时常得应酬，迟至十点、十一点才回家，倒在客厅的沙发上，口齿不清地嚷嚷。母亲偶尔会等他，偶尔自己先睡下。我跟哥哥最期待后者的时机。哥哥走进我的房间，在我旁边躺下，提醒我，千万不可以睡着，要撑到父亲回来。为了提神，我们肩并着肩，压低嗓子，讲很多故事。哥哥故事很短，没多久就结束，他推我的肩膀说，换你。我喜欢讲很长的故事，医院的大厅有个书柜，堆放着包罗万象的书籍，甚至有一整套百科全书，很可能是院长的小孩长大后淘汰下来的。我在医院读了人生第一本科幻小说，倪匡的《蓝血人》，也读了莎士比亚的《仲夏夜之梦》。我喜欢把不同的故事组合在一起，变成新的故事，属于我的故事。

有几次，我们听到楼下铁门的声响，哥哥不甘愿地坐起身，命令我要记得说到哪里了，下回待续。紧接着，我们蹑手蹑脚地走下楼，经过二楼得特别注意，不可以吵醒母亲，否则前功尽弃。一半以上的概率我们会在一楼沙发上找到醉醺醺的父亲，有时他倒在通往二楼的阶梯，也有几次，父亲清醒地看着电视，这是最差的情形，我们只能沮丧地爬回三楼。

多数时候我们很幸运，父亲昏沉沉地在沙发上扭动，似是想甩掉酒意。哥哥开场，他问，爸，借我五百好吗，我要买一套美术器材，学校规定的。五百是很后来的数字，最早几次，我们只敢问五十、一百。父亲的眼神涣散，对着哥哥绽放傻笑，他说，美术器材？啊，美术器材。父亲从口袋摸出一叠钞票，眯眼睛，企图看清楚，哥哥伸手协助，他抽出一张五百元钞，在父亲耳边提醒，爸，就这张，这张是五百元。父亲从善如流地听从哥哥的建议，把五百给了他。我不喜欢这么复杂，我只要抱着父亲的手臂说，爸比，我想要买礼物。父亲抚过着我的发丝，捏我的脸颊，把那叠钞票放在我的手心，语气和蔼慈祥，你自己拿。

父亲很疼我，很多人说，父亲总是比较疼女儿。我是信的。

这游戏是哥哥发明的。一次晚上，哥哥走进我的房间，说他饿到睡不着，要我陪他去厨房的冰箱拿布丁。我回绝了哥哥，冰箱在一楼，母亲在二楼，若吵醒母亲，后果不堪承受。禁不起哥哥苦苦地求情，我陪着他轻手轻脚下楼，才碰到冰箱把手，就听到钥匙转入锁孔的声响，父亲回来了。父亲摇摇晃晃地走到我们跟前，问，你们怎么在这儿。哥哥急中生智，说他想起有一本讲义还没放进书包。父亲点了点头，从口袋摸出一张五百元，吩咐哥哥，缺什么自己去买。我跟哥哥面面相觑、后知后觉，喝醉的父亲难以意识到自己做了什么。游戏开始。

母亲饱受失眠之苦，难以入睡，极易醒转，她睡不好时，一点小事就能让她发疯。哥哥跟我很早就取得共识，我们有个反复无常的母亲。她仁慈的时候，世上万物都没有她的拥抱与亲吻珍贵；她失控的日子，我们变回孤儿，只能相互取暖，祈祷暴雨似的咒骂快点止歇。

母亲跟自己的家人也处不来。外公过世得早，外婆在南部独居。每一次回外婆家，母亲表现得比父亲更像个外人。我们才坐下来没多久，母亲频频看着时钟，仿佛归心似箭。她会问外婆近况，但那生疏、淡漠的语气，又让人不由得想问，话语背后有多少真诚。我更注意到一次跟母亲合作搀扶外婆，外婆的身子僵硬，头也尽量靠向我，似乎在躲着母亲。这一点也不正常。

母亲跟自己的妹妹尤其处不来。姨是会计，收入不低，对我跟哥哥出手阔绰。每次跟姨碰面，哥哥跟我的目光老是忍不住飘向姨脚边那巨大的纸袋，母亲骂过姨，不要让我们年纪轻轻就习惯奢侈品。姨不以为意地说，习惯奢侈品有什么不好，那是好命的象征。

姨的外貌与母亲极度神似，有一次，我误把姨喊成妈，哥哥嘲笑我，母亲把我的耳朵拧得无比血红。我猜，母亲在嫉妒姨，姨内在跟外在都比母亲更好更温柔。姨常问我问题，问题很短，她鼓励我的答案越长越好，姨那专注、沉默倾听的模样，让我意识到大人也能够敬重孩子。母亲说过不止一次，姨的优雅跟轻声细语，来自她不必亲自照顾孩子。若姨跟母亲交换身份，歇斯底里的人就换成姨了，母亲笃定得仿佛在诅咒，哥哥跟我不敢答腔，沉默是金，我跟哥哥的童年累积出可观的宝藏窟。

母亲偏爱哥哥，是我们家一目了然的事实。她对我很严苛，对哥哥倒是很宽容，她也有一两次很气愤地骂了哥哥，事后又去搂着哥哥，跟他示好，说自己不是故意的。久而久之，哥哥好像也看得出来，他可以决定母亲的某些表现。在我因为母亲的责骂而痛哭的当下，哥哥会小心地施以拯救，他会说，妹妹再哭下去，气喘会发作吧。这些话形同咒语，母亲停止了对我的苛责，她会拖着脚步走回自己房间，那背影好像受伤的动物想尽办法回到巢穴。这让我十岁左右就许下心愿，有朝一日，要跟哥哥离开这个家，最好跟院长的儿子女儿一样，在远方生活，偶尔回来这座小镇探望父母。

我能够信赖的对象只剩下哥哥。

说到这儿，王叔叔也该出场了。我们家的历史，王叔叔也占据了许多页。王叔叔住台北，是父亲初中时期的朋友，根据父亲说法，王叔叔绝顶聪明，不爱念书，名次却赢了所有人，把很多孜孜矻矻的同学给气得跳脚。王叔叔一从台大毕业，就飞去美国攻读物理，在当地做了几年教授，又为了照顾母亲回到台湾。一年至少有三四次，父亲开车载我们全家去拜访王叔叔。王叔叔教会我“地铁”两个字，他可以信手画出路线图，要我跟哥哥想象，中间那条线一旦通车，联系左右两条线，将彻底改变台北。王叔叔的妻子，晨雅阿姨说王叔叔跟政府一样一厢情愿，跟王叔叔不同，她对于人们搭乘地铁的意愿很是悲观。父亲跟母亲也喜欢讨论这对夫妻，母亲支持晨雅阿姨，她说，地铁再怎么方便，也比不上开车或骑车。父亲说王叔叔才是对的，不为什么，王叔叔没有答错过。哥哥对于这话题一点也不关心，他对于小镇以外的动静都兴致索然。至于我呢，我不相信王叔叔的说法，王叔叔难道没看清，台北够让人叹为观止了吗？就像第一名的学生，很难再得到进步奖吧？

北上访友前一天，母亲会坐在梳妆台前苦恼良久。我听过她和父亲埋怨，晨雅阿姨的品味太好了，她很有压力。母亲的品味不恶，即使如此，跟晨雅阿姨站在一起，她仍输得退无可退。我想起院长曾轻快地祝福我，若认真把书柜里的书给读完，也许能跟他的儿女一样，申请上很好的大学，在城市就业，过着时尚的生活。我抬头望着院长，他是一位身材高大、面容和蔼的老先生。我那时很感动，他如此祝福我，我在脑海中勾勒着我成为晨雅阿姨的一天，浑然不察，那件事即将发生，我从此再也见不到这对台北夫妇。

年纪增长，我日益明白，镇上的人，包括我的父母，都背负着秘密在过活。

院长会打老婆。母亲听邻居说，邻居又是听小学校门口对面帆布店老张的妻子张太太说。一晚，张太太想把娘家寄上来的芒果分一些给院长，感谢院长治好了她的脚痛。天色昏暗，路灯又一如往常要亮不亮。院长的别墅有一个宽敞的院子。张太太把车停好，从大门往内望了一眼，她目睹的景象把她吓得不敢按电铃：一名女子只穿着肤色内衣裤，面对着别墅的门，头低着，罚站似的动也不动。张太太定睛一看，是院长夫人，镇上最优雅、端庄的院长夫人。院长出现了，他的身影与穿着相当好认。他坐在一张板凳上，脸上的表情一团模糊，院长夫人跪了下来，院长从鞋柜后抽出了一根棍子。

这时，张太太逃跑了，她蹑手蹑脚地回到车上，推了一段距离才发动机车。我曾听母亲跟邻居议论，张太太很可能没说出真相，在那处境下，有谁舍得离开？张太太说不定看到什么精彩的画面，怕说出去，被院长找麻烦，才刻意留下一个语焉不详的结局。我倒认为张太太没有保留，换作是我，也不敢看下去的。即使是院长打人，我或许也会觉得是偷窥的自己的错。况且，想到院长夫人衣不蔽体，莫名地有股战栗与不安，从我的腹部深处一寸寸升起。院长夫人的身体小小的，小小的脸，小小的肩膀，比我还纤细的脚踝，以及小小的脚，她令我联想到鸟，骨头细细的，撑不了多少重量。她对人有些冷漠，不像院长一年四季挂着充满朝气的微笑。她偶尔会来医院，看着人潮来去，一脸心不在焉。母亲笑我年纪轻轻不懂事，她说，院长夫人是在看有没有护士勾引她的先生。

院长夫人要买衣服，不是我们以为的请司机载她到市区，而是乘着飞机去日本。母亲一度很着迷院长夫人的针织外套，她想着穿上那件外套去台北给晨雅阿姨看上一眼。她请一位照顾我多年的护士代问，那件在哪里买的。护士带回答案，银座。母亲问父亲，银座在哪里？父亲说，不清楚的事问王叔叔就对了。王叔叔亲切地回答，银座位于日本东京，是“全亚洲最繁华、最漂亮的地方”。哥哥逞强地追问，银座有比台北还要热闹吗？王叔叔愣了一下，放声大笑。直到我们回家，他都没有回答这个问题。

我明白了，银座跟台北是不能放在一起比的。换句话说，能够去银座买衣服的院长夫人，了解银座的王叔叔，与我们这个小家庭之间，也存在着一条隐形的界线。穿着银座买来的针织外套的院长夫人，有时也只能穿着内衣和内裤被先生教训。这些画面拼装在一块，让我格外不适。不过，母亲跟院长说话，依然非常客气和恭敬。我也继续崇拜着院长，并且相信院长说的话会实现。

我认为，这里的人，哪怕跟院长一样有钱、聪明、备受尊重跟信赖，内心仍怀着神秘期待：离开这里，像院长的儿女在那些光鲜亮丽的大城市生活，才是最完美的成就。我问过哥哥，你有没有偷偷地希望，王叔叔是我们的父亲？相亲相爱的台北人，王叔叔跟晨雅阿姨，竟没有小孩，命运是公平，还是不公平呢？哥哥敲了敲我的前额，他始终接受我脑中各式各样的幻想，唯独这个念头他非常不谅解。哥哥说，人是不可以否认自己的出身的。这句话在我的脑海中留下深切的凿痕。

我跟哥哥之间几乎没有秘密，之所以说几乎，表示我对哥哥仍有所保留。

一晚，父亲又喝多了，他双眼紧闭，远远看就像昏了过去。哥哥取消了游戏，他拍拍我的肩膀，我们上楼吧，爸睡死了。我推开哥哥的手，在父亲身边坐下，伸手拉他的手腕，心中是不安的鬼影。我在医院的时间比一般小孩还要长，有些人被送进医院来，也如同父亲这样双眼紧闭，体内尖锐到几乎要把我刺破的直觉告诉我：他们已经死了。父亲还没有散发出那种氛围，我只是过于不安。

父亲倏地睁开眼，露出我从未见过的、充满魅力的笑容，他伸手捧着我的脸，细细地说，小河，你怎么来啦？下一秒，父亲起身，抱紧了我，他灼烫的体温从我的皮肤表面迅速传递到内心，我吓得把父亲推回沙发上，转头望向身后的哥哥，他以眼神询问着，怎么了？说不上为什么，我才要跟哥哥诉说方才的插曲，一眨眼，又不敢说了，父亲的眼神刻画着忧伤，我感到遭受冒犯，转眼又同情起他。

人如何这般矛盾？我跟着哥哥一阶又一阶回到了三楼。独处时，我会轻轻地倒映那个晚上的回忆，小河是谁？我甚至没见过父亲用这种撒娇的口吻跟母亲呢喃。我把这些疑问深埋于心底，缝上了我的嘴唇。

偏偏秘密是这样的，你越是假装它不存在，它越是在你的人生中占据一个优势的地位，你到哪儿都得绕过它，随着日子累积，你想保存这个秘密，与你想消灭这个秘密，两种念头会不断地在你内心竞赛，把你弄得精疲力竭。

我们第一次搭上那条王叔叔夸口会改变台北的路线时，父亲跟王叔叔早已老死不相往来。我走进车厢，想起王叔叔，我赶紧闭上眼，任由摇晃的车厢把我的思绪摆荡至远方。如今回想，倒有些可惜，我也许该睁大眼，不要错过爸、妈与哥哥的神情。在那短短的数秒钟，有谁跟我一样，冷不防回想起王叔叔曾经带给我们家这么多的欢乐？

我受不了自己的记性，与其说是记得的能力太好，不如说是遗忘的本事太差劲。

眼前的女人皱起了眉，呼吸变得急促，她要醒来了吗？我睁大眼，无微不至地注意着她的一举一动。说不上为什么，即使她这样对我，一股奇异的感情仍无声地驱策着我，让我不由得细看她的脸庞。这很危险，若她睁眼与我四目相交，想到视线交绕带来的折磨，我打了个冷战。真想问她，对于自己的作为，后悔过吗？我闭上双眼，待在地下室太久了，外界时间的变换渐趋模糊，体内的时钟失灵，我拉直小腿，想让血液畅通，太阳穴周围泛起大片的疼痛，牵引出了另一层回忆。不管我要不要，在脑海自动地搬演。

◆◆◆

我说谎。

我没有朋友是骗人的。我有过朋友。但我总是要求他们无条件地包容我，他们最终都离我远去，徒留我在原地，气急败坏，泪流满面。

小学五六年级，我跟一个女生好上了，她的名字好美，瑶贞。瑶贞是个诚实的孩子，在我赞美她的名字时，她害羞地摸摸自己的耳朵，向我坦诚她的名字是舅公取的，舅公在北部大学担任教授，瑶贞的母亲怀孕时，跟舅公许讨一个象征好命的名字。我很感谢瑶贞说出真相，这样才对，好的事物都来自远方，荒芜的小镇不应出产这么美的名字。

美好的名字并没有应许瑶贞的好命。我俩之所以成为好友，并非出自什么相知相惜，而是被动地被归为一队。自三年级起，座号三十一的女生，带头欺负我。我跟三十一的纠葛，大人们要负极大的责任。

初中时，有一次作文题目是“性善与性恶”，语文老师当着全班的面大声朗读我的作文。那篇作文我还收藏着，十四岁的我是这样写的：

“小时候，我有气喘，常常请假。每一次我去上学，班导都会在讲桌上，拜托大家好好照顾我，不可以看我身体不好就欺负我。如果被她抓到有谁对我没礼貌，扣优点卡三格。如果人性是善的，跟孟子说的一样，班导为什么要这么做呢？同学不是理所当然会对我好吗？而且班导根本在帮倒忙，乐极生悲，同学们一下问我为什么不干脆住在医院？一下又问我，家里是不是有给老师钱，老师才对我特别偏心。”

语文老师把我骂得狗血淋头，她说，作文不是用来批斗老师的。小学生一点规矩、礼仪也没有，愿意带这些小朋友的老师，都是善良的好人。她命令我罚站了一整堂课，补交一篇，她要在新的作文里看到忏悔跟反省。我忘了自己有没有重写，只有印象我把这篇作文读了好几次，还是无法领悟语文老师的教训，只挑到“乐极生悲”应改为“事与愿违”。

有两个学期，三十一担任副班长，点到我的时候，她会故作感动地昭告天下：哇，你今天有来，好伟大。有些同学会应和她，多数的人只是僵硬地转过头去，装作他们什么也没看到。一度三十一对我很友善，会跟我打招呼，或是在我经过她的座位时，只是看着，没有口出恶言。在我以为厄运到此为止时，三十一又发下信纸，要同学票选班上最讨人厌的女生，她写上我的名字，其他同学也配合她，在我的名字旁边一横一竖打上正字记号。我不是没想过要告诉哥哥，可是，一看到哥哥，百分之百地温柔、发誓会保护我的、纯真又勇敢的脸，我一个字也吐不出来。我不想让哥哥为我难过。所以，好几次，哥哥躺在我的面前，邀请我玩“摸脸摸到睡着”的游戏，我伸出手，自鼻梁到嘴唇，从上而下，在他的脸颊如同画猫咪胡须似的撇上好几痕，以整个掌心覆盖住哥哥的脸颊，摩挲。我克制、压下倾诉的渴望。我不能永远依赖哥哥。

五年级分班结果揭晓，我竟跟三十一又同班了。新的班导姓方，屡屡强调，她是被逼着教五年级的，这年级既没有四年级的娇憨，又缺乏六年级的懂事。开启了“五年级学生有多讨人厌”的话题，平日喜欢使唤班长去泡茶的方老师，也能在滴水不进的情形下，流畅地讲完一整堂课。方老师强调，五年级的女生又比男生难搞，脆弱易感、无理取闹，动辄以为自己是八点档的女主角。她得跟大家约法三章，若心底有委屈，自行解决，不要找她告状。她不会像以前那样干预，小女孩跟小女孩的游戏，她玩不起。见我们陷入静默，方老师又说，很多年后你们都会忘记小时候的自己有多残忍，大人不是，大人会记得被辜负、利用的每一分、每一秒。

方老师说话时，我故作捡拾掉落的橡皮擦，想看清三十一的表情，我很好奇三十一怎么解读方老师的发言。没料到三十一根本没在听，她埋首用力搓出橡皮擦屑，轻盈捏起，撒在瑶贞的头顶上。瑶贞很漂亮，她比学校多数的女孩都漂亮，不过。她常流露出一种笨拙的表情，不管跟她说什么，她都要过个好半晌，才勉强反应过来地颔首。有人猜测瑶贞是不是智障，偏偏班上四十个同学，瑶贞在十几名左右，也算不差。三十一是瞄准她哪里？我不知道，或许欺负一个人，跟爱上一个人一样，不需要理由。下课玩鬼抓人，我跟瑶贞一再被指定当“鬼”，这游戏让我几欲窒息。我跟瑶贞还不够像“鬼”吗？想亲近谁，谁就躲闪、逃避。有一回，三十一故作慷慨地问，给你们决定，谁要当鬼？在我说出“瑶贞当鬼”的前一秒钟，瑶贞开口了，照旧是那慢慢吞吞、拖沓不决的傻样，她说，我当鬼吧，我喜欢当鬼，反正我跑得很快。瑶贞的语气很平静，我惊讶地抬头看她，她以唇语说，没关系。

从此，我天天带两包巧克力饼干到学校。一包给我，一包给瑶贞。科学面一包六元，巧克力饼干一包三十元。那是十一岁的我能想到的奉献。谢谢瑶贞自愿当鬼，我才可以当人。我在文具店买了精致的信纸，墨水有香气的彩笔。我写信、传纸条给瑶贞。瑶贞，你好吗？瑶贞，你有兄弟姊妹吗？瑶贞，你的爸爸妈妈感情好吗？瑶贞，我不太好。我有一个哥哥，他对我很好，保护我，照顾我，可是，瑶贞你现在会想谈恋爱吗？瑶贞，大人的世界好复杂。我爸爸妈妈他们吵架了。妈妈在房间哭，好吵。瑶贞，哥哥说，那是大人的事，我们安静等待，他们会没事的，真的是这样子吗？瑶贞，我好难过。你有时间的话，安慰我一下下好吗？

到了放学，瑶贞会请人转交给我的回信。我们不能公然来往，害怕激发三十一恶毒的心眼。我陷入幻想，我跟瑶贞是童话故事中，被巫婆绑架、困在城堡里的公主，必须用智慧化解危机。我着魔地比较瑶贞跟我的差异。她的睫毛好美。她的小腿比大腿修长，膝盖上有一块吓人的粉色疤痕，来自小学二年级时的一场车祸，瑶贞从机车后座被抛出，飞了几米，右膝着地。瑶贞出过车祸，我没有。瑶贞还有一个伤疤，在右手掌心下缘，她从自行车摔下，被路面石头划破。她反问我，你学骑自行车时难道没有摔过吗？我摇头。哥哥守在我身后，没有一秒钟松懈。瑶贞歆羡地望着我，说，你有一个好哥哥。我的弟弟跟妹妹都是讨厌鬼。

瑶贞说她父亲在外地经商，母亲在家照顾三个小孩。我没有见过瑶贞的父亲，倒是看过她的母亲跟阿姨几次。瑶贞的母亲好沧桑，皱纹仿佛河流，侵蚀了她的脸皮。我问瑶贞，你母亲很晚生小孩吗，她看起来像是你的阿嬷。瑶贞不失礼貌地回答，妈妈二十八岁生我的。

瑶贞是我第一个朋友。我兴奋到什么程度呢？我做梦，不止一次，梦见我咬她。不是轻轻的、好玩的咬，而是把瑶贞身上的一部分给咬了下来。梦里我叼着那块肉跑来跑去，喜悦、放肆、天马行空。我如梦似幻地醒来，高耸的人影坐在我的床头柜，定睛一看，是哥哥，他愁容满面地问，你好吵，你是不是中邪了？一下子笑，一下子全身蜷起来哭。你还好吗？偷看鬼片了？我坐起身，气喘吁吁，没办法说话。哥哥跨过我的身子，抽了几张卫生纸，帮我擦掉脖颈的汗，随即伸进我的睡衣内，哥哥察觉了我身体拉紧，闷糊地说，你的背都是汗，不擦干，待会儿你睡着了会感冒的。哥哥的话不无道理。我停止抗拒。

哥哥请我形容自己的梦境。我很清楚不能全部讲出去，否则哥哥会太好奇，哥哥很善良，但我慢慢明白，善良的人依然会好奇，一个人太好奇会惹出麻烦，否则不会有句话是，好奇心杀死一只猫。我撒谎，我看了一则新闻，女学生因为想分手，而被砍了十几刀。我梦见那个女生。哥哥把我拥进怀里，悉心安抚，别怕。你跟那种女生不一样，你会乖乖的，不会让自己陷入危险，对吧？我想不起自己怎么回答，大概是半声不吭，当作承认。

学校提早放学的日子，我提议去瑶贞家，我渴望跟瑶贞亲近，但又不想要让人撞见。我们两人躺在她微微散发汗味的粉红色床单上，漫无边际地聊天。瑶贞提出几个她不会写在信里的问题。你会摸自己的那里吗？你如果挺胸，小腿拉直，脚跟往上勾，会不会有一种感觉？瑶贞也会被这些对话弄得出现特殊的反应，脸会变红，吐在我脸上的气息也热黏黏的，好像夏日午后，空气变成膜，裹在身上。瑶贞有一种味道，不是随时都有，难以形容，有点特殊，令我联想到水果放久了散发出的气味。我会趁瑶贞不注意时，用力吸气。

后来，我在班上听到一个风声，班长钟昶宇被问到“班上的女生谁最漂亮”时，选择了瑶贞。钟昶宇肤色很白，眼睫毛长长的，鹅蛋脸，唇红齿白，像混血儿，他不是第一名就是第二名，可惜不太擅长运动，没跑大队接力。就算这样，喜欢他的女生还是很多。我提醒瑶贞，说不定这是一场崭新的恶作剧把戏，你不要轻易掉进陷阱。听到我这么说，瑶贞嘴角下垂，泫然欲泣。我不敢置信，瑶贞竟然信了。我奇异地感到愤怒，分不清是对瑶贞，还是对散布这流言的人。我费心说服瑶贞，你信了，你就完了。瑶贞的眼泪大颗大颗掉下。我们躺在她的床上，瑶贞细数钟昶宇的可疑行迹：放了一盒牛奶在她的桌上，改她的数学考卷多给三分。瑶贞的脸一下紧皱，一下红润。说到激动处，瑶贞身体略往前倾，发育中的胸部看起来更圆了。我记得自己竭力端出中立的语气：喝牛奶会拉肚子。钟昶宇要害你，三十一教唆他这样做。瑶贞的蠢笨与憨甜在此时发挥了意想不到的效果：我隐约地贬低她，她也能极快地恢复。我险些没脱口而出，你以为像我们这种人，凭什么被钟昶宇看上。

瑶贞生日那天，钟昶宇请同学转交了一盒巧克力。我送上精心制作的卡片。瑶贞雀跃地读着我写的字，我却感觉到她的心飘向那盒包装精致的巧克力。我预期她会分给我一些，等到放学，她没有再把那盒巧克力从书包内抽出来。瑶贞最懂如何扫兴了。

三十一不知从哪儿得到内幕，她间接地把瑶贞算成钟昶宇的一分子，减少对我们的欺凌。我理应喜悦，又郁郁寡欢，瑶贞不再对我忠心，我想找她倾吐心事，她也只是魂不守舍地听着，她好像变灵光了，懂得闪避我的话题，丢出自己的困惑，瑶贞跟我描述一个又一个场景，请我分析钟昶宇是不是释放了什么暗示？有些一听就知是她的绮想；有些貌似有谱。

体育课练习趣味竞赛，瑶贞给自己绊倒了，她坐在地上抱着大腿哀号，我走向瑶贞，有个人超越了我，是钟昶宇。隔着瑶贞只剩三五步的距离，钟昶宇停下，我也跟着停下脚步，注视着钟昶宇。钟昶宇做了一个行为：他咬着牙，低声问，你快啊，你在干什么。我意识到自己多么可耻，有一瞬间，我以为钟昶宇会跟我说什么。在这紧要关头，瑶贞又变笨了，她浑然不察自己成了我们争执的核心，她试着撕开膝盖上掀起的皮，并发出更嘹亮的哭喊。我们合力把瑶贞撑起来，朝着保健室迈开步伐。经过这风波，同学们大致上相信了班长对瑶贞的感情，瑶贞安全了。

我只剩下瑶贞对我的坦承，她跟我更新每一个微小的、食之无味的改变。我把瑶贞说的每一句话，都详细地抄在我的日记里。我耐心地记录，不可自拔地关注着瑶贞的感情。时序进入夏季，空气黏浊。师长要我们提早规划初中生活。多数同学会直升隔壁的初中，也就是说，我们要看着同样的几张脸度过未来三年。我不懂，这有什么好规划的。

这时，发生了一件大事。瑶贞跟钟昶宇起了误会，瑶贞想写一封信给钟昶宇，表述她的心意。她摇晃我的手臂，恳求我代笔。瑶贞的理由很正当，我文笔好，又清楚他们之间的点点滴滴。我一个晚上写好，瑶贞看了，搂着我的肩膀，她的味道又渗进了我的鼻腔，她泫然欲泣，在我耳边低语，你最懂我了。我听从瑶贞的指示，把信嵌进钟昶宇的书包，夹在课本之间。

隔天，钟昶宇再也不看瑶贞了。几天后，拍毕业照，他与瑶贞如对角线各据一端。瑶贞哭着问我，那封信怎么没有派上用处。我轻拍瑶贞颤抖的肩膀，劝哄她，你太自作多情，成了笑柄。没关系，我在，我都在。瑶贞，我陪你走出来。你不要再想着要去跟钟昶宇说清楚了，那只会更丢脸，到此为止。反正要毕业了，暑假大家好好想一想。你会好起来的，好险你没有放真正的感情，对吧？

暑假来临，瑶贞得消化失去钟昶宇的苦涩，我的父母则决心揭开伤疤，清理他们婚姻中的淤泥。我听见他们提起王叔叔跟晨雅阿姨，母亲憎恨地大喊，你们怎么对得起我们。我逃到瑶贞家，逃难一般奔上楼梯，跳到瑶贞的床上，我把脸埋进她的枕头，暑气把瑶贞蒸出了一身汗水，瑶贞的家里又不给她装冷气，那味道更浓厚了。我昏沉地想，搬来跟瑶贞住个两三天吧，大人会答应的。瑶贞坐在床头，异常安静，若有所思。

那几个星期，我们的初经都来了，没有意料中的惊慌失措，很安分地接受身体的成熟。我被瑶贞的神情转移了注意力，那宁静的侧脸让她老了好多岁，像个成年人。瑶贞眼中滚出一颗颗眼泪，我问，还在为了钟昶宇难过吗？瑶贞摇头，说她要搬家了。

我坐起身子，一下子清醒了。我问，去哪里？你的弟弟跟妹妹不是还没毕业吗？瑶贞迟疑了好一会，才说，我爸出来了，我阿嬷说，不管怎样我们是我爸的小孩，要珍惜跟爸爸重新开始的机会。我一头雾水，出来？你爸爸本来在哪里？瑶贞回答得很理智，不若她平素的迟钝：监狱。我爸很多年前骗了朋友的钱，很多，不是一两百万那种，我们没有钱帮他请律师，他去坐牢了。

我哑口无言，呆若木石。这解释了许多事，瑶贞母亲的衰老，我为什么在这个家屋里迟迟目击不到男主人的踪迹，啊，瑶贞那挥之不去的缓慢、平庸……都是保护色。瑶贞悄悄跪坐在我的膝盖旁。我想起自己写给瑶贞的众多文字，没有瑶贞，没有那些纸，那些笔。

我偷过笔，罕见的、樱花般的淡粉红色，我试在手上，就好想要用这支笔写信给瑶贞。我趁着老板与熟客闲聊，把那支笔放进自己的口袋，又晃到书籍区，直觉提醒我，一得手就离开书局，会引起疑心。过了三五分钟，我往门口移动，老板唤住了我，他的双手倚靠柜台，脸上笑容可掬。他第一次说话时，我被心跳声分了神，硬着头皮请老板再说一次，第二次我听懂了，老板夸奖我的气色变好了，爸妈在我身上砸了这么多钱很值得。我谢过老板的关心，跨出书店，一过了转角，我再也按捺不住欢呼尖叫，喜悦取代了罪恶感，占据了我的心。

瑶贞，我第一个朋友，我的全部朋友。她要离开我了。瑶贞拼命地眨眼睛，她哽咽地跟我道别，才不是为了钟昶宇，他的事情，你要我放下，我就放下了。我舍不得的是你。你是我这辈子最好的朋友。你放心，到了新家，我会写信给你，也会打电话。我们来约时间，你要接我的电话啊。瑶贞的言语如海浪撞击上岩石，破碎，又闪着光芒。

愤怒、难过、背叛，许多感受在我的胸口激荡。

我瞪着瑶贞，流下眼泪，我气恼地喊，我以为我们会一起上初中的。瑶贞的眼泪流得更急，她哀求，你不要生气，我妈逼我们的，她叫我千万别说出家里的事，不然我阿姨不敢再把房子借给我们住了。我们没有读同一所初中，不过我们的心会在一起的。

我独自散步回家，把整件事从头到尾又想了一遍。瑶贞的家采光奇差无比，却不习惯开灯，走廊总是暗暗的。壁纸有浮凸的颗粒。房间的隔板薄得不可思议。我跟瑶贞说话时，她得反复地请我压低音量，怕她母亲听见。还有我跟瑶贞阿姨的初次见面，她坐在餐桌前，前面摆着一碗粥、一碟咸鱼跟一盘青菜。她混浊的眼珠定定地看着我，几秒后，她训斥瑶贞，声音粗得惊人，你带朋友回来，怎么没说呢。我把这话解读为不欢迎我的表现，不敢再往前一阶，那女人又下了指令，冰箱内有切好的西瓜，你拿进房间去请你朋友吃吧。

我曾那么介意，瑶贞对自己的家人老是躲躲藏藏。每一件小事，都是拼图，我太执意整理已有的拼图，没有察觉，瑶贞是用“空白”诉说她的人生。瑶贞的母亲是怎么带着三个小孩来到这小镇投靠她的姊妹，而她们又跟小孩叮咛、嘱咐了什么呢？不要相信外面的人？不要交太亲的朋友？

早知如此，我何必调换瑶贞的信？白忙一场。

真相是这样的：我给钟昶宇的信是另一封。我了解钟昶宇，远比瑶贞的程度还深。我每一天、每一天听着瑶贞描述钟昶宇的一举一动，以及钟昶宇对她吐露的心事，要用瑶贞的名字伤害钟昶宇，一点也不困难。我成功了。我赌对了。白马王子爱瑶贞，更爱自己的尊严，钟昶宇甚至吓得不敢找瑶贞谈判。我还在品尝胜利的余韵，瑶贞却说她要走了。瑶贞果真走了，不到一个礼拜，瑶贞按了我家的门铃，她脸色苍白，又恢复成那胆小、笨拙的样子。她说，父亲提早来接他们，她来不及好好跟我说再见了。她把一封信往我的怀里塞，喃喃低语，我还不能确定新家的地址，我再告诉你，你要等我写信给你，我一到新家也会打电话给你。说完，瑶贞伸出手，用力地搂了搂我，她身上的味道最后一次包裹着我。

瑶贞一走，我把她的信立即撕毁。她又写了两封信给我，电话好几通，我的态度决绝。在最后一通电话，瑶贞提出一个问题，你是不是很生气我没有跟你说真话。我说，对。我觉得被骗了。瑶贞才想解释，我把电话挂上。她不放弃地又打了好几通，我走投无路，只好跟哥哥告状，有个女生在跟踪我，像个变态。不知道哥哥跟瑶贞说了什么，她再也没打来。

没有瑶贞的我，度过了一个寂寞不堪的夏天。

三十一为什么恨瑶贞？又为什么恨我？我跟瑶贞从外表到内在，有什么神似的特征吗？瑶贞跟我同受欺压，瑶贞被爱上，命运从此不同，我则不然。瑶贞到了新的住所后，也如同她在镇上一般，隐藏着内心的秘密，开启一段清新的友谊吗？我怀念瑶贞，但也怨恨着她。

人是不可以否认自己的出身的。

哥哥，这么多年来，我还是很想问你，你还相信这句话吗？你不害怕拥抱这种想法的人，到头来只能越活越绝望吗？我们难道无法容忍一丝丝的希望与救赎吗？

第五章

范衍重以眼角余光注意着仪表板上的时速。他严重超速了。吴启源的话在他脑中挥之不去，仿佛撕下海报后壁面余留的残胶。什么样的人会把自己的家庭藏得这么隐秘？正常人会这样做吗？两种思维在范衍重的脑中各自扩散：一是，吴启源在说谎。他只是比较友善的黄清莲，懂得把对于吴辛屏的恶意以一种质朴、带点委屈的方式呈现。

范衍重执业多年，上过这种人的当。这些人，令他又气馁又惊艳。他们的双手通常是带点神经质地交握着，叙事含蓄、字斟句酌，批评别人时，也会真诚地流露出苦恼、自责的神态。

范衍重刚考上律师没多久，屡屡被这些人打动，一方面庆幸自己在人情义理上没有遭遇什么恐怖的考验，一方面感伤于人与人的欺凌如此频繁。他在餐桌上跟李凤庭讨论这些人的苦痛与折磨，李凤庭很识趣地应声，你现在才知道社会有多阴险，睁大眼睛、仔细看，这些都会成为你宝贵的经验。之后，他跟着老板张国贵上法庭，看着对方律师提出的证据，范衍重的认知与信念被击溃了，李凤庭的话再次穿入他的内心，你现在才知道社会有多阴险。他寄予同情、信赖的那些人，都在说谎。

范衍重一直期待张国贵会找个时间，教他怎么判断当事人的说词真伪，等到范衍重处理的案子多了，才懂得张国贵为什么保持不语。这得自己去体会：人会想尽办法为自己制造受害情节，不这么做，他们难以度日。也就是说，这些人否认自己的犯行，不是因为他们恶性顽强，才能够心安理得地说出与现实不符的言论，相反地，这可能源自他们内心仍眷恋着自己善良正直的一面。

吴启源是这样的人吗？几小时的相处，已足够范衍重判断出吴启源俨然是黄清莲的应声虫，他对吴辛屏的认识，可以不受到黄清莲的污染吗？但，吴启源电话中的语气，弥漫着老实、木讷的特质，吴启源有能力经营这么长的谎言吗？他看起来脑袋并不灵光。还是说，吴辛屏才是那种人，势利又刻薄，唯独在范衍重面前，修饰出一个无辜的自我。

范衍重一层层推敲，吴辛屏是发自内心地疼惜范颂律吗？吴辛屏企图获得什么？按照黄清莲与吴启源的言论，吴辛屏贪图荣华富贵？这不是多数人的向往吗？再说了，范衍重给了吴辛屏一张副卡，连带按月汇入五万元的家用到他为吴辛屏办的户头。吴辛屏不怎么刷那张卡，户头的钱也是合乎正常家庭使用地消耗。她要的是钱吗？范衍重糊涂了。

这时，颜艾瑟的身影又悄悄地、优雅地走进了这复杂的脑内回路，再一次朝他伸出手。颜艾瑟问过他许多问题，最常见的一则是，衍重，在这世界上，你最爱的人是我吗？范衍重不假思索地点头，反问，你呢？这个世界上，你最爱的人是我吗？颜艾瑟歪着头，完美的脖颈线条一览无遗，她慢了两秒钟，绽露灿笑，当然。

与颜艾瑟离婚的头几个月，范衍重把范颂律送到李凤庭那里，一个人过生活，从前的兴趣跟嗜好再也勾不起他的精神，他看起一些过往嗤之以鼻的节目。不怎么样的艺人，不怎么样的棚内，对着不怎么样的主持人，叙说着不怎么样的婚姻烦恼。范衍重放下遥控器，打开他请助理买的便当，让他几乎叫不出名字的艺人的声音围绕着他，想象他们在自家走动，说话，范衍重感觉到被陪伴的舒适，最棒的是，他不必回应这些人的好奇心。这些人不会突如其来地凑近，开启话题，衍重，你还好吗？要不要见面？谈一下你跟前妻之间究竟是怎么了？为什么记者把你说得这么恐怖？

有一集节目的主题是信任，标题下方有一行深蓝色的小字，“你会偷看另一半的手机吗”，一位留着短发、容易脸红的来宾说，“我跟我的另一半之间是没有秘密的”，来宾紧致的脸庞混杂着羞赧与恰到好处的自信，范衍重停止咀嚼，屏气凝神，主持人俏皮地问，“你确定吗？也许你的丈夫有一两个小秘密，你不知道而已”。来宾被主持人给扰乱了节奏，脸上的微笑稍稍走样，她深呼吸，试着稳定声音，“不，不可能，我的丈夫有什么事情，我一定会知道。我们都是很需要安全感的人，结婚前有说好，手机密码要让对方知道，定位也要分享，不这样约法三章我们没有办法走进婚姻。”

范衍重关掉电视，真荒谬，这个女人清楚她在说什么吗？范衍重才不如此想，他觉得，很有可能，终其一生，人倾倒最多谎言的对象，就是他们的伴侣。很多人形容婚姻是一座墙，为了待在墙内，人必须维持某个奇特的外观与生活。谎言是润滑剂，不是绊脚石。

补习班的一楼充斥着海苔饭卷的气味，那是学生们放学后的点心，为了发送饭卷，西西一脸困扰地告知奥黛莉，头顶上方有监视器，若她继续跟奥黛莉交谈，主任很可能会打电话来警告她。奥黛莉点了点头，要西西先忙，她会耐心等待。

简曼婷从教室走出，明明也看见了西西忙得不可开交，仍把一本书放在桌上，请西西影印十五份，按照顺序订好再给她。简曼婷坐在奥黛莉的身旁，撑着下巴，吐出一口长气，似乎想告知旁人她有多么疲惫不堪。但是，连奥黛莉这个局外人都看得出来，简老师的工作尚未正式开始。

简老师胳膊厚实，皮肤焕发着奶白的光泽，坐在她旁边，更衬托出奥黛莉骨瘦如柴的外观。简曼婷轻声问，请问你是谁的家长？

奥黛莉没有预料简曼婷会跟自己说话，她竟结巴，明明只要把跟西西说的话重复一回，便能安全脱身，奥黛莉却做不到，简曼婷慵懒又不失凌厉的气质，让奥黛莉格外不安。

西西回答，“简老师，她不是家长，是来找吴老师的。”

“哦？来找吴老师啊？”简曼婷的视线扫过奥黛莉全身，“你是她的朋友？”

奥黛莉点了点头，目光转向西西，西西承诺她手上的事告一段落，就打给范衍重。

“你是吴老师以前的朋友吗？”

“对。”奥黛莉并不是很想搭理这位陌生人，一心希望西西快些为她办事。

“吴老师最近突然没来上班了，不晓得发生了什么事。”

奥黛莉心弦一松，简曼婷语气中的担忧，让她对简曼婷产生一丝好感。

“是，我也很担心辛屏，电话打不通，我们昨天约好要见面的，她从来没有这样过。”

“你问过她的先生了吗？”

“我没有她先生的联络方式，只能来这里问，辛屏跟我说过她在这附近的补习班工作，我刚刚找了两间，都不是，以为自己记错了，好险我没放弃，还是有找到你们这边。”

简曼婷的态度变得十分柔和，她倾听着奥黛莉，奥黛莉从简曼婷的眼神中感受到鼓励，她摇了摇头，想甩掉脑中不断浮起的记忆碎片。简曼婷让奥黛莉想到一个人，她想避免这样。奥黛莉强迫自己专注在眼前。

“吴老师有没有跟你提过，她的先生是一位很有名的律师？”

“有，但她没说太多。”

“怎么可能？你们不是朋友吗？这样也太见外了。”

“辛屏说……她老公蛮重视隐私的。”

“原来是这样。这也难怪，毕竟……她老公……嗯，”简曼婷紧盯着奥黛莉的神情变化，发出一声叹息，“啊，算了，吴老师没说，我也不要去讲别人家的私事。”

“拜托你告诉我。”奥黛莉激动地把手放在简曼婷的掌上，两人同时因为肢体的接触，而颤了一下，奥黛莉的掌心冷如寒冰，简曼婷的却温暖又蓬软。

“你有什么线索，请务必让我知道。”

“若之后吴老师知道我把这些事告诉你，会对我生气吧？”

“不会的，我会跟辛屏解释，是我要求你的。”奥黛莉急促地回答。

“那好吧。先说一件事，你不能够跟任何人说这件事是从我这里传出去的，假如有人问，你得说是自己发现的。我只是一个小小的补习班老师，斗不过人家大律师。”

“好，我答应你，也谢谢你愿意帮忙，辛屏有你这种同事真是幸福。”

简曼婷停顿了几秒，笑道：“对，所以联络不上她，我也很着急，不知是怎么了。”

“太好了，”奥黛莉肩颈一松，压低声音，“我请柜台小姐帮我联络辛屏的先生，她心不甘情不愿的，我还以为是不是辛屏在这里不受欢迎。不然为什么人都不见了……”

简曼婷轻拉着奥黛莉的手臂，“去外面说，这里不方便。”

一到门外，简曼婷径自往前走去，奥黛莉一头雾水，连忙跟上。一进到便利店，简曼婷在架上挑选了两盒巧克力，结账后，她把其中一盒拆开，倒一些在掌上，伸向奥黛莉，顺便解释，“另外一盒是要给柜台的，我可不希望她跟主任打小报告，说我临时离开。”

奥黛莉并不是很喜欢甜食，不过她还是拿了一颗，塞进嘴里。糖分刺激着唾液的分泌，奥黛莉恍然想起，她一整天没进食了。

范衍重接起电话，是补习班。

“范律师，你会过来补习班吗？这位小姐她……”西西为难地问。

“我待会儿有事，怎么了吗？”

“吴老师的朋友说如果她今天没有看到你，她会一直待在补习班。”

"你帮我跟她说，我不接受这样的威胁。要见面可以，明天。我今天有事。"

话筒另一端传来窸窣的交谈声。范衍重又听到那女子的声音，她慌张且高声地跟西西争辩着，不，他不清楚事情的严重性，你告诉他，不然把电话给我，我自己跟他说。西西低声下气地拜托女子不要为难她。她得准时拉上铁门，时间一到，主任会检查。

两道声音模糊地交锋，范衍重跟着心浮气躁。

"范律师，她在柜台这里，我没有办法做事。"西西压低了声音。

"好，我理解了，我大概一个小时到，你先请她到附近的快餐店等待，好吗？"

奥黛莉比范衍重想象得娇小，目测在一百五十五厘米上下，整个人套着一件过宽的衬衫。范衍重还没坐好，奥黛莉抢先一步开口，范衍重拉开椅子的手势一僵。

"为什么还不报警？"奥黛莉的双眼充盈着戒备。

"许小姐，我们是第一次见面，我不认为你有这个权力决定我应该做什么。"

范衍重觉得奥黛莉这称呼太亲昵，他问了女子姓氏。

"辛屏跟我约好了昨天见面，她从来没有失约过。"

奥黛莉的嗓音含着一丝嘶哑。

范衍重深吐一口气，拉开椅子，坐在奥黛莉面前。

“许小姐，请问一下，你是谁？辛屏从来没有跟我提过你。”

“范先生，我知道你很困惑，”奥黛莉顿了一下，“这不好解释。”

“你不觉得你在强人所难吗？许小姐，我们将心比心，今天有人跑过来，说是你伴侣的好友，可是你的伴侣不曾在你面前提过这个人，你信吗？”

整日奔波磨光了范衍重的理智，他拔高的音量引来隔壁一位中年男性的注视。

范衍重咬了咬牙，他得谨慎些，不能再引起关注。

“我是有证据的。”奥黛莉平静地反驳。

“那好，证据在哪？”

“我知道你们两个人之间的事情。”

“你是说婚前协议吧？那不算什么。我跟我太太收入上明显有一段落差，稍微有社会历练的人，都可以做到这种猜测，这不是什么太高明的证据。”

奥黛莉收起泪水，改以冰冷的眼神打量着范衍重。

“许小姐，我要很慎重地告诉你，我不知道你想要从我这里得到什么，但，补习班那边有跟你说过吧，辛屏不告而别，我很焦虑，也很紧张，现在只想专心找到辛屏。若你没有线索可以提供，请停止现在的恶作剧。否则，别怪我对你采取一些行动。”

范衍重以为奥黛莉退却了，他望向快餐店的大门，做好离去的准备。疲惫如潮水般袭来，他宛如涉入泥淖，一寸一寸下沉，黄清莲、吴启源，以及那位非常鄙夷吴辛屏的诡异邻居。此际，又多了一个来路不明的奥黛莉。范衍重想到一个哲学问题，假如一棵树在森林里倒下，没有人听见，它有没有发出声音？若没有这些人物，吴辛屏的另一面是存在的吗？还是说，对这些人而言，他，范衍重，才是吴辛屏的另一面？范衍重不禁多瞧了奥黛莉一眼，她身上的衬衫质料低劣，线头绽露，脚上踩着老旧的杂牌休闲鞋，放在托盘旁边的钱包，也像是购自地摊或书局的便宜货。范衍重有些懊悔，他不应该为了跟奥黛莉见面，指派另一位受雇律师去为刘董服务，现在可好，他浪费了多少时间跟机会。

范衍重才想到一半，奥黛莉张口说话了。

“范律师，你平常也是这样子对辛屏说话吗？是的话，怪不得辛屏上次会说，结了婚并不表示天长地久。”奥黛莉咧开一抹难看的微笑，确认范衍重在倾听，她咽了咽口水，说了下去，“辛屏说她要结婚时，我好开心，她是我最重视的朋友，虽然后来她说你们不打算举行婚礼，我还是订了高级餐厅，两个人吃饭庆祝。没记错的话，你们是在九月去登记的吧。辛屏给我看你送的钻戒。她很喜欢，说舍不得戴，都放在化妆台的一个盒子里，每个晚上睡前，拿出来摸一摸，你还笑过她，说这戒指也才五六万，丢了也不会太心痛，可以天天戴。”

范衍重的吐息随着奥黛莉吐出的每一段话而越发沉重，这些日期和对话，只有他跟吴辛屏知情。他终于正眼看着奥黛莉，这女人完全称不上好看，眼距太宽，唇色黯沉，清瘦的脖子跟四肢，给人一种病入膏肓的不祥预感。然而，范衍重也看到了奥黛莉的眼中有着不容辩驳的执着，他说不出什么具体的感受，若要依凭直觉去描述，他会说，奥黛莉似乎对于吴辛屏抱持着某种情感。为什么？他们两个人之前又是什么关系？

"范先生，我知道你很忙。他们有告诉我，你跟人有约。这可能是借口，我暂时先相信。我只希望你可以回答我，若辛屏真的失踪了，你为什么还不报警？"

"我有我的考量。"范衍重答得有些勉强。

"我有看到你之前殴打妻子的报道，而且，辛屏前几天打电话给我，说你们结婚前约好的一些事，你有些地方没说实话……范先生，你懂我在说什么吧？"

奥黛莉动也不动地盯着范衍重。

在范衍重眼中，奥黛莉成了藤蔓，攀附上胸腔，蜿蜒缠绕，安静地紧束，逼得他快要吸不进气。

"我没有对辛屏或我的前妻做任何事情。你若有认真看的话，应该也会发现媒体只采用我前妻的说法，我前妻的背后是谁，大家都知道。这样的新闻可以相信吗？你如果追下去，也有看到后面的新闻吧。稍微有点逻辑的人都应该看得出来，"范衍重咬紧牙根，"我的前妻为了跟她的新欢在一起，诬陷了我。”

“你有没有被诬陷，除了你跟你的前妻，没有人知道真相，我在问的是你跟辛屏的关系，你们是不是吵架了？范律师，”奥黛莉的语气转瞬间变得很刻薄，“请容我怀疑你，毕竟你是个有前科的人。”

若人的怒气能化为有形，那么，在这一秒，范衍重真诚地希望他的怒气能够具象为一把匕首，往奥黛莉的脖子抹去，他在心底想象着奥黛莉的脖子往一边倒去，如市场那些被放血的鸡子，只能不甘心地瞪圆双眼，再也发不出任何声音。

“我们有争执没错，但我们最后有谈开。”

“范律师，”奥黛莉哀伤地笑了，仿佛在劝说冥顽不灵的孩童，“我怎么信你，时间点太巧了，你们俩争执没多久，人就消失了。我不像你这么聪明，可是我也不是笨蛋。”

范衍重如遭重击，他看出来了，他终于看出来了，这个看似贫困且精神不稳的女人，是带着恶意来接近他的。范衍重果断起身，走向柜台加点了一杯可乐，饱含气泡的液体一灌进嘴里，范衍重才发现自己渴得厉害。糖分让颓靡的精神宛若回光返照一般回升，他直视桌面，逼自己想，对他而言，最可怕的后果是什么？无非是奥黛莉去找媒体放消息，进入下一个问题，媒体会把奥黛莉的消息当真吗？

这得看奥黛莉究竟是何方人物。

“许小姐，你对我提出这么严重的控诉，换我要求你一件事，不过分吧？”

“那要看你的要求是什么。”奥黛莉谨慎地回答。

“你那么清楚跟我有关的事情，我却连你最基本的名字、年纪、职业，都不知道。”

“我只能告诉你，我跟辛屏差不多大，然后，”奥黛莉愣了愣，视线下垂，“我在一间餐厅工作，不过，我是不会说餐厅名字的。谁知道你会对我怎么样。”

奥黛莉缩着身子，错过了范衍重脸上漾开微笑的一瞬间。

“许小姐，我得走了，不管你信不信，我待会跟人有约。你若怀疑我，就请直接去报警吧，我问心无愧。只是你这样做会不会伤害到辛屏，你自己想清楚。最后，若你有任何辛屏的消息，”范衍重递出名片，“也请跟我联络，我话就说到这里。”

奥黛莉没有伸手，反而从自己的皮包内取出一张相片，推到范衍重的眼前。

那是一张放在塑胶套里的照片，三个女孩背对着澎湖的跨海大桥，范衍重认出站在中间的女子是吴辛屏，她紧揽着左右两侧女子的手臂，右边是奥黛莉，照片中的她一头长卷发，与现在的造型截然不同。左边是短发、橄榄绿发色的女子。范衍重眯起眼，这人又是谁呢？吴辛屏笑得眼睛如弯月，露出整齐洁白的牙齿。范衍重无话可说，他没看过吴辛屏如此快乐的模样。难道这是黄清莲口中，吴辛屏与家里失联的时期吗？

奥黛莉收回相片，以掌心拂去指纹，看似相当珍惜这张照片。

范衍重没有错过她眼中一闪而逝的伤痛。

“这是什么时候的照片？”

“七八年前吧。”

“你跟辛屏怎么认识的？”

“若你一定要有个答案，”奥黛莉的眼神像是放弃了什么，“不如把我们想成室友吧。我们曾经租了一间公寓，住在一起。”

“那另外一个女的又是谁？也是室友？”

“你见过这个女人吗？”

“没有，我没有见过。”

“那就好。”奥黛莉的眼神闪了闪，“你没见过她最好。”

一个想法升起，范衍重脱口而出，“你去过辛屏老家吗？”

“没有，你去过？”

范衍重点头，观察着奥黛莉的反应。

“她的家人有跟你说什么吗？”

“她的家人应该要跟我说什么吗？”

奥黛莉瞪着范衍重，似乎领悟了范衍重的手法：只取不给。

“范先生，我只能说，假如她的家人说了什么辛屏的坏话，请你不要当真。”

“这么巧，她的家人也跟我说了差不多的话。”

“是吗？”奥黛莉倒抽一口气，“这种话，他们说得出口。”

“容我提醒你，许小姐，你也说了几乎一模一样的话。”

“那是因为我知道实际上发生了什么事。”

“那你说说实际上发生了什么？”

“我不能说。”奥黛莉很冷静地说，“辛屏自己才能决定要不要说。”

“你们都是疯子。”范衍重低声咒骂，“我真的得走了。许小姐，有必要的话，你再联络我吧。”范衍重把名片搁在桌上，不待奥黛莉回应，他拎起公文包，转身离去。

一踏出快餐店，奥黛莉快步走到路肩，找到水沟盖，她弯下腰，吃力地干呕，什么也没有吐出来，黏稠的液体顺着嘴角蜿蜒流下。奥黛莉一阵猛咳，口腔酸气涨溢，脸因奋力而涨红，眼中浮游着血丝。奥黛莉听到路人压低声音的交谈，八成在议论自己。若是其他的日子，她一定会非常难为情，但，不是现在，奥黛莉认为自己有义务，为吴辛屏掉些眼泪。才起了这心思，一阵风拂来，奥黛莉脸上一冷，才意识到自己早已泪流满面。

太不值得了，奥黛莉心想，辛屏，你竟将就了一个不把你看作一回事的人。

眼泪沿着脸的轮廓滚落，会不会吴辛屏已不在人世？想到这个可能性，奥黛莉听见尖叫声来回撩刮她的耳膜，她睁开眼要寻找声音的来源，才懂了是自己的身体在发出尖叫。

奥黛莉想逃回她的套房，扭开浴缸水龙头，把水温推到几乎要烫伤的程度再爬进去。

奥黛莉认为她不断地被烫伤，没有停止过。

一个人，若学会了一种很稀罕的语言，那他穷尽人生，也要把其他使用这语言的人给找到。哪怕是一个也好，那么，他们能够在四下无人时，用这语言交谈。哪怕学习这语言的过程多么痛苦，他们也能因为遇见知音而有福至心灵的喜悦。

奥黛莉先找到吴辛屏，再来找到芝行。

她原本以为三个人能够相濡以沫。

◆◆◆

昨天，奥黛莉在咖啡厅等到五点，她翻出两人的对话记录，确认自己没搞错时间地点，奥黛莉打了三通电话，传了两次短信息，没看到回应的迹象，她停止发出讯号，把一大杯巧克力冰沙慢慢喝完。四点半，服务生走到桌边，跟奥黛莉商量，五点到七点有企业包场举办说明会。五点一到，奥黛莉拖着脚步离开咖啡厅，她回到家，翻出芝行的新号码，传短信："你是不是又去找辛屏了？"

两小时后，奥黛莉收到了回复："请问你是谁？"奥黛莉深呼吸，敲入自己的身份。这一次回应来得很迅速，"你可能传错了，我才刚换这号码两个月。"

奥黛莉浑身乏力地跌坐在地上，芝行又食言了，说好不再更换号码的。寒气自地面沁入身躯，脑海如幻灯片播映起她、辛屏跟芝行在万华小公寓的岁月。三人在客厅里看电视，三言两语地交换日常琐事，冬日吃花生汤圆和橘子，夏日喝粉圆冰。公寓在四楼，一上了楼，任谁都懒得再爬下去。芝行最爱耍赖，肚子饿了就吃她和辛屏放在冰箱里的食物，或是打电话给她们，央求她们回程顺便带她的消夜回来。

奥黛莉跟芝行闹过几次别扭，她觉得吴辛屏太纵容芝行，破坏了三人之间的平衡。辛屏也察觉了奥黛莉的不满，刻意单独把奥黛莉约出来，请她吃小小一盅就要两三百的法式甜点，让她尽情地埋怨芝行。辛屏往往是这样收尾的：我知道，每一次都是你退让，你一定会有情绪。我也有。但芝行她好起来的时间比较慢，她之前没有人陪，很寂寞，又遇到这么多坏男人，如果连我们都不愿意陪着芝行走过这一段，我们怎么、我们怎么……辛屏永远不会把话给讲完，那仿佛是个仪式，奥黛莉只要听到"寂寞"二字，仿佛遭受催眠似的，胸腔紧缩，心脏再次输出血液时，奥黛莉有种错觉，血化成透明的，从她的眼睛汩汩地滴下来。

她想问吴辛屏，那你呢？你自己不也是这样，独自一个人好不容易地走过来？奥黛莉没有问，预感告诉她，别轻易启齿。辛屏没说过自己苦，旁人不能为她设想她有多苦，这样的设想往往阻挠了一个人的好转。还有一件事更令奥黛莉心烦，她讨厌自己在跟芝行争宠。

芝行常拉着辛屏的手，唉声叹气，辛屏，你千万别离开我们，我跟奥黛莉不能没有你。你哪天想结婚，别忘了跟你的对象说，娶一送二，我跟奥黛莉要跟你们一起住。奥黛莉一边对芝行的自以为是很是感冒，一方面又暗自赞同芝行的勒索，芝行说出了奥黛莉想要又不敢说的，吴辛屏不要她们了怎么办？奥黛莉也时常担心，假使是芝行先抛下大家呢？

三人之中，芝行最美，野生野长的美，芝行有时只穿着细肩带小热裤，脚上踩着夹脚拖，与她错身的男人往前走几步，停下，回头望着芝行的背影，脸上浮现怅然所失的神情。奥黛莉之所以那么清楚，是因为她也悄悄地回了头，想验证自己的猜想是否无误。而辛屏，更合宜的形容词是“宁静”，肤色白皙、四肢纤细，小巧的脸蛋，五官并不特别立体，综合起来却很悦目，二十几岁了，脸上的神韵却活脱脱像个青春期小女孩。

奥黛莉曾有过疑惑，命运似乎遗忘了吴辛屏，她们三人都有相若的遭遇，芝行从此烟视媚行，轻率裸露自己的肌肤，年纪最小、姿态也最世故；至于奥黛莉，她常穿过大的衣物来遮掩自己的曲线，她没给自己买过半罐保养品，吴辛屏看不下去，把自己的美白乳液分了一些给她。吴辛屏则跟两人都不像，她的谈吐跟个性都在正常标准之内，她对工作更是适应良好。奥黛莉问过吴辛屏，怎么有办法工作那么久而不被往事绊倒？吴辛屏的理由是，她的工作环境都是小孩，不易触发负面情绪。即使如此，奥黛莉跟芝行还是不打算认真找工作。奥黛莉有父母可以照应，芝行来往的男人也愿意付她零用钱。

事情发生前，奥黛莉成天惶恐，辛屏跟芝行，是谁先离开？那一刻实际到来时，她反而释怀了，好像把书给狠狠翻到最后一页，哪怕是坏结局，也不再忐忑。她只是没料到芝行的反应那么剧烈，不惜伤害自己，也要毁掉辛屏的爱情。奥黛莉永远忘不了那个夜晚，芝行把刀子往手腕上一抹，血洒了一地。奥黛莉双手捂着耳朵，蹲下身子，她头晕目眩，号啕大哭，我们怎么会走到今日这地步。溺水的人怎么没办法相互扶持，而是把彼此更往水深处拖去？

奥黛莉的思绪从回忆中拉出，她拿来手机，凌晨四点了。辛屏失了音信，芝行也不知去向。要从哪个人找起？也许找到一个拉到另一个，谁知道芝行是不是又盯上吴辛屏？

奥黛莉传了短信给餐厅老板，说她感冒了，得临时请假。奥黛莉在目前这间咖啡厅工作有整整三年了，是她此生最长久的一份工作，她熟悉一切环节，临时被调去内场，也能驾轻就熟地制作松饼跟三明治。老板回复，好的，保重，多喝水多休息。补习班十二点开门，奥黛莉设定闹钟十一点，时间一到，她走下床，整理外表，把自己的身体给推到补习班。西西敷衍的态度一度让奥黛莉不是很好受，但她事后认为自己去补习班是正确的选择，她从简曼婷身上取得关键情报。

在便利超市内，简曼婷问奥黛莉要再来一颗吗。奥黛莉婉拒。

简曼婷开了口："吴老师的先生昨天有来问我们一些事情，重点是他的态度，根本是把我当成犯人。我实在不想这样说……"简曼婷安静了好半晌，见奥黛莉一脸急切地听着，她耸肩，续道，"我会忍不住想啊，新闻说的说不定不是假的哦。虽然现在大家时常说假新闻，但我觉得假新闻根本没那么多，记者要报道一件事，至少要有一两个线索才敢这样写吧。"

"新闻说了什么？"

"你不知道吗？吴老师的先生好像会家暴啊。"

"你可以说清楚一点吗？"

"你不要说是我跟你讲的，"简曼婷重申，"吴老师问你，你就说你在网络上搜到以前的新闻，不要提到我的名字，懂吗？"得到奥黛莉点头回应，简曼婷又停了几秒，好像在思索着从何说起，"我之前一直很纳闷，吴老师这个人很特别，她跟你也是这样吗？总之，她不太说自己的事情。当然，也不是说一定要讲，像我也不太喜欢其他老师拼命问我的事情。可是，吴老师真的、真的很特别，她什么都不讲。等到很多家长以为她单身，要帮她介绍男朋友，她才会说她已结婚，有小孩了。不过，老公跟小孩长什么样，也没人看过。"

简曼婷压低音量，有意无意地营造出诡谲的气氛："有老师问，既然没看到本人，至少照片给大家看一下吧。她也不肯，说老公小孩不喜欢照相。有老师在传，吴老师八成离婚了，才会这么低调，不然一般人怎么舍得不分享家人的照片。到了昨天，大家才知道，她没离婚，老公还是个大律师，怪不得之前有家长要介绍自己的哥哥，刚在南港买房子，吴老师只是笑笑没说话。拜托，她住在大安区耶。"

昨日，简曼婷就着手上的名片，反复地更换关键字，搜索着跟范衍重有关的报道与采访。几分钟后，果然，她看着自己的战利品，扑哧笑出声来。"颜正昌前家暴女婿疑有新欢，女伴提购物袋似已同居"，篇幅不长，五六百字，细节也不多，只能过过干瘾，附图是一张模糊的照片，简曼婷一眼就认出那是她朝夕相处的同事，那头长发、身材、吴辛屏穿来上班好几次的白色纱裙。文章里特别指出了建案的名称，没多久，简曼婷在客厅找到正对着镜子调整领带位置的施德顾。

"嘿，帅哥，问你一个问题。你觉得……"

"曼婷，有什么问题非得要现在说吗？我差不多得出门了。"

施德顾面露为难。他很清楚，若跟妻子交谈，自己势必会迟到，但，简曼婷似乎正在兴头上，泼妻子冷水，会不会面对更恐怖的代价呢？施德顾近日时常很后悔踏入婚姻。前几天，他坐在餐桌前，咬着吐司，简曼婷在一旁抱怨，婆婆拿来的卤肉做法太油了，她每一次吃了，腹部都堵塞好几天。施德顾问，不然我请妈不要再送了？简曼婷冷笑一声，锐利的眼神扫过丈夫，不，你不要害我。妈就是喜欢这样，我看得出来。施德顾还想说些什么，简曼婷已擅自结束话题，她说，就这样吧，我没有要你做什么，我只是想让你知道我的感受而已。说完，简曼婷撑起身子，离开餐桌，坐到沙发上，施德顾看着妻子躺在沙发上滑手机的身影，烽火在他的脑中冉冉升起，飞快串成一条信息：他好想伤害这个人。

吴辛屏上哪去了呢？施德顾并不好奇，但他依旧赶紧去拿简曼婷的手机，强迫自己，至少做出投入的假象。他滑过照片，滑过记者差强人意的文笔，他迎上简曼婷那闪闪发亮的双眼。

“吴老师未免太可怜了，搞不好，不仅有身体暴力，还有精神虐待……”简曼婷说。

施德顾本来想打岔，他认为一下子跳到暴力、虐待，都太荒谬了，但，见到妻子舒坦的神情，他又缄默。他混淆了，妻子有同情吴老师的处境吗？

“老公，我问你喔，只有家人才可以报警对不对？”

“你想要报警？”施德顾心跳漏了一拍，“不好吧，说不定吴老师只是离家出走。”

“难道我们要袖手旁观？”

“我们没有袖手旁观，我们现在是观望。目前也没有发生什么事情，只是吴老师没来上班，又联络不上而已。要做什么，至少也等个几天吧。”

“电视上都说，如果要破案，时间很关键啊。如果吴老师遭遇什么不测呢？”

“这也不是由我们出面的，你也只是同事而已。”

“之前不是有个新闻，有个女生翘班，电话又打不通，到了第三天同事报警，说这个女生平常很准时上下班，突然翘班三天，一定有哪里不对劲。警方去找女生的地址，才发现女生被前男友软禁在家里吗？”

“再等几天看看吧。”

“好吧。”简曼婷不情愿地噘嘴。

“我可以问你一个问题吗？”

施德顾踌躇了几秒，直到他确认了若自己没有得到答案，一整天都会挂念着这个问题，才听到自己的身体先一步发出声音：“你跟吴老师是好朋友吧。”

“对啊，你怎么会问这么好笑的问题。”

“没事，想到而已，只是问问。”

施德顾没有将话题延续下去，他有个预感，自己在想的事太危险了。

人一旦知情朋友的际遇比自己更好，会诚心诚意地祝福吗？还是说，会因为彼此之间的落差而产生了痛苦的嫉妒心？又，假设看似平步青云的朋友后续发生了不幸的事件，会心生悲悯，还是心情会改善一些呢？毕竟双方又处在同一个水平了。

后者的友情，该说虚伪，还是无比真实？

他不能再想下去了。他要迟到了。施德顾大步地穿过客厅。

放下钥匙串，范衍重倒在沙发上。母亲，哥哥，此际又多了一位密友奥黛莉，每个人对于吴辛屏的介绍都不同，奥黛莉跟简曼婷，谁才是吴辛屏认定的“朋友”呢？以照片来论断，大概是奥黛莉，结伴去离岛旅游，感觉是亲密的挚友才会做的事，最重要的还是吴辛屏那自在的笑容。但，他也可以轻易推翻这证据，吴辛屏曾在范衍重面前很简略地介绍了简曼婷，但，奥黛莉就像黄清莲跟吴启源，被归类在吴辛屏有意隐瞒的那个分类。范衍重越来越相信吴辛屏在筹布着某种局面。至于目标跟什么有关，目前没有明朗的征兆。金钱？这是个常见的理由，但若套用在他跟吴辛屏的状态，则有些格格不入。再来，吴辛屏为什么要躲藏着不被自己的亲人发现？又为什么宁愿请假，独自去找黄清莲，也不知会他？是担心范衍重不愿接受妻子有个需索无度的母亲？还是她担心黄清莲来搅局？范衍重又挠起头发，手上信息太少，不足以看出整体计划的轮廓。不过，至少能肯定一件事，吴辛屏绝非他当初以为的，是内向又简朴的安亲老师。范衍重心事重重地坐起身子，他笔直走进范颂律的房间，范颂律睡姿甜美，白松松的腮帮子让他不忍，忍了片刻才摇醒女儿。

“宝贝，爸爸问你一个问题。”

“嗯……”范颂律的眼皮不情愿地撑开一条小缝。

“爸爸不在的时候，妈咪有没有偷偷欺负你？你老实跟爸爸说。”

“没有啊，妈咪对我很好。”

“那你有没有跟妈咪说了什么不可以说的事情？”

“没有。你说过，不能讲出去的。”

“颂律有记得跟爸爸的约定，很乖。”范衍重轻抚女儿的头顶。

大概是意识到这问题的意思，范颂律清醒了些，回问：“那爸爸有乖乖的吗？”

范衍重愣了一下，答：“爸爸当然有乖乖。”

范衍重心底一惊，女儿看着他的神情，有一秒像极了忧愁的颜艾瑟。

“那爸爸，妈咪什么时候回来？”

“妈咪会回来的。”

“之前妈妈走的时候你也这样说，妈妈后来就不回来了。”

“那不一样，上一次是因为妈妈喜欢上别人了。”

“那妈咪会不会也喜欢上别人？”

范衍重注视着自己的手，如此一来，才可以避开女儿的双眼。

“颂律，爸爸只能答应你一件事，不管怎样，爸爸都会在你身边。”

“那妈咪会回来吗？”

“会的，宝贝你快点睡，说不定你起床了，妈咪就回来了。”

范衍重撑起身子，给范颂律盖好被子。

他很不甘心地感受到，到了这个节骨眼，自己竟连应付女儿的童言童语都很吃力。

“晚安，宝贝。”

“爸爸，晚安。”

一关上女儿的房门，范衍重爬上沙发，把脸深深埋进抱枕。

第六章

翌日清晨，范衍重被铃声唤醒，他以为是闹钟，捞到手机，一看，神志清醒了大半。

“喂，衍重，抱歉现在打给你，你还在睡吧。”邹国声的声音满是疲倦。

“我差不多该起床了，怎么了吗？”

“是我儿子的事情。我真是要被他气死，振翔似乎去找那个女生了。”

“什么意思？”

“我太太刚刚要进去我儿子的房间放衣服，发现人不见了，手机跟钱包也不在。电脑是开着的，我太太登进他的Facebook，那女生换个账号又找上我儿子了。他们约在秘密基地见面，那是哪里？我太太打给振翔，振翔都不接。衍重，假设他们两个又怎么了，之前的和解还算数吗？为什么那个女生的家人都不管教她呢？把我们当提款机吗？”

“你等等，说慢一点。”

“不好意思，忘了你才刚起床。”

邹国声静默了几秒钟，范衍重听到细微的哭声。

“你老婆在哭吗？”

“是啊。”邹国声以气音续道，“那天晚上，我跟你讲完电话，就跟我太太讨论了一下振翔的态度。我的语气也没怎样，她却咬定我是在指责她没把孩子带好，不得了，告诉你，这辈子没见过她疯成那样，一下子冲去振翔的房间，破口大骂，还打了振翔一巴掌，谁知道振翔在跟朋友视频聊天，年轻人，在朋友面前这样丢脸，火气也上来了，我还来不及反应，振翔就把他妈妈推去撞书柜。下面的事我不想再说，说了又会想起那画面，我分不清楚是谁需要看精神科，是振翔，我太太，还是我？”

邹国声的声音有些哽咽：“怎么会这样，到底是从哪里开始出了差错。”

“抱歉，那天我不应该多事的，造成你们的困扰了。”

“不，不是你的问题，请不要这样说，衍重，我只是想让你明白，我不是想打扰你，只是现在情形好像、好像超出我的理解范围。我不懂，没有任何方法可以制裁那个女生吗？我们或许可以搜集证据，证明是那个女生对振翔死缠烂打、紧追不放啊。这样子难道也只能算是振翔的错吗？”

“是的，因为法律就是订在那里了，只要对方未满十六岁……”

邹国声匆匆打断范衍重：“没有别的路了吗？法律不是都有例外条款吗？”

“目前的法律，只要对方未满十六岁，纵使是你情我愿，也是触法。之前的状况是好险，振翔也未满十八岁，还适用两小无猜条款，不然会更棘手，变成公诉罪，即使跟对方达成了和解，检察官依法还是要继续侦办……说起来，振翔的生日是不是快到了。”

“对，”邹国声有气无力地回应，“正是明天，好几个礼拜前，我太太还在那边说，十八岁成年要好好庆祝一下。现在连要不要取消餐厅订位都不知道。”

“先不要那么悲观。”

“我乐观不起来。衍重，我到现在还在想，这是不是一场梦。为了振翔准备考试，我太太每天在那边研究吃的，家里早换成五谷米，说什么里面的营养素对大脑有帮助，还煮汤，怕振翔吃腻，一下鸡汤，一下鱼汤，一下茯苓排骨。我们的努力尽责换来什么？都是谎言。我们以为他在学校兢兢业业，谁知道都跑去找那个女生，做那种见不得人的丑事。”

邹国声似是逮着了吐苦水的机会，滔滔不绝。范衍重很久没见平素寡言的老友一口气说这么久的话，见邹国声一反常态，范衍重不由得追想，当年他跟颜艾瑟的风波逐日蔓延时，自己也是这副德行吧。被突然的骤变吓得魂不附体，行为举止都跟过往大为迥异。他与邹国声相反，他异常沉默，不肯与人交谈，也拒绝朋友上门关心。一来是不知从何说起，他也清楚颜艾瑟那张我见犹怜的脸，还不用开口，就赢了三分观众的好感，他不认为自己能扭转偏见。二来怕自己掉以轻心，谁能担保这些听他倾诉的人，没有颜家安排的眼线？

信了颜艾瑟以后，他谁也不能信，不敢信了。

耳边传来鸣响，范衍重才惊觉邹国声还没停止。

“振翔是个贴心懂事的小孩，从前跟我太太也是无话不说，这几年是少了些，也难怪，他是男生，又青春期，跟妈妈保持距离是正常的。我只是要说，若真要说我们哪里做错，就是没告诉振翔外面世界的险恶。振翔没什么跟异性相处的经验，突然一个女生跑来，对他撒娇装可爱，他哪里分得清楚对方是好人还是坏人……”

范衍重内心隐隐升浮几缕不适。他能够体谅，人们都有种把过错往别人身上推的特性。然而，邹振翔跟娜娜之间能够这样解释吗？娜娜的母亲也表明了，邹振翔有意识地跟娜娜索取性爱，作为照顾及提供宿处的代价。他不认为邹振翔全然天真无邪，给娜娜牵着鼻子走。他甚至认为，邹振翔根本很清楚自己跟娜娜的供需关系。

范衍重没有把他胸中的分析说出来，他跟邹国声的交情更重要。

他调整成一个舒适的姿势，听邹国声说下去。

“只凭年纪、性别来决定谁对谁错，这样的立法，是不是有问题。衍重，我没有意气用事，或者今天振翔是我的儿子，我才这样子想，只是我们在社会上打滚这么多年了，都心知肚明年纪不代表什么，有些人到了五六十岁还是幼稚得跟什么一样。今天不是在讨论晚餐要吃什么，而是要不要把一个人抓去关，这种影响一个人一辈子的事情，只看年龄可以吗？我讲更极端的例子好了。”邹国声坠入静默，不知是在调整呼吸，还是在整理即将要说的话，“那个女生，振翔不是她第一个对象，在振翔以前，她跟很多人发生过关系。振翔也给我看过她的大头贴，不要说十六岁，我这个大人来判断，都会以为她起码二十岁。对，振翔后来也知道那女的可能未满十六岁，但他没有社会历练啊。”

范衍重闭上眼，在心中描绘话筒另一端的场面：邹国声的妻子坐在不远处，注视着、评估着丈夫的一举一动。邹国声的反应多少有点像是在表演吧。

范衍重后知后觉，他的旁边也没有人了。

吴辛屏消失第三天了。

他对于自己竟有片刻的遗忘，以及竟这么快又想起，感到被命运玩弄的荒谬。

邹国声的形容，也让范衍重一步步走进回忆的漩涡。几年前的下午，当他警觉被跟踪时，压抑多时的不满顷刻间暴涌而出，他在大街上，拉着那名身材矮小、顶着光头的记者咆哮，不要把我写得那么可恶，你们根本不是在报道，只是想把充满刻板印象的家暴故事硬套在我身上而已。你们要不要去调查一下颜艾瑟私底下是怎么对我的？话一出口，范衍重懊悔了，他怎么又送了机会给对方？他凝视着那名眼睛狭小的男子，想象着他的拳头陷入对方的眼窝，突出的指节抵触着眼球，往前一施压，是什么会破裂？似乎有个透明的名字，玻璃体？水晶体？算了，无所谓，那是医生的职责，不是他的。他只要负责让这个人理解到，不管他是媒体还是颜正昌派来的人，都得意识到，人跟人之间是有界线的，逾越了就得付出代价。

范衍重保持呼吸，等待男子的反应，对方若转身欲逃，他就要动手，逼他交出手上的摄影器材。也许他们不止一个人？还有人黄雀在后，准备好捕捉他对记者施暴的画面？范衍重多想关掉自己高速运转的脑袋，他压抑太久，隐藏太多，深知一旦出手，形同把筹码押在颜艾瑟身上，他无所谓了，再次爆出粗口，他妈的你到底是哪边的人，你再不说，就不要怪我对你怎样。男人瞳仁紧缩，颤抖地吐出，先生，你搞错了，我不认识你。刹那间，范衍重松开了紧揪着对方衣领的拳头，男人逮着机会，三步并作两步地绕过范衍重，往前疾行。

范衍重愣在当场，仿佛被人以粗针戳穿脑门，再轻轻旋搅，他整副身躯就要麻痹、瘫痪。他狼狈地躲入出租车，一入家门，关掉手机，倒在床上，不停地重击自己的前额、阻挠着思绪翻涌，但他的脑袋如同宕机的电脑，一股脑儿地吐出连续的信息，你搞砸了你搞砸了你搞砸了。范衍重无计可施，退无可退，一把抢过床头柜上那颜艾瑟钟爱的、二十岁时去巴黎旅行在乡间小铺购得的天使雕像，底座是沉沉青铜，往额头一砸，凿出一道血口，皮掀肉破，鲜血汩泪滴下，几珠爬过他的眼皮，掏出痒感。范衍重感激地闭上眼，痛感驱逐了其他全部感受。

他终于把自己给关掉了。

“衍重？喂？你还在吗？怎么没声音？”

“我还在。”范衍重抚摸着前额，多年前的血口，如今只剩一条躲在头发里的伤痕。

“抱歉跟你扯了这么多废话。”邹国声又道歉了。

“我们回归正题，先找到振翔要紧。”

“是是，也想问你的意见，我们没有那个女生的联络方式，倒是有她妈妈的，你觉得我们要主动联系吗？会不会弄巧成拙，又让她抓到把柄？但我又怕再不阻止，两人又乱来……”

“那个女生的住处，我记得是振翔朋友帮忙找的，你们知道是哪位朋友吗？”

“知道，我太太有逼他说出来，小一届的社团同学。我太太有跟学校打听过，有钱人的小孩，父母一天到晚飞国外谈生意，根本没人在管这小孩。”

“那你们有这位同学的联络方式吗？这个人应该会有线索。”

“好，那我现在打电话问老师。”

即将收线之前，邹国声又添了一句，“衍重，谢谢，很重要的恩情。”

闻言，范衍重含糊应了声，挂断了电话。

◆◆◆

奥黛莉在警察局门口来回踱步了好久。

这里是当初颜艾瑟报警的警局。她刻意选了同一间，想要给自己勇气。她告诉自己，“想着你是颜艾瑟，得给范衍重一些教训，你会做得跟颜艾瑟一样好的。”

坐在值班台的方脸警察一脸好奇地看着奥黛莉，奥黛莉在他眼前走来走去将近二十分钟了，这种人并不是没有见过，只是奥黛莉的穿着跟气质混合出一种特殊的氛围。

“不好意思，我想要报案，有人失踪了……”

“请问是谁失踪了呢？”

“我的朋友吴辛屏。”奥黛莉慎重地说出三个字的正确写法。

“朋友吗……不好意思，法律规定，要特定亲属或配偶才能成为报案人。请问你朋友的家人或者配偶还在吗？如果还在的话，请他们来报案吧。”

“她的家人，我不知道联络方式，她的先生，不想报案……”

“那也只能请你找到她的家人或是她先生了。”

奥黛莉感受到警察敷衍的企图，她垂着肩膀，“为什么我不能够报失踪，我朋友就是消失了，班也没上，电话也没人接，你们不可以这样吃案。”奥黛莉想要展现出理性、克制的一面，却一下子就红了眼睛，鼻子也滑出鼻水，“我要去检举，说你们这里吃案。”

“小姐，请你不要误会，我们没有吃案，这是法律规定的。”

奥黛莉提升了音量：“规定是可以通融的吧？你们不知道情况有多危险吗？”

吴家庆一边把手臂穿入外套袖口，一边走出房间，他被值班台的争吵声给吸引住了。他问方脸警察，怎么了。奥黛莉转过身，双眼直勾勾地盯着吴家庆。

“你们这里有人吃案。”

“我才没有吃案，你不要乱说。”

方脸警察把奥黛莉推向一边，大步上前，在吴家庆耳边细语：“这女的好像怪怪的。她说要报案她朋友失踪，她朋友消失好几天了，没去上班，电话也不接。我叫她去找那女生家属或老公，她一直跟我说，朋友的老公就是不想报警，这要我怎么处理？”

“你交给我来好了。”吴家庆瞄了奥黛莉一眼，“小姐，既然你朋友的先生还不急着报警，那会不会有一个可能是，你朋友其实没有失踪？”

“为什么你们是这样想事情？她的老公不想报警，正常人都会觉得她老公很可能就是凶手吧。”奥黛莉几乎是咬着牙说出这段。

“凶手？你有看到什么吗？还是你朋友之前有跟你说什么？”

“她有跟我说，她跟她老公起了一点争执。”

“夫妻吵架是很常见的事情。”

“可是我的感觉就是不对。我朋友的先生很怪。”

吴家庆叹了一口气，跟方脸警察交换了一个我懂你的意思了的眼神。

“小姐，抱歉，我们还有别的事情要忙。”

“我不是颜艾瑟，所以你们才这样对我吗？”

“你怎么会讲到颜艾瑟？”

“我也在讲范衍重啊，因为我不是颜艾瑟，你们才不理我吗？”

“小姐，这两个人到底是谁，你这样讲谁知道……”方脸警察不满地咕哝。

“范衍重跟这件事有什么关系？”吴家庆伸手示意方脸警察少安毋躁。

“范衍重跟颜艾瑟离婚，跟我朋友结婚了啊。”

“你再从头跟我讲一次你朋友的事情。”

吴家庆把奥黛莉带到一个小房间，拉过椅子，示意奥黛莉坐下。

奥黛莉的双眼如同被注入光明，倏地亮了起来。

吴家庆把吴辛屏的资料输入检索系统，重复的人名并不多，他没有延误太久，就找着了黄清莲的电话跟住处，他拨了电话，黄清莲接听，不过，吴家庆很快地得到对方敷衍的回应——我才不要去报警，她的个性就是这样，说消失就消失，我看破了。吴家庆试着以吴辛屏可能遭遇危险来动之以情，黄清莲持续固执己见，“我说不想就是不想。”

奥黛莉心焦地催促吴家庆："你快告诉她，吴辛屏的老公很危险，之前打过人的。"

黄清莲不为所动，她平静地扔下一句："我是不会再为吴辛屏做事的，这个女儿太让人失望了，你们也不用白忙一场，她想出现时，就会出现的。"吴家庆才要回话，电话已断线。

"她的家人不想报警。"

"你们还是可以做点什么吧？去找监视器啊，还是去问人啊……"

"这个部分，可能得用别的方式来处理了。"吴家庆勉强地说道。

"难道就要这样看着范衍重故伎重施吗？"

吴家庆看着面红耳赤的奥黛莉，想起颜艾瑟冲进他们警察局的那个夜晚。

几年前，他刚报到没多久，还是个菜鸟。坐在值班室，负责备勤的资深刑警在后方打起瞌睡，吴家庆正哀怨着前辈又在偷懒时，颜艾瑟来了。吴家庆下意识屏住呼吸，这女人好美。白、瘦、一头乌黑的长发。如小鹿般湿润的双眼透露了内心的惊惶。女人身上穿着宽松的居家服，脚上还踩着毛茸茸的室内拖，跟警局阳刚、冰冷的气质形成了巨大的冲突。

有几十分钟，女子没办法作出完整的陈述，频频被自己的颤抖与啜泣给打断。她的左脸红肿，太阳穴周围有锐器划过的皮肉伤，血液凝成半干涸状，仿佛一张黏在额际的贴纸。他陪着颜艾瑟完成了报案，途中吴家庆不断地提醒，你可以说话了再来，我们不急。

他没认出这个女子是颜家的女儿，他只是被胸中涌现的疼惜给勾动，这女人好精致、脆弱。程序完成没多久，范衍重来了，对着颜艾瑟咆哮，他拉起颜艾瑟，要妻子跟自己回家。颜艾瑟无助的双眼投向吴家庆，吴家庆命令范衍重住手，范衍重睥睨着吴家庆，吴家庆重申，请你离开。范衍重回头望着颜艾瑟，脸上恢复镇定，他轻笑，鼓掌，这是你的新把戏吗？你在家里演戏还不够，如今演给别人看？奥斯卡最佳女演员真应该颁给你。颜艾瑟低垂着脸，没人能够看清她的面目。

范衍重别有深意地看了吴家庆一眼，低声警告，你不要被那张脸给骗了。范衍重一走，吴家庆赶忙看向颜艾瑟，颜艾瑟说她订了酒店。吴家庆提议他可以护送颜艾瑟过去，颜艾瑟摇头，说这样耽误警察太多时间了，她叫了出租车。颜艾瑟留了吴家庆的私人联络方式。

几天后，吴家庆才从新闻得知，颜艾瑟有个不得了的身份。他以为再也遇不到颜艾瑟了，晚上就接到颜艾瑟的来电，说明在父亲的介入下，她的安全获得了保障，她十分感念吴家庆在她最惊慌失措时，安定了她的情绪。接下来几个月，吴家庆偶尔会接到颜艾瑟的电话，多半是午夜，颜艾瑟诉说她心境上的转变，如何被媒体骚扰，跟范衍重的谈判是否有进展。有时只是十几分钟，有时会长达一两个钟头。颜艾瑟细致的嗓音透过话筒，尤其在睡前，仿佛夹带微弱电流，自耳朵向腹部奔窜。特别是她在收线前，总不忘强调，吴警官，你是一个温柔的好警察。吴家庆也不想纠正说自己并不是警官。

两人第二次见面，是颜艾瑟与范衍重达成和解的那一天，吴家庆跟朋友借来西装，隆重出席，餐桌上颜艾瑟说起她即将远行，她的男友在比利时等着与她团聚。颜艾瑟取出方正的小盒子，上面印着一行看起来也不像英文的品牌名称，吴家庆接过礼物，迷糊地回到家。他脱下衣服，把衬衫跟裤子平整地挂在椅背上。他知道他再也不会接到来自颜艾瑟的电话了。

现在，命运又把他们给系在一起了。

吴家庆承诺奥黛莉："我会帮你的。我们先拟定计划。"

范衍重打开车门的那瞬间，手腕猝然被人从后勾住。

他转身一看，觉得分外眼熟，一时间想不起来，男子报上姓名："忘了我了吗？"

听到声音，范衍重的记忆都回笼了，他眉间堆起褶痕，男子没穿制服，他才认不出来。

范衍重甩开男子的手，低声说："你来找我干什么？"

"你打跑一个老婆还不够？"

"你在说什么？"范衍重的呼吸浓重了起来。

“听说你的老婆不见了。”

“谁告诉你的。”

“谁告诉我，并不重要，重要的是你是不是又做了什么？我早就知道，你们这种人，不打个女人没办法证明自己是不是？吴辛屏人到哪里去了？”

“你这样私底下来找我没问题吗？你怎么进来我们社区的？”

范衍重的话产生了作用，吴家庆抿了抿嘴，挤出微笑。

“我来见见以前的老朋友，问他生活的近况，哪里有问题？如果你没有心虚，为什么要回避我的问题，现在吴辛屏人在哪里？她没去上班，管理员也说这几天没看到她。”

范衍重冷眼看着吴家庆：“这跟你没有关系。”

“你不怕我把这件事诉诸媒体？”

“她回去老家看她父母了，这样你满意了没？”

“你说谎，我已经打给她妈妈了，她妈妈说吴辛屏去找完她，就回台北了。”

“我得去上班了。”

“范先生，请你回答我，你的太太在哪里。”吴家庆伸手拦阻范衍重进入车内。

“你再这样下去，我要告你强制罪了，你还不快点放手。”

吴家庆松了手，他警告：“我还会再来的，我会一直注意着你。”

“你他妈的快给我滚——”

范衍重看向前方，催紧油门。后视镜反映出吴家庆脸上高深莫测的表情，这时，一个古怪的念头攫住了范衍重，吴辛屏是不是跟颜艾瑟联手要毁灭他？这种故事他不是没听过，女人们有一项不可思议的天赋，她们能够以任何形式结盟。吴辛屏的消失是颜艾瑟设计的桥段吗？如果是这样，他要联络颜家吗？这么做会不会让他再度成为笑柄？

范衍重想起自己跟颜艾瑟交往期间的情话。

“傻瓜，我怎么可能伤害你。我发誓，我若伤害了你，就遭到报应。”

“什么报应？”

“那么残忍，报应还要具体设定？”

“我们都知道法律最重要的是违反的效果。”

“那就身败名裂吧？律师最重要的是名声。没有名声，没有案件。”

“我不要罚你这个，那样好残忍，你是个好律师。”颜艾瑟低喃宛如歌唱。

“那要怎样你才会接受？”

“罚你……”颜艾瑟从背后环抱着范衍重，“不管跟谁在一起，都忘不了我。”

奥黛莉又请假了。

简曼婷的话语萦绕在她的耳边，她捂着耳朵，声音就钻了进去。她躺在床上，辗转难眠，千辛万苦，却坠入梦魇，看见了老师，奥黛莉绝望地认知到，这么多年了，老师的五官，除了眼睛，她都记得清清楚楚。这个梦魇，老师的身影在梦境里是如此清晰、真实，奥黛莉在梦中又化作小孩的身形，她丢掉了成年以后全数的历练，又被牵进去那间教室。坐在桌子上，望着老师，准备下一道指令。老师张口的刹那，奥黛莉醒来了，她僵着脖子，呆望天花板，把呼吸找回来，又不知道多久，她恢复一点力气，先把身体带离床，床单上一片湿渍，惊恐时，人体原来会冒出好多汗。

奥黛莉来到厨房，左手拿起热水壶，右手用力拍打脸颊，她不停地深呼吸，低语，那只是个梦。奥黛莉给自己泡了一杯红茶，细细地啜着，思绪飘忽，为什么人要有记忆？若记忆的存在只会让存活的人坚定地走向毁灭，那这机制为什么在演化中没有被淘汰？而是被保留下来？人为什么无法删除让他们活不下去的记忆？

▲▲▲

芝行曾嚷嚷着要三个人一起出国，她这辈子没有搭过飞机。三人的预算都不高，泰国是首选，芝行指定要骑大象和看长颈鹿，奥黛莉在电脑前认真比对着旅行社的评价，查找到一半，一篇文章的标题吸走了奥黛莉的目光，“大象永远不会忘记”，笔者是一位刚从大学毕业的女性，她认为人们应抵制骑大象、观赏大象表演的活动。幼象在幼年时被迫从母象旁带离，训练者千百次地以象钩刺戳大象，迫使它们做出令人满意的表演。有段文句，奥黛莉反复念了数回，“大象必须适应干旱，它们发展出惊人的记忆力，有些大象甚至能记得十几年前路过的一处水源，并在多年后把发渴的象群引导到旧地，也因为如此，大象永远不会忘记，不会忘记加诸它们身上的暴行”，念到最后一次，奥黛莉抽了卫生纸来擦眼泪，越是卖命擦拭，眼泪流得越凶。奥黛莉最后说服她们，改去澎湖。

跟大象没两样的奥黛莉，都那么多年了还是牢记着老师的语气，拘谨有礼，带点发礼物似的兴奋，仿佛背后接的是一个问号而不是句号。也像是孩子们相聚的游戏，老师说啊老师说，奥黛莉，把里面的裤子脱下来一点点。可以说不吗？这样子不就违反了游戏的规则？

▲▲▲

从小到大，奥黛莉深受自己的完美主义所害。母亲简薇容时常问，我们并没有给你压力吧？为什么你要把自己弄成这样呢。母亲说得也没错，却无法阻止奥黛莉的幻想，自有印象起，奥黛莉始终认为有人在监视着自己，她千万不能犯错，否则就证明了自己是个瑕疵品。有三位以上的老师，在亲师会上暗示简薇容，这孩子得失心太重了，是不是承担了太多期望。到了第二次，奥黛莉已不敢注视母亲，简薇容露出受伤的眼神，手握成拳，本来就白皙的手，转眼间苍白得不可思议，她近乎咬牙切齿地交代，我们没有给过她什么压力。我跟文静的爸爸都是在美国读到硕士没错，但这不表示我们会要求小孩表现得跟自己一样。我们只希望她健康、快乐。老师看了奥黛莉一眼，似乎想求证，奥黛莉太紧张了，低头回避老师的目光，以为这样子才是最安全的表态。两人跟老师挥手道别，走到转角，简薇容停下脚步，放掉母女紧牵的手。过了几秒钟，奥黛莉鼓起勇气抬头去看，母亲的脸上流满了泪水。奥黛莉知道，她又搞砸了。她应该跟老师说，老师，你错了，我的爸妈都对我很好，没有给我压力，是我自己把事情弄成这样的。

这些话都是真的。

奥黛莉的父母在大学校园相恋，毕业之后，一起飞去美国，一个读建筑，一个读欧洲史。他们在美国诞下奥黛莉。奥黛莉两岁时，举家回台，父亲进入政府单位工作，简薇容因身体的免疫系统出了问题，在家休养，以翻译来赚取外快，还能照顾女儿。这对夫妻的双亲都有钱得要命，即使如此，他们仍勤勉向学、凭借实力争取机会。他们对于唯一的爱情结晶奥黛莉，只有健康快乐的心愿。简薇容说了不止一次，我的宝贝女儿，我们留给你的钱，可以让你这辈子不必为了经济发愁，你只要找到自己喜欢的兴趣，我们会支持你，愿你这一生都无忧无虑。

奥黛莉事后回想，这是不是一种诅咒？神喜欢予人考验，让现实与理想相违。平安无忧正好是奥黛莉此生最大的缺陷，从小就怕丢脸、怕出糗，天生与快乐绝缘，一点小事就往心底去。那么多人在奥黛莉身边，独独一位小学老师发觉了奥黛莉的与众不同。那老师叫什么，奥黛莉忘了，只记得姓林，林老师，她记得同学们拿谐音捉弄老师，林老师咧。林老师是教语文的，奥黛莉在母亲的耳濡目染之下，对于文字的应用有些心领神会，偏偏她容易紧张，去过一次即席演说，在台上讲了五十几秒，嘴巴再也咬不了半个字，只好狼狈地鞠躬下台，奥黛莉的写作倒是拿过两次排名。奥黛莉被指派参加语文竞赛，她在朗读跟写作间摆荡，她羞于启齿，自己有上台的憧憬，她想被看见。

林老师请奥黛莉在午休时间到教师休息室，循循善诱，文静，不要紧张，我们慢慢想，老师的名单可以晚点送出。奥黛莉受宠若惊，哪怕她在林老师面前表现得那样忸怩、小家子气，林老师也未曾表露厌烦的神色，更可贵的是，林老师还逐步引导奥黛莉说出自己的想法。中午的休息时间，班导规定谁如果头抬起来，被风纪股长看见了，会被扣优点卡。奥黛莉是例外，钟声一响，她可以理直气壮地坐着，抓起朗读的稿子练习，十分钟后，再提起裙子，慢慢地走出教室。她可以感受到，有些人扭着脖子，目送奥黛莉走出教室。毋庸置疑地，她被深深羡慕着。

奥黛莉成年了时常回想，为什么童年时人们那么不甘愿睡觉，视其为惩罚，午休时间晃来晃去是特权；长大之后，情况颠倒过来，人们宁愿遁入睡眠，而睁开眼睛成了困难的责任。奥黛莉更进一步想，是不是因为孩子们曾经对世界充满希望，深惧一旦闭上了眼睛，就要错过了什么美好的、稍纵即逝的缤纷画面，而在成长的过程中，这希望一天天萎缩，直至凋零、瓦解。曾经的孩子们懂了，睁大眼睛有时候反而会看到不该看的，而有些时候，目睹了就退无可退，从童年的状态强硬退出，丢失了密码，不管在门外哭得多么狼狈，从今而后就是大人了。

奥黛莉十岁就被变成大人了。

奥黛莉曾经很爱林老师，那份爱是她不会想要去讨论的。里面或许镶嵌着其他情感，尊重、敬仰、崇拜甚至感激，那又如何？这一切的汇集之处就是爱，她曾经很爱林老师。后来很多人试着找她梳理这份爱的质地，奥黛莉在那些安慰中，反而认清自己是不可能得到救赎了。这些人不可能理解的。他们一口咬定，奥黛莉的爱是假的。

她只想，你们是把那时候的我当成白痴吗？

奥黛莉很容易练习到一半就丧失信心，林老师会使出一切手段来安慰她。文静，老师知道，老师都知道，爸爸妈妈虽然一天到晚说他们没有给你压力，可是，你就是感觉得到，对吧。班上的同学，谁跟你一样有两本护照呢？谁跟你一样，有个常上电视的父亲？你没有错，爸爸妈妈也没有错，文静，不要害怕也不要紧张，老师看得出来，你比谁都希望让爸妈骄傲。老师陪你，人不会因为一次的失败，就什么也不是。我们先慢慢地把你的朗读练好，哎文静你不要哭，老师真的会陪你。

奥黛莉掐着自己的脖子，收紧，她眼前一黑，回到现实。她又摔进回忆里了，林老师的话仿佛广播系统，只要她召唤，旋即清晰稳定地流泻于脑中。她小时候把林老师的话奉为圣经，虔诚地背诵，文静你不要哭，老师真的会陪你。那次校内朗读比赛，她果真得了第一名，一走进比赛的场地，三位评审，林老师坐在正中间。奥黛莉感觉到体内有什么，突破了边缘，汩汩流出，她走到中央，眨眨眼，竟不觉得自己在与别人竞赛，只是在跟林老师说话，林老师定定地看着她，奥黛莉耳边听见回音。文静，老师真的会陪你。榜单贴出来之前，奥黛莉早已知道她会得名，林老师又问，文静，你要去参加全市的比赛了。紧不紧张？

老师，只要你陪我，我就不会紧张。奥黛莉想起来，听到这句话，林老师笑得好开心。奥黛莉从小到大没有一刻那样地替自己感到骄傲。林老师又说，爸妈爱你，因为你身上流着他们的血液，而且他们只有你，哪怕你再怎么平凡又普通，爸妈依然会爱你。老师不是，老师跟你没有血缘关系，一年又要陪伴这么多学生，若老师爱你，一定是你真的很特别。

▲▲▲

范衍重把车停好，下了车，他不止一次停下脚步，东张西望，确认没有人注意到自己，才继续前行。抵达后，在门口站好，深呼吸，按下门铃。

“谁啊？”屋内传来拖鞋鞋底弹回地板上的声响，脚步慢且沉，该有些年纪了。

内门被拉开，女人隔着铁门瞪着范衍重，一只眼珠有些混浊。

“请问是张太太吗？你好，我想问一些关于吴辛屏的事情。”

“吴辛屏？你是她的谁？”张太太的眼珠往上提，多了分警戒。

“我是她的先生。”

“你前几天是不是有来过我们这里，跟着吴辛屏的妈妈？”

“对，那天你人刚好不在，我们是跟你女儿说话。”

“你都跟我女儿说到话了，有必要再来吗？”张太太作势把门掩上。

“等一下，张太太，我是真的有很要紧的事情，我太太现在出了一点状况。”

“那个女的出的状况可多了。”

又来了，跟女儿如出一辙的眼神，轻视。

一早，范衍重醒转，说不上是什么在驱动着他的思绪，也许是常人所谓的直觉，他想起了黄清莲口中的“小贞”，他认为黄清莲跟奥黛莉都在掩盖着什么，只有这位不起眼的邻居，赤裸、轻慢地展示了她对吴辛屏的不屑。小贞没有联络他，他干脆亲自上门。

“张太太，你愿意说一下，辛屏之前到底是出了什么状况？”

“我才不要，自找麻烦，”张太太嘴一瘪，语带嘲讽，“你可以去问其他人，吴辛屏干了什么好事，虽然十几年有了，大家应该还有些印象，总有一两个爱八卦的会告诉你。”

“张太太，拜托。我很需要你的信息。”

“对不起我帮不上你的忙，你去找别人吧。”

张太太后退一步，门唰地关上，下一秒，里面的铁门也一并关上了。

范衍重愣住，又按起门铃，他将身子贴着不锈钢材质的外门，另一只手奋力拍着门面。他不敢放声呼喊，以免招来关注。他祈祷张太太别通知黄清莲，这对母子只会坏事。就在范衍重想着是否该离开时，铁门再次开启。

“张太太……”范衍重很快地噤声，应门的是小贞。她半张脸隐没在门后，另外半张脸神色阴沉，眼珠飘移不定，干涩的嘴唇合拢又张开。

范衍重撑起笑容，和颜悦色地问，“张小姐，我们见过，再给我一个机会好吗？”

“吴辛屏怎么了？”女子问，眼神从下而上斜睨着范衍重。

由此可知，黄清莲并没有跟这些人告知吴辛屏人间蒸发的事。

范衍重打算静观其变。

“辛屏前几天回来看家人，好像吵架了，整个人变得很不对劲，不管我怎么问，她都不说。我只好亲自来找辛屏的家人，但他们也不太配合。我就想到，那天我们来找你，你看起来好像知道辛屏的一些事情，张小姐，我感觉得出来，你是个正直的人，或许辛屏以前做事不成熟，得罪了你，我在这边代替她跟你道歉。也请你帮个忙，给我一些线索好吗？”

小贞防备地看着范衍重，范衍重这才注意到她的喘气声比常人响，这里距离发电厂不远，范衍重记得自己回到台北后，一口气喝光两大杯绿茶，才稍稍舒缓喉咙的干痛。一想到这儿，他看向小贞的眼神瞬间柔和了许多。

范衍重目光所及若不是农田，就是低矮的屋舍，最高不过四楼，许多建物斑驳灰败，墙面落漆严重，也不乏拆到一半，疑似预算耗尽，干脆停摆的房屋，木梁跟钢筋凸露，一面墙尴尬立着，前方有一只孤零零的白色马桶。若从他家阳台望出去，那是截然另一幅景致，“大安森林公园”，三组字，两两组合，都让人觉得自己足够幸运，遑论把它们并在一起。范衍重喜欢观察那些牵着狗散步的人，尤其是老人，老人与狗，他可以看着他们慢慢地走，最终移出他的视线范围，一个下午过去了。他走来张家的路上，特别留心了电线杆上以铁丝旋紧的广告纸板，一户透天的价格，跟颂律房间的价值相去不远。

这里的人日子真好过，也真难过。吴辛屏与这里划清界限，仔细想，也是情有可原。

“你再说一次你怎么称呼。”小贞闷声道。

“我叫范衍重，不然我再给你一次名片？”

“不用了。”小贞回绝，态度柔和了几分，“我不想要有太多牵扯。”

屋内传来张太太的粗吼，示意女儿快点打发范衍重，小贞喊了回去，再给我一点时间。

范衍重胸腔一抽，时间所剩不多。

“我问你，你为什么会想知道吴辛屏之前的事情？只是好奇吗？”

“不只是好奇。”

“你是个有钱人吗？”

“这要看你对于有钱人的定义是什么，不过，我不觉得我是个有钱人。”范衍重想了想，恍然大悟，“张小姐，我不是个有钱人，但我也不爱占人便宜。不会要求别人白白做事的。”

“你在说什么？你以为我在跟你要钱？”小贞发出冷笑声，身子又缩回门后。

范衍重很明白，他快要毁掉几分钟前打出的好牌了。

“我不是这个意思，我只是想表达，若你愿意分享任何信息，我会在能力之内……”

“我不需要任何东西，我只是替宋家觉得很不值得。”

“宋家？”

“吴辛屏没有跟你提到？也难怪，她讲了，到手的肥羊就跑了。”

“张小姐，你可以讲得更仔细一点吗？宋家？哪里的宋家？”

“范先生，你太太有跟你说过，她高中时被学长强奸吗？”

小贞脸上浮现一抹微笑，“学长是家长会长的儿子，也是我们这里最有钱的人。”

“强奸？张小姐，等一下，”范衍重感受到手上的牌一张张坠落至地面，排列成他从未看过的阵型，他手指头紧箍着下颏，好压住逸出的惊呼，“我跟你确定一下，我们在讨论的人是吴辛屏，”他拿出手机，刷到妻子的照片，“这个人没错吧？”

小贞凉凉地看了一眼，视线又与范衍重对视：“吴辛屏八成把你给弄得团团转了吧？她从以前就是这样，对男人很有一套的。”张太太又高声呼唤，范衍重这次听到了女子的名字，贞芳。

张贞芳没有回应母亲的催促，视线绕过范衍重，落在后方的街景，也可能是更远处的山景。

“吴辛屏读书的时候，看起来很清纯，对所有人都很亲切。”

范衍重屏住呼吸，他看得出来，张贞芳很压抑，既想发表，又想掩藏。他的思绪更是紊乱，怎么会这样？他远道而来，不过是想厘清黄清莲跟吴启源的嫌疑，他想过，若吴辛屏有势利、薄情的一面，他愿意接受，他甚至觉得这说不定是吴辛屏在这种地方成长，所发展出的防卫机制。偏偏强奸这个字眼太大了。他承受不住，好像有人把整箱的针全数倒在他头上，其中几根刺破他的武装，笔直穿进他的喉咙跟心脏。

他打了个哆嗦。吴辛屏像是被强奸过吗？他又问，怎么样算像？

若以精神失序和反复崩溃来说，颜艾瑟更像。但，范衍重忧郁地想到另一个层面：吴辛屏在床上的包容。范衍重跟吴辛屏在性上面，始终好不起来，他常常力不从心，吴辛屏安慰他没关系，我们都不是年轻人了，性没有那么重要，过日子下去才是。

日子还过得下去吗？范衍重不确定了。

张贞芳深深吸进一口气："我不想再说了，这是吴家跟宋家的事情，跟我其实也没有关系，我只是旁观者，不好说什么。我只是替怀萱感到很不值而已。她没有错，只是交到坏朋友，谁能够在十几岁就认清身边的人是好人还是坏人？听到吴辛屏现在出了事，范先生，我这样说很伤人，但我松了一口气，人做错事，还是会有报应的。"

"怀萱又是谁？"范衍重想办法忽视张贞芳的恨意言论。

"学长的名字叫宋怀谷，怀萱是他的妹妹。你不如利用你办案的专业，好好把那时候的事情弄清楚，到了那一刻，也许你就明白为什么我们听到吴辛屏会这么反感了。"

"张小姐，很抱歉，但，"范衍重咬紧牙根，"算我求你，再回答我一个问题吧，既然你说辛屏在高中时被、被学长给强奸了。那为什么你一点也不可怜她？你不是说你跟她当同学很多年吗？”范衍重险些说出，难道这都不算什么？

张贞芳露出不怀好意的微笑，整个人竟有不合时宜的惬意：“我为什么要可怜她？范先生，换我问你一个问题，强奸这种案件，为什么都只听女生说什么？”

“张小姐，我不懂你的意思。”

张贞芳呼吸悄悄加速，眼中泛起红光，“我问你，两个人两情相悦，女生怎么可以把身体给人家后，再说人家强奸你？这是不是陷害？你说说看。宋家还真的赔了五十万，我不懂，宋怀谷是做错了什么，他那么善良的人，就这样被吴辛屏毁了。”

范衍重察觉到，张贞芳对这件事的立场，绝对不如她自己所言的“旁观者”那样单纯，下一个问题是，张贞芳是对里面的谁有反应？又是以什么角色？

张贞芳调整了一下呼吸：“范先生，你先不要去想这个女生是谁，先听我讲，再告诉我你觉得谁有道理。今天，有个人生日，在家里办派对，喜欢的女生也来了。两人有说有笑，看起来很正常。女生隔天看起来也是跟之前没两样，谁知道过几天，那个女生跑去跟老师说，她被这个男生强奸了。这有什么道理？”

“这不能妄下定论。很多受害者当下看起来都很正常，但她们可能是在隐藏……”

张贞芳插话：“我说了，你不可以把这个女生想成吴辛屏，你看，现在你就是在帮吴辛屏说话了。我不要听你的大道理，我只信我看到的。一个女生如果真的被那样了，她隔天怎么有办法跟宋怀萱聊天，有说有笑？”

张贞芳话锋一转：“再说了，宋怀谷条件那么好，多少女生喜欢他，他没必要来硬的，很多女生恨不得跟他在一起。吴辛屏这样污蔑宋怀谷，不就是为了敲诈？我还想过，搞不好是她爸怂恿她的，那一阵子她爸不知道在外面怎样了，吴家欠了好多钱。”

“辛屏爸爸有欠钱？”

“这你都不知道？”张贞芳悻悻然瞄了范衍重一眼，“吴家本来日子还过得去，不知道发生什么事，就没钱了，吴辛屏她妈那一阵子还跟我妈借了不少钱，后来才还清，八成是用宋家给的钱还的。不过，她哥很好运，娶到有钱人的女儿，说是娶，不如说是入赘，小孩读书的钱跟他们开的车，好像都是娘家给的。”

这也解释了为什么吴启源在母亲跟前抬不起头的原因，相处不过几个小时，范衍重已经能揣测黄清莲的心思。她势必认为儿子也抛弃自己，跑去享受更优渥的人生。

沉默半晌，张贞芳又说，“你自己想想吧。吴辛屏毁了多少人。可怜的不只宋怀谷，还有宋怀萱，听说刚出事的时候，宋怀萱差点没被她妈打死，她带回家里的朋友害惨了哥哥。”

“你可不可以给我你的联络方式，我怕以后我还有些事想问你。”

“不了。我不想被吴辛屏纠缠上。也请你不要再来打扰我们，我跟你说了这么多，算仁至义尽，倒是有个问题，我想了好多年。可以的话，你帮我问问吴辛屏，这几年来，她睡得着？不会良心不安吗？”

范衍重还在思量着怎么回应，张贞芳毫不恋栈地把门甩上。

第七章

我又不小心闭上眼睛了。我太累了，我的疲惫很可能来自这么多年来，我都要掩藏着我的感受，丝毫没有片刻的安宁。此时此刻，那女人瞪大眼，瞅着我。或许她心中正规划着一百种方式来伤害我。

我时常想，我的秘密算什么？我曾经以为哥哥会牵着我飞出去，谁知到头来我一无所有，被遗留在原地，笨拙又狼狈地苟活。对哥哥的思念时常在体内烧灼着我，烘得我浑身皮肤膨胀发烫。有了丈夫，我还是渴得无法救药，丈夫是海水，我越喝越渴，哥哥是清泉，越喝越思念。这样不对。非常不对。只是对与不对的争执，又是谁说了算，很久很久以前，我们的事也能够解释为，本性，如此简单。

我喂过一只母猫，我叫它咪咪，咪咪后来消失了。

我害怕咪咪被撞死，我们这里的酒鬼太多了，入夜，那些人的车速又莽撞得像是一心求死。我做了好多噩梦，咪咪瘫死在地，肚腹犹在鼓动。我并不爱猫，但咪咪不同，我喂过它。人很少意识到，

“付出”这件事有多么令人难以忍受。高一导师，教数学的，口头禅是不忘行善，要当掌心向下的人。施比受更有福。他教完我们这届就退休了，据说是跟妻子搬回老家、照顾年迈双亲，我再也没见过他。我幻想过无数次，若有日我跟数学老师巧遇，我势必要纠正他，你错了，施舍的人会悄悄地、不知不觉地挪移手势，一眨眼掌心就向上了。付出的人也在等待有人报恩。他比所有人都饥渴。

我惦念着咪咪。逢人也问，有没有看到一只母猫，身上的花色东一块、西一块的。有人指点我去土地公庙寻找，说有人在洗水果时，看见了一只跟我形容得极像的猫。我拎着猫食去土地公庙，前两次都无功而返，第三次，垂头丧气地返家时，咪咪站在我家门口，身后跟着两只幼猫，她带着她的孩子来找我。我高兴得说不出话来，连忙去便利超市抱回好多罐头。我看着那两只幼猫一天天长肉，一日，一只消失了，母猫攻击另外一只。我吓坏了，去问超市店员，店员从前养过一只猫。她很冷静地为我分析：咪咪在保护她的食物，她认不出那是她的小孩了。我挫败、震慑地瞪着店员，对方在这刹那看起来好聪明，我几乎要遗忘她在上班时间不断浑水摸鱼，或望着时钟、倒数下班时间的慵懒姿态。我急问，怎么会？哪有妈妈会认不出自己的小孩？店员眨眨眼，摆出一脸“我都说了你怎么还不信”的神情，又说，猫是用气味来辨识的，气味变了母猫就认不出来了。

我恍然大悟，又黯然神伤。事理可以如此，人心何苦复杂。

那年暑假发生的事很单纯：父亲睡了晨雅阿姨。

母亲把我跟哥哥叫到客厅，告知了这件事。相对于伤心，母亲展现出的情感更像是愤怒。她诅咒父亲不得好死，声音像是从喉咙深处拉扯出来，我几乎要相信她下一秒跟电视里那些病瘦的丈夫一样，喷咳出鲜血。

我一面心疼母亲，另一面则心疼父亲。晨雅阿姨那么好。我第一次见到晨雅阿姨的时候，整颗心懦弱地缩起，若我是晨雅阿姨的小孩，那该有多好？她的手指头粉嫩嫩，身上萦绕着一缕淡淡的香气，她不疾不徐地从冰箱端出水果跟蛋糕，递上叉子的手势如此温柔，有这样优雅的母亲，同学很难不羡慕我们。我的可怕愿想，父亲竟实践了。

哥哥跟我站得很直，像失去温度的蝉壳，我们等着母亲的审判。内心满怀担忧，是不是从此我们兄妹俩得在老师学期初发下的家庭状况调查表上，勾选“单亲”，老师会在几天后，私下把我们叫过去，鼓励我们，只要认真读书，我们还是可以表现得和正常家庭的小孩一样好。

我越想越觉得不甘心，灌入我体内的空气缓缓地变薄了，眼泪顺着眼眶滚落，哥哥急促地喊，妈妈，妈妈，妹妹好像要……母亲的视线直直地刺向我，脸上有我无法明白的恨意，我的身体很快地跟上我的心，我确实喘得上气不接下气，我甚至感觉到自己的灵魂脱离了我的身体，居高临下地旁观我的表演。

我也想起瑶贞，我多想要她也在场见证这一刻，并在事情沉淀之后，向我描述我跟母亲的神情与动作。我想象她附在我耳边，声音伴着气息拂在脸上，令人迷乱的味道紧紧包裹着我，她说，你太了不起了，你知道吗，你妈妈完全被你骗到了。我好佩服你。你是我见过最聪明的人。

寥寥数秒，我发冷又发烫，心思如按了八倍速的录像带，一格一格跳跃，偶尔连续、偶尔失去了联系。母亲跨步，横在我跟哥哥之间，她抓住我的肩膀，指甲嵌入我肩肉，星火自眼前窜过，我痛得呲声，母亲把我抓到哥哥正前方，我跟哥哥四目相交，我读到了他眼中的关怀与困惑，心底又是一晃，我才要露出笑容，母亲吐出的言语如同闪电从天而落，把我的身躯狠狠劈成两半，她发出尖锐的干笑，你关心她不如关心我，你这妹妹也是你爸爸跟别人生的，不，也不能算是别人。

母亲猛然又捂着脸，呜咽如婴孩，手放开时她满脸是泪，放声尖喊，我模糊地听懂了母亲嚷嚷的内容，你们的父亲太伟大了，他有病，他非得要去碰他身边的女人，不碰不行，不碰会死。我的耳朵一片嗡嗡鸣响，我怎么可能不是母亲的孩子？我们那么像。母亲带着我跟哥哥去菜市场，摊贩们像是事先说好似的，一个接着一个赞叹，随着我的年岁增长，我越来越像年轻一点的母亲，我们紧闭嘴唇时的侧脸，不笑的时候略垂的眉，鹅蛋脸，放在整张脸上显得太小的唇。太多迹象显示我的血脉与母亲紧密依偎，我不能理解母亲何必在这时试图扭折我的心。

母亲停止对我的凌迟，她指着我，眯起眼，我心跳剧烈，胸腔萎缩，不由得庆幸瑶贞不在场，我不能接受她对我施以同情。也不愿想象瑶贞笨拙又执意，想挤出一两句好听话，又让我心底更加难受。我注视着母亲，祈祷她快点向我道歉。母亲跪坐，哥哥去搀扶她，这一幕让我情绪溃堤，我也捂着脸，细细地哭了，我们连表达难过的方式都那样神似。

哥哥慰哄母亲，声音低沉，却满蕴力度，他说，妈妈你不要这样，你看妹妹被你吓成这样，你快点告诉妹妹，你只是在跟她闹着玩而已。母亲扬起脸，嘴唇向我吐出冰冷的命令，不允许你喊我妈妈，你的妈是你念念不忘的姨。你开心了？你得意了？你不是很喜欢姨？

我转而寻找哥哥的视线，他也挂不住笑容了，声音飘浮，挤出别扭的微笑，妈你在说什么呢，姨不是你的妹妹吗？妈你是不是太累了。你跟爸爸的事情，怎么会跟姨有关呢？母亲撑着膝盖，站起身，我恍惚有种错觉，母亲快要消失了，她试着站起的模样如此辛苦。母亲拒绝回答我们的问题，她要我们去问父亲。她说，全部都是他造的孽，你们去找始作俑者问个清楚吧。说完，母亲紧抓着扶梯，一阶一阶，迟缓地爬上楼，她没有再转过来看我跟哥哥一眼。

我望着哥哥，多么希望他会走过来，环抱我、以温暖结实的声音劝哄我，跟我说，我们所目睹的一切，不过是母亲在暴怒中制造的畸形妄想。哥哥镇定地走到电话前，我感到忧愁，但见到哥哥规律地压着数字，“崇拜”这种情感无端在我的体内膨胀，他为什么可以在混乱之中，轻而易举地意识到最重要的莫过于联络上我们的父亲。

他是冷眼旁观？或是理解到必须如此？哥哥是不是想保护这个家？电话接通了，哥哥把我唤过去，话筒置于我们之间。哥哥发言，语调平静得我不禁仰起头观察他的神情，他流露出某种雕像的气质，我感觉到冰冷跟永恒。他要求父亲立刻回家。父亲回复，还在外面谈生意。哥哥不给父亲心理准备的机会，直接切入，妈妈说妹是你跟小阿姨生的。一段冗长的沉默，我恍然大悟，母亲没有说谎。我落下憎恨的泪水。父亲说，我马上回去。

坐在沙发上期盼着父亲，跟坐在医院冷硬椅子上期盼着医生没有两样。他们都是要来发落我体内的秘密。父亲似乎对于这一天的到来，有所准备，他给予了很多细节，多到我无力说服自己，这是个即兴的恶作剧。自从母亲生下哥哥，身体跟着衰败，深夜里，她的背跟脚无以名状地抽痛起来，母亲深信自己即将不良于行，她没完没了地哀叹她得成为镇上同辈人里最早坐轮椅的。父亲把母亲送去院长那住了一阵子，吃了好几排的药，注射数不清的营养剂，丝毫不见起色，院长怀疑母亲是承受不了育儿的劳苦，简言之，是心病，心病还需心药医，院长提议父亲找个帮手，姨于是到来。

外婆很满意这安排，那时有个男生终日在外婆家附近游荡，似乎在守候着姨，外婆不喜欢那男生，嫌弃他只是个老师，收入有限，配不上姨，外婆很笃定姨可以跟我的母亲一样，嫁给商人或是医生。父亲说到一半，疲惫地揉了揉脸，他的双眼皮松开，眼睛深邃了几分，我恍惚自问，我怎么未曾注意到父亲面容这般俊秀？父亲偶尔会来接送我们，有几位同学起哄，大喊父亲是美男子。在我心中，那张脸就是一张父亲的脸，无关俊帅丑陋。如今情势逼得我仔细端详他，多少人被这一张脸给吸引。母亲。姨。晨雅阿姨。那不单纯是一张父亲的脸，也适宜解释成情人的脸。我延迟到那么晚才发现。我对于血亲的判断，似乎老是失准。

我逼问父亲，我是姨的小孩吗？父亲的眼中飘现一抹幽光，我心中巨人一般的父亲，这一刻看起来渺小、萎缩、不堪一击，他徐徐点头。我不由得抬头眺了一眼楼梯的方向，想着母亲是否握着栏杆，提着呼吸偷听。我又问，怎么是这样？父亲阴郁地看着我，试图解释，你妈妈整天把自己关在二楼，院长说你妈妈的心病不是一天两天会好的，要我跟姨有耐心。我好像在照顾两个小孩，一下是你哥，一下是你妈。那一年我回到这里，只有一个人愿意听我说话。没有你的小阿姨，我根本撑不起这个家。父亲抹了抹脸，神情干净又无辜，他无措地干笑了两声，说，你们不要担心，这个家还是会好好的，不会离婚的，我上去跟你们的妈妈说一下话。

哥哥拦住了父亲的脚步，他瞪着父亲，那果敢、专注的神情我至今难忘，他问，爸，你还会再让这种事发生吗？再发生一次，我们就要没有妈妈了。父亲杵在那，我没见过他这样胆怯的脸，他怅然地开口，不会的，你们不要担心。语毕，父亲步履沉重，蹒跚地登上二楼。他走进主卧室，我跟哥哥大气不敢抽一声，很担心他们两人的发展。哥哥闷着声说，我们的父亲太懦弱，也太多情了。我点点头。

父亲那样崇拜、敬重王叔叔，为什么他在对晨雅阿姨做那件事情时，会忘了他的挚友呢？我想象父亲触摸小阿姨，或晨雅阿姨，那是个两情相悦的场面吗？那些女人的内裤是她们主动褪下的吗？还是说，她们只是天真地倒卧，把主导权交给我的父亲，如此一来，她们才能够抽身，好整以暇地说，这一切都非我所愿。

我忖度着她们的内衣，跟母亲泛黄的、弛张的内衣截然不同，合该镶满了精细的蕾丝。乳房包裹在里面，如薄纸里蒸好的糕点。我怎么可以妄想这些女子的裸体，又，为什么妄想她们与我的父亲交合，让我又是苦闷又是兴奋。我难不成是疯了？我又想到被母亲没收的那些姨的礼物。怪不得姨总是给我最好的。我也想到姨的名字带个“荷”字，“小河”原来是“小荷”的误听。这样说起，父亲那晚捧着我的脸，绽放出的甜蜜微笑都有了缘由。父亲爱过姨。我既委屈又释怀，坠了几滴泪，滴在哥哥的臂上。

我推开哥哥，一心一意要找到瑶贞。我会给瑶贞一个加工过的故事，里头仅有父亲睡了王叔叔的妻子，没有姨。我走得汗流浃背，我给自己设下底线，允许自己在瑶贞面前稍微冲动地哭泣，但不能太久，若瑶贞凑过来，以她那拙朴、愚缓的言辞，试着给予慰藉，我或许让她拥抱我，拍拍我的肩膀，同样地，也不能太久。我不能让瑶贞以为，她安慰了我一次，就显得她偶尔比我聪明识事。我还没表明来意，瑶贞早先一步，宣布她要搬走的消息，让我的眼泪硬生生被封存，无法流下。那个分秒没有流下，其后，我也寻不到其他的场合，只能独自享受，秘密爆炸瞬间的轰然耳鸣。

有一段时期，我食不下咽，有时整天只吞了半只苹果，还是哥哥逼我吃的。我无从预测我的父母会怎么商量我的归处，而瑶贞的隐瞒更让我如遭背叛，到了第三天，哥哥再也忍受不了，他走进我的房间，我埋在枕头上，木然、无语，只是眼角留心着哥哥的举动，哥哥蹲下，视线与我的平齐，语气又肃穆又宠溺，你该振作了。

我干涸的双眼又有潮水涨起，哥哥见我泫然欲泣，把我的上半身拉进他的怀里。迈入青春期的哥哥，散发出跟瑶贞有些近似的酸果气味，称不上好，我却嗅了又嗅。哥哥的身体因为荷尔蒙而变成我熟悉又陌生的轮廓，他的骨头与肌肉似乎每一天都比前一天更加进取。哥哥的吐息落在我的耳际，温热潮湿，沿着耳朵的轮廓掉入我的身体，他说，你不要怕，你还是我的妹妹。这是大人的事情，跟我们没有关系。你只要知道，我们两个人没事，就没事了。我们不要受到这件事的影响。

我就是听着哥哥的话，一点一滴把散落一地的自己给拾拼起来的，否则我好害怕母亲要把我赶去跟姨一起住，跟姨一起生活并不会令我难过，姨是母亲更好的版本，母亲确实也猜对了，我幻想过若姨是我的母亲，我也不至于太悲伤。我担忧的是就这样离开了我习惯了多年的家。仿佛有两个我在做抉择，究竟是跟我的生母一同度日，或者是在这里，跟我爱的人与爱我的人耗尽一生，两个选项，似乎都能让我不枉此生。下一个困扰我已久的问题是，这仅仅是我个人的问题吗？其他人，都是用一张脸，一份理念，一式逻辑，就过完了自己的一生？

没人知晓父亲是怎么说服母亲的，他们又好了。

我们绝口不提王叔叔，晨雅阿姨，与其他的关键字，台北、地铁、通车，以及改变。父亲瘦了几公斤，气色也枯黄许多。即使如此，他恢复了旧往的应酬。母亲隔了几天又下到一楼来，神情自若，像是那个撕心裂肺的夜晚不曾发生过。冥冥之中他们大概达成了什么交易。母亲对我的态度也回到旧样，不冷不热，差别在于我不再怨怼，那是我应得的。

▲▲▲

暑假结束，一晃神，时序进入冬天，不知是否心情作祟，或那年的寒流特别顽强，那是我经历过最冷的冬天。清晨跳下床，准备把睡衣换成制服，冷风刺在我的肋骨上，如电流窜至胸口，再跳跃至太阳穴，我痛得咧嘴，频繁地换气，想让身子暖起来。母亲扔给我一件背心，我还是冻恹恹的，哥哥竟说不冷，我伸手摸他，暖呼呼的，我把他的制服掀起一角，制服跟内衣之间，还多了一件保暖衣，料子粗厚，我抚过，手掌挲擦出热气。

哥哥也把我的制服连同内衣拉开，他的手直接放在我的腰上，整个世界我只听见我的心跳，哥哥往上延伸，到我的胸肋，我停止呼吸，他又倏地往下一揩，凡他掌心所经，处处有火焰升起，火舌舔舐着我的心。哥哥问，你怎么那么冰，我去跟妈妈说。我拉住哥哥的手，说不用了，我不冷，你不要再去打扰她了。哥哥看着我，迷蒙之间我听到他的叹息，他说，好吧，你想要这样，就这样吧。我没有说话。哥哥弯下身，紧紧箍着我，那年暑假我一厘米也没长，月经也没来，我忍不住把两件事带给我的打击，怪罪于父母跟瑶贞。我被自己的身世给吓到了，身子承担了心灵的痛苦，因而如置牢笼，血僵凝在体内，落不下来。

话题沦为禁忌，就生出诱惑，我反倒很常想起王叔叔跟晨雅阿姨。王叔叔多爱他的妻子啊。晨雅阿姨个性风风火火，时常截断王叔叔的话，我常为晨雅阿姨担心，我想起院长夫人只穿着内衣罚站的故事。殊不知王叔叔并不生气，自在地把目光落在妻子身上，干脆把麦克风让给了她。进一步说，我在王叔叔身上，见识到若男人想尊重女人，他是有能耐做到，并不让自己看起来很委屈，或承受了什么不公的挑战。父亲只解释他怎么亲近了姨，没讲述他跟晨雅阿姨的经过。我只能揣测，揣测让人大胆。我把记忆所及的画面小心剪辑，组合我眼中有意义的线索。人只要接受了结果，往前追溯的滤镜也难免深受渲染。我转身追忆，连父亲催促着哥哥跟我快点上车的声音，都渗进了激情。我的父亲可有挣扎过？他又是如何劝哄晨雅阿姨与他不伦？换个角度，在姨的眼中，她可曾有一刹那踟蹰，身上的男子是她绝望的姐姐的丈夫，她照顾的孩子的父亲。母亲没有骂错。父亲罹患怪病，离他很近的女人，妻子的手足，挚友的爱妻，隐隐召唤着他，诱他，勾他，他动之以情。

我瞒着哥哥，又去找了一次父亲。一见到我在他身侧坐下，父亲定定地看着我，我百感交集，也同情父亲，他伤害了很多人，尤其是母亲，连带地也伤害了我。我更渴望母亲的爱了。十二年来她不是没试着爱上我，她刻薄过，偏心过，知晓内幕后，我更甘愿想到母亲对我好的光景。她藏着苦涩的秘密，秘密的结果又成天在她的面前，学步，上学，结识朋友，闹别扭，偶尔还说谎欺骗她。我曾为了跟瑶贞闹别扭，哭哭啼啼，拒绝晚餐，半夜，饥饿熬出满腹酸水，我摸到厨房，见到母亲为我留了两枚水煮蛋，一碗汤跟一片巧克力。我站在料理台前吃着母亲给我准备的食物，胸中是一片澄黄暖明。然而，我对父亲也很好奇。他不是初犯。他连洗澡都不会摘下手上的结婚戒指。他在追寻什么？姨跟晨雅阿姨是否让他享受过？他是不是也跟我一样，时常做梦，梦到自己孑然一身，飘到了他方？

我问，有其他人知情吗。父亲提到一个人物，院长。我出生那日，护士是从别的医院找过来支援的。出生证明跟其他的住院资料都没有瑕疵。我又问，邻居呢，其他人呢，会有人发现吧，妈妈的肚子没有变大。父亲的语气异常地定静，他大概私底下演练过数回。你不要怕，我们成功隐瞒了所有人，生完你哥哥之后，你妈妈太沮丧，很少出门，你阿姨穿得很多，遮住身材，没人问过。最后两个月，姨也不出门了。你的姨是半夜三四点破水的，我们开车抵达医院，那么晚，一路上我们没遇到任何人。你妈妈跟姨一起在医院里住到你满月，最里面的房间，我跟你外婆、院长轮流照顾着，没有人知道。在我们这里，人跟人之间是藏不住秘密的，你都那么大了，有人来问过你吗？没有。

我心一抽。难怪母亲时常把我往医院送，她说不准是在跟院长赌气，院长也是计划的共犯，他站在我爸爸那边，演了一出好戏。我提出最后一个问题，你爱过姨吗？哥哥不在，我拜托你跟我说实话。父亲神情一凛，声音温柔得近似哀求，他说，你原谅爸爸吗。我点头，父亲又说，若你愿意原谅爸爸，就不要问了。

时序持续推进，到了回外婆家的日子，父亲频频苦劝，母亲奋力挣扎，你自己带他们去吧，我不想收拾残局。父亲寒着脸坐上驾驶座，哥哥牵着我走进后座。沿途我的思绪灰扑扑的，无法想事，因为整颗心已化成事情本身。外婆跟姨在门口站着，脸上有刻意的笑容。我看着他们，说不出话来。外婆怎么理解她的两个女儿都为同一个男人生了小孩。在姨怀孕时，到底有几个人坐下来商讨我的生命，他们在这几年间又是怎生决定尔后相处的模式？我不记得外婆对父亲开口时有过不耐或遗恨。姨也是，他们对父亲的态度亲切自然，毫无异常。

姨的眼中蓄起了泪水，她伸手，在我们之间制造了亲昵的气流。我双手紧握，很决绝地说：我妈今天没来，她人不舒服。姨的脸庞抽搐起来，眼泪迂回打转，我绕过姨进了屋内。我做出了抉择。我不可能不这样做。我得选择自己的母亲。多数的人，一生下来就有个母亲在那里等着他们了，我没有，我得做出对我最好的选择。我坐在沙发上，哥哥的手紧压我颤抖的肩，他说，你辛苦了。我听到外婆、父亲跟姨错落的交谈声响，一会儿模糊一会儿清晰，姨抽泣起来，我放弃倾听。我拉扯哥哥的袖子，问他，能不能为我帮一个忙，哥哥眉毛轻抬，等候我的指示。我说，等我们回去，晚上你可不可以来我的房间，跟我一起睡。哥哥倾斜着头，他的视线在我的脸上逡巡，扫描、辨识着我的诚意。他咧嘴一笑，点头答应，我反而忧心起来。

我很多年后再回去看那个下午，稍微厘清了十二岁的我在想些什么。寂寞。我被寂寞给深深攫住了，我参与了跟哥哥的苦涩游戏。我转换了我的身份，不再只是被动地接收。秘密因而变质，从可以告诉一个人的秘密成了无人可以倾诉的秘密。我没有勇气去想这是不是个好的决定，我太累了。我想要有个人在我做了这么困难的决定后，给我一个长长的拥抱。姨悬空的纤白双手，在我脑海凿出窟窿，我得要紧紧用什么压抵住，才能防止血的汩汩涌出。

˄˄˄

三十一也搬走了，她的父亲等了好久，终于抽到了移民签证，她小人得志地说自己要变成美国人了。我一则以喜，一则以忧。我不必再担忧着她的伏击，也为自己感到不值。三十一居心叵测，却收获了甜美的命运。美国，那里的人是不是每一个都金着发蓝着眼珠子，嗓音迷人，步伐轻快仿若随时都能跳舞，鼻梁挂着很精致的眼镜。

三十一的告别，让我立誓要重新开始。我不是个有完整身世的人了，我不能再出差错。在家里，在学校，都要堂堂正正。可惜没有一个人能够像瑶贞那样，让我有书写的欲望。我竭力表现，想说服他们选择我成为最好的朋友，一个女生不能没有最好的朋友。诡谲的是，一旦我跟她们亲昵，我又承受不住内在的反感，表露出淡漠、不耐烦的样子。

有些女生传起了对我不利的流言，我想驳斥，又偷听到她们对我的形容很正确，双面人。我暗自惊心，看来同学也察觉到了，我有两个“自己”。一接受这个念头，更能感受到自身的无能为力。我越来越畏惧照镜子，担心镜子里投射出来的脸孔会随着时间而幻变成我认不出来的五官。

我一个学期内掉了五公斤，浴室的排水孔挤满了我的头发。我哀求母亲，让我请了三天的病假，由院长开证明。那三天，我参与了母亲的白日，跟过去我亲自和同学描述的不太一致，所有人都认为母亲的命很好，比院长夫人还好，院长夫人需要打点医院的庶务，也得固定在家里举办一些席宴，我会纠正那些人，说，但我的母亲要做很多家事，我们家那么大。

同学们纷纷服气了，是，你家好大，只比院长家小一点。我竖起耳朵倾听，以为自己会听到母亲在屋内移动的脚步声，水桶被抬起又放下的闷响。实则不然。母亲主要待在自己的房间，到了十一点多，她才走到厨房，我也识相地在那个时候走到二楼跟她会合，母亲煮了几盘清淡的菜肴，都是对身体有益的。我坐在她的对面，放缓手脚，尽量不发出咀嚼声。下午我们又各自待在自己的房间。母亲的房间传来歌声，那是她很钟情的歌手，母亲买了她好多张专辑。我听到母亲跟着轻哼，我有些诧异。她很少在哥哥与我面前有过如此放松，泄露个人喜好的举止。我怀疑她忘了我也在家。

我走到楼梯间坐下，听母亲唱歌，母亲一首接着一首，我的脑中浮现一个想法，那想法很奇怪，但也很不可思议：我或许能够试着跟母亲说点什么。我不一定要一下子说出全部，先做出开场，再来一些提示，让母亲发问，使唤我解释得更仔细。我得先故作十分为难，让母亲相信我不是在装模作样，她催促，我才把秘密交给她。我在脑中设想，铺陈着对白顺序与相对应的神情。

那些女生大致上说对了，我是个双面人，一个活泼，一个阴沉；一个天真无邪，一个世故老练；一个恨不得不顾一切，另一个却迟疑恐惧。单单是维持着两者留在我的身体里，不要逃出去，就耗光我全数气力。好比说那时，我即将走下楼，让一切按照我的模拟接续发生。母亲抱着干净的衣物走上楼，见我坐在阶梯上，脸上先是浮现困惑，旋即挑眉，问，你又不舒服了吗？我内心慌乱，这顺序错了，我得再次计算台词，我说不出话来，只能缄默，笑得很紧张，在母亲眼中似乎被解读为心虚，她有了情绪，声音一沉，又问，你到底在做什么？不要再演了，让你请假三天是极限。不管你好了没有，你明天得去上课。

母亲越过我，进入哥哥的房间，几秒钟后，她走出来，愁容满面，手上握着一本什么。母亲心事重重地在哥哥的房门前踱步，她又走回去，出来时手上已空无一物。母亲喃喃低语，太脏了，真是太脏了。又瞪我一眼，吩咐我装作什么都没有看见，回自己的房间，在她回来之前，我不许离开。

她疾走回房，歌手的声音中断，我听见钥匙串碰撞的铿击，以及门被用力甩上的轰响。我用了一段时间才把门打开，亦步亦趋闪进哥哥的房间。我没花多久就找到了，母亲显然没把那东西放回最初的位置，她刻意放在桌上，非常方正，与桌子的边线对齐，那是一盒扑克牌。封面是一名半裸的女郎，头发湿润，两颗硕大的，红通通的乳房往左右倾斜，她穿着一条很紧的牛仔裤，双腿大张。

我想起母亲的警告，抬头张望，拆开盒子，从中抽出一叠，那是男女交合的画面，高度聚焦在他们的性器官，其中一张，男子挺肚，身体的一部分没入女人的身体，我首度看见女人体内的皱褶，以及皱褶如何被打开，我的指头战栗如触电，那张牌落了地，滑飞进书桌底下，我吓坏了，赶紧蹲下，牌埋得很深，我左顾右盼，没有适宜的器具，我跳回自己房间，汗流浃背，找到一把尺，我赶紧以尺去够，把牌给一点点敲出，牌面布满尘埃，我不得不拿到二楼去冲，再以卫生纸揩拭，纸摩擦着牌，我的心又是一电，我爬回三楼，把牌嵌回，对齐桌子的边线放下。我回到自己房间，用厚重的被褥覆盖自己。

那晚，我做了噩梦，梦里我失去了五官，只得躲起来，透过声音跟人联络，梦里有个人买走了我的长相，我再怎么苦苦乞求，他也不让我赎回我的五官。我醒来整个人汗湿如淋雨。我听到哥哥跟母亲的交谈声，从一楼传来。我想下楼偷听他们说话的内容，又感到头昏脑麻，哥哥拖着上楼，我以为他挨骂了，必然很不快。我错了，他走进我的房间，神色自若地坐在床沿，见我睁着眼，他低笑，我以为你在睡觉，要给你惊喜。我坐起身，哥哥把一盒彩笔推到我眼前，我定睛一看，不自觉张大眼，那是很珍贵的香味原子笔，班上的女生流行涂在指甲上，指甲有蜜桃香，也有颜色，老师没有制止我们，他们不认为那是指甲油，不必受到校规的约束。书店一进货，又被扫购一空。

我问哥哥怎么来的，答案简单得不可思议，他说，你请老板为你留一整盒就好了。见我无动于衷，哥哥推了推我的肩膀，开心吗？我点头，却也感受到寒意一层层渗透，瘫痪了我的意识，我感受到自己似乎遗忘了什么，该说的而没有说，该做的也没有做，我凝视着手上的彩笔，比我想象的还要沉甸甸，我决定别再认真想了。我该做的是拆开这盒礼物。哥哥在打量我，我不能让他失望。

隔天，清晨闹钟一响，哥哥来敲我的房门，很雀跃我们又能一同走路上学。我坐在床上，不肯站起。母亲走到我跟前，声音跟表情一样毫无温度，我就知道你骗我，你才没有生病。说吧，你到底是为什么不去上课。我看着哥哥，又看着墙壁上的时钟，哥哥要迟到了。母亲跟哥哥同时在等我，某种绝望在我心底倾覆，如洪水泛滥，我听到自己的声音，奉承，带点哀求，我在学校被同学欺负，我不想再去上学了。

母亲换上宽容的神色，走过来揉我的肩，我从她的眼神读到原谅。她不怪我了。多么荒唐，母亲待我并不仁慈，然而她也不能容忍别人欺凌我。母亲提议，那我去学校跟老师反映一下。你今天还是得去上学，你越是不去学校，你越没办法交到朋友。母亲换上正式套装，警卫几乎是立刻放行了，我经过警卫时，从他的脸上读到幸灾乐祸。

我跟哥哥的求学路上，父亲的名字不绝于耳，母亲则是无声的幽魂，如今幽魂现身，我能明白警卫的好奇心。母亲要我先进教室，不打算让我出席她跟班导的谈判现场。我在教室硬邦邦的椅子上坐立难安，母亲会跟班导说什么，我无从想象，她可能会怪我，也很可能会怪班导。课堂开始，班导迟了十分钟，母亲在窗户那对我挥手，示意她要走了，她微微一笑，我辨识不清那是激励或是调侃。我心紧紧一揪。她没有把我唤过去，跟我多说几句，我要怎么面对班主任？

母亲的对话很迅速地产生效果，几天后，班导把一个女孩调来我旁边。那女孩，我给她取了一个绰号，鉴于她是双鱼座，我叫她小鱼。小鱼是个神奇的女孩，分组时向我提出邀约，免除了我乏人问津的尴尬。小鱼每一次要上厕所时，不忘问我是否愿意伴同。她最完美之处在于，从不让我察觉到她的手心，是向上还是向下。她行为大方，举止从容，好像我们打从最初就志同道合、十分投契。

有小鱼在身边，那些流言蜚语也随之减弱，小鱼人缘极佳，有些同学渴望亲近她，也顺带照顾了我。我本来有一些难过，无法自然地跟人建立友谊，似乎暗示了我跟其他同龄女生比起来有些特定缺陷，我很快地学会不在意，小鱼的加入，为我的世界注入香草般的清新气息。我买了巧克力饼干请她，她说味道很棒。我回到文具店，挑选信纸跟笔，写信给小鱼，告诉她，我不是个坏人。她说她相信我，她越跟我熟识，越能够感觉到我只是太害羞，不知如何抒发内心的情感，那些女孩对我的评价都有失公平。我握紧信纸，用力得我的心脏都痛了。

我把信纸收回信封，心中充满柔情、肃穆跟宁静。我想起瑶贞。我问小鱼，你会在这里待多久，你有远方的亲戚吗，你会不会一下子出现又消失？小鱼笑了，回答，我能到哪里去？我妈说，除非我考上很好的大学，否则我只能待在这，外面的生活很贵，我们家很普通，他们说读书会花很多钱，量力而为，不适合就去工作吧。这答案令我卸下心防，她不是没想过离开，只是困于现实环境。也就是说，她有动机，没有金钱的支持，我感到安全，决定让她慢慢深入我的生活，包括哥哥。我始终企盼有一个人帮我看一下哥哥，这愿望是如此强烈，应该要有另一个女孩见识哥哥的全部。

哥哥遗传了父亲俊秀的外貌，身子颀长。哥哥生日时总收到许多礼物，连同洒了香水的卡片。哥哥全数交给了我，要我拆开，把喜欢的东西留下，不喜欢的直接丢掉。我的喉咙被复杂的情绪给堵塞着，我太幸福了，哥哥把那么多人对他的暗恋交给了我，任我处置。我想让那女孩也加入这份幸福，也许她会喜欢上我哥，见过我哥的人很难不被他美好的一切给勾引。最好我哥也喜欢上她。

我喜欢这个安排，如此一来，我们三个人会形成一个完美的三角形。我那时太天真，习惯把事情想得很简单，以为我这么做，事情会回到应有的轨道上。我没想过小鱼会悄悄地移动到瑶贞也没有造访过的地方，又在最紧要的时刻收回了一度伸出的手，因而让我们如河上的小船，翻覆灭顶。这么多年来，我在心底演练过许多次，若我们又重逢了，她要说什么，我又要怎么应答。

十七岁那年，我们亲手埋葬了彼此生命的一节。我们是彼此的劫难。我们从核心逃走，留下一张写了一半的考卷，而在多年后，我看着她，她看着我，这是我们自己一起选择的预言。做了事，承担代价，如此简单，我们得把剩下的考卷写完。现在，永远。

我其实想问她一个问题，这么多年来，你想过我吗？

我也说不上来我想不想她。我猜多少是难免的。要如何让自己被一个人永恒地惦念？让他对你爱恨交加就是了。如此一来，他每一刻都得想一个问题，他是爱你多一些还是恨你多一些。他在心底琢磨你的时间就比他爱过的人跟恨过的人都还要多。你像是拥有他又不需要付出什么。

哥哥，都这么久了我还是没有勇气跟你说明，我不是故意的，我真的不是故意的。

第八章

范衍重走进超市，拿了冰咖啡跟巧克力酥片。味道尝起来跟在台北的便利超市没有两样，劣质咖啡豆榨出水沟般的气味，喝完还得处理口腔内的余臭。

他不在意，他只需要咖啡因注入身体的化学机制：精神短暂的提升。

他深深吸进一口气，打开判决检索系统。他手上只有两个名字，宋怀谷跟吴辛屏，他是不可能指望后者了，妨害性自主的案件，受害者多数以一长串代号呈现，来达到去身份化的效果。至于加害人，则得凭运气，偶尔会出现案例事实以代号呈现，被告栏却清楚载明其姓名的窘境。范衍重先敲入宋怀谷，查无判决。他一个转念，输入吴辛屏三个字，还是没有结果。也有可能是那份判决尚未数字化，这不是什么引人瞩目的案件，上传到系统建档的过程中，被遗忘或忽略的可能性很高。

那年吴辛屏究竟几岁？宋怀谷又是几岁？起诉的罪名又是什么？

得再搜集到更多的细节才有可能更进一步。

绝望感再次涌上，把范衍重层层密封，他自问，还要再求一个结果吗？若最后证明是吴辛屏的设计，又要怎么防堵媒体的追猎？又要如何跟颂律交代？范衍重眨眨眼，颜艾瑟的笑容浮上脑海，包括她那朦胧带点催情的呢喃，罚你得不到幸福。越想心跳越失序，范衍重急忙灌了一口咖啡，强迫自己处理相对简单的问题，吴辛屏埋藏着她在老家的所有信息，图的是什么？她怕这些背景，包括自己的家人，会让自己失去范衍重的好感吗？

范衍重一愣，他怎么会下意识地使用“图”这个字眼？莫非他被这里的人潜移默化，倾向认为吴辛屏接近自己是别有用心？范衍重一边咀嚼着他信手从架上购买的零食，一边筛选着几种可能性，巧克力脆片里的花生颗粒香气在嘴里迸裂。他注视着包装，自己不由自主地挑选了吴辛屏最爱的零食。这也是两人缘分的起点。

几年前一个晚上，颂律哭丧着脸，把专门装放餐具、杂物的袋子提到范衍重面前，说她饼干没先打上橡皮筋再放进去，袋子底部都是碎屑。范衍重挪出袋子内的大小簿子、发圈、贴纸跟零星的钱币，拿沾湿的厨房纸巾擦拭，问女儿，零食哪来的，他有规定女儿一周糖分的摄取量。颂律结巴说是吴老师给的，怕她太饿。范衍重听到了，低头掩饰自己困窘的神情。他去接颂律时，都远晚于补习班的规定，整间补习班只剩下吴老师跟颂律，两人坐在柜台，吴老师在电脑前打字，颂律手撑着下巴跟她说话。

范衍重有几度不想破坏这幅画面，他很清楚，颂律虽然忍住不说，但她依然渴望着母亲的身影。他停下清洁的动作，问颂律，有记得跟吴老师说谢谢吗？范颂律嘟着嘴，说，当然有，爸爸要不要也跟吴老师说对不起，那么常迟到，工读生都比吴老师还早走了。隔天，范衍重准时出现在补习班门口，提着秘书推荐的手工饼干。范颂律把父亲引领至吴辛屏面前，吴辛屏面露不解，范衍重表明来意，说他不是故意疏忽了补习班的时程，也谢谢吴老师留下来陪范颂律一起等，还招待她吃饼干。吴辛屏没有搭话，范衍重有些尴尬，心底质疑，不过是个安亲老师我干嘛做到这样。才这样想，吴老师温柔的声音响起。

“颂律爸爸，不然这样好了，颂律跟我说过你们家大概的位置，我也住在红线上，你不介意的话，我可以带颂律搭地铁，陪她走到大楼门口，再请其他家人来接她好吗？”

“这样不会打扰到老师吗？”

“请放心，一点也不会打扰。只是个很小的忙而已。”

范衍重看清了吴辛屏的长相，清秀的五官，眼神清澈明亮。

可以信任吧。

要得到范颂律的依赖并不容易，曾有风评很好的老师莫名其妙地被颂律排拒在外，问起理由，也只能得到“不喜欢不需要理由”这种孩子气的答案。范衍重牵着女儿离开补习班，发动车子，透过后视镜打量着女儿。颂律天生纤细多思，虽有祖母无微不至的疼爱，还是远比不上母亲的地位吧，若有一位岁数跟颜艾瑟差不多的女子负责接送颂律回家，也许能暂时缓解颂律的焦虑。就让那位吴老师帮忙吧，范衍重有些朋友，也是聘雇附近的大学生接送小孩放学。心念一定，范衍重不再紧绷。他缓缓将车子驶出停车格，故作随性地开启话题。

“颂律，你觉得吴老师说的怎么样，你们一起搭地铁，我再请阿嬷下来？”

“不要叫阿嬷下来，我自己上去，反正有管理伯伯。”

“那你喜欢这个安排吗？不会之后对我生气，说我都不照顾你吧？”

沉默了几秒钟。“不会，因为我喜欢吴老师。”

范衍重时常对自己的女儿感到歉疚。

他跟颜艾瑟吵得最激烈的那夜，范衍重失控地伸手紧抓颜艾瑟的肩膀，蒙眬间，他感觉到有谁的视线，一转身，范颂律抓着她的小棉被站在房门口，双眼瞪大，嘴巴微张。

范衍重愿意不计任何代价去移除掉那晚范颂律的记忆。

纵然那时范颂律可能有认知到自己的母亲并不太乐意照顾自己，精神状况又很糟糕，她跟多数小孩一样，无条件地恋慕着母亲，且一心一意相信母亲迟早会“恢复慈爱”。亲眼见到父亲这样对待母亲，必然在她的内心留下阴影。两人协调离婚协议的那几个月，范衍重告诉范颂律，妈妈想到加拿大进修，带着小孩并不方便，不得不放弃跟女儿住在一起、亲自照顾她的机会。范颂律没有追问，平静地接受了自己未来要跟父亲、祖母相依为命的事实。范衍重更加不敢去揣测范颂律还留存多少那晚的画面，他对于和范颂律独处有份难言的心结，想了解她，又怕触发苦涩的回忆。因此，范衍重怀藏着另一个主意，让吴辛屏来修复女儿的伤痕吧。吴老师看起来跟颜艾瑟是两个极端，可以应付一群孩子的人，心中的空间想必比普通人还要辽阔。

吴辛屏送范颂律回家，既不接受酬劳，也推辞贵重礼品，范衍重也不想占人便宜太多次，便想办法匀出时间，尽量提升亲自接送的比例，范衍重会邀请吴辛屏一同上车，吴辛屏婉拒了几次，在范衍重坚持下，才盛情难却地上了车。

吴辛屏有几个小动作让范衍重印象深刻，她必然是先确认了鞋面没有挟带沙子碎石，才提着裤管上车。吴辛屏正襟危坐，她下车时，车内几乎没有她待过的遗痕。

她的住家位于石牌地铁站一条小巷的最深处，她坚持要在几个街区外的宽敞马路下车，“巷子很窄，休旅车不好进去”，范衍重姑且信了。某程度上，范衍重愿意承认，自己从前绝不会欣赏这样的女人。活得那样卑微，多怕打扰或惊动别人秩序的生活方式，在他眼中，就是缺乏自信的表征。但吴辛屏却奇异地把这种特质转化成更近似于“体贴”的表现。

也有可能是经历了颜艾瑟以后，才懂得这种暧暧含光的个性多么令人舒心。

等到他发现自己默默期待着去接送范颂律的夜晚，才恍然大悟，这女人如细雨，润物无声地进入了他的考量。他会在空无一人的事务所里，无缘无故地想到她。关心范颂律的日常琐事时，也不免故作想到什么似的问，吴老师最近怎么样呢？她几岁呀，有男朋友吗？

几个问题下来，范颂律看穿了范衍重的用意。

“爸爸，你如果喜欢吴老师的话，你为什么不跟她说呢？”

“我没有喜欢吴老师。我只是好奇而已。”

“你再这样下去，只是会让自己更像在狡辩，狡辩的人看起来很讨厌，你自己说的。”

交往，或是结婚，都是范衍重的邀请。

他回想着其中有没有吴辛屏的催促或暗示。

不，哪怕是蛛丝马迹，他都没有概念，难道这正是吴辛屏的本事？懂得如何让对象依循自己所愿的方向，又让对方坚信事情发展纯粹出自范衍重的意志？

婚后，他按月给吴辛屏一笔钱，供她个人自由调度，他并不干预，也一再强调若吴辛屏想辞掉工作、专心地打理家务，他也绝无二话。范颂律升上中年级，决定跟随朋友到另一间主打私校资优班的补习班上课，这个调动让范衍重松了一口气，范颂律上课的地点跟吴辛屏拆开是最理想的结果，他不想让安亲班的人说闲话，虽然两人未曾就这件事要公开到什么程度进行商量，无形中却已达成了惊人的默契，就范衍重印象所及，吴辛屏不曾告知别人，她与学生家长发展了感情，像是她自己也很明白，一旦曝光，彼此间流动的暧昧就会在眨眼间枯竭。范衍重苦思不透的是，吴辛屏没有辞职，也不过问他的资产状况，她从不要求奢侈品，奥黛莉说得没错，范衍重只是心血来潮，买一些平价的首饰，或为她更换手机，便足以换到吴辛屏心满意足的道谢。范衍重记忆中的吴辛屏，跟黄清莲、吴启源和张贞芳的描述，根本难以衔接，认真来说，他的见解跟奥黛莉更为相符。不过，这也有个可能，吴辛屏在离开家乡之后，不晓得是经历了什么，总之，她的个性出现了极大的转变。

范衍重想得头疼，索性把注意力放在店员身上，是本地人吧。脸蛋还有些婴儿肥，大概不超过二十岁？如此年轻。吴辛屏跟宋怀谷的事发生时，这店员大概还在读小学吧，从他身上可以获得什么信息呢？还是说，不妨把这个人视为练习的对象好了，范衍重在这个小镇打交道的对象，无一不是阴阳怪气，他也想借此试探，是他跟这地方的气场不合，还是他确实遇到了一堆怪家伙。

范衍重放下杯子，左手不自觉地插入口袋，想营造轻松的氛围。

“方便请教个问题吗？”

店员赶紧放下手机，双手交握，轻轻点头。

“你是这里人吧？”

店员眯起的眼睛闪过一抹忌惮，他很小心地回答，“是。”

“请问你认识宋怀谷吗？”

“你是说，清弘伯伯的儿子吗？”

范衍重很快被考倒了，他怎么会知道宋怀谷父亲的名字？

他在脑中很快地捞捕着张贞芳的说词。

“我，我不记得他爸名字叫什么，只知道他爸是做生意的，有钱人？”

“对，在这读书的人，谁小时候没有用过他爸捐的辞典呢。”

店员脸上浮现苦笑，神色也自在了些。

“你跟宋怀谷熟吗？”

“你是？”店员往后退了些，眼神似乎在估量范衍重的身份。

范衍重深谙他得编造一个身份，偏偏在对宋怀谷一无所知的情况下，这件事远比他想象的还要复杂。谎称是他的同学？不，他对这小镇的街廓一窍不通，店员若随性抽问几个问题，他难以自圆其说。眼见店员的脸色沉了下去，范衍重赶紧开口。

“我是他朋友的朋友，老实说，我跟他借了钱，好不容易现在有钱可以还他，但我丢了他的电话，只记得他住这附近。”

朋友的朋友，范衍重佩服自己的急智，若店员的回应过于深入，他也能脱身；况且，营造出自己“有欠于人”的处境，也能让对方认定自己是个负责任的好人。

果不其然，店员恢复了友善的应对。

“我能告诉你他家住哪，但是你现在过去，很有可能找不到人。”

“为什么？”

“他很久没回来了，我没记错的话，上一次有人看到他，是好几年前。你说你跟他借过钱，那你怎么不去亲自联络他呢？”

“我这几年为了躲避债主，换了手机号码，很多人都联络不上了，包括宋怀谷，我是突然想到他跟我提过自己的老家才跑来这里。虽然他可能不在这儿，还是得麻烦你给我他的地址，我可以把钱还给他的家人。”

店员口述了一次宋怀谷的地址，怕范衍重迷路，还信手抽出一张传单，在背面画上地图。

“那……我可以再问一个问题吗？”

“你都已经问那么多问题了，再来一个，有差吗？”

“宋怀谷以前是不是出过什么事？”

“什么意思？”

“我刚刚随便问了一个这里的人，他告诉我的。”

一位高瘦的男子走到结账柜台，打断两人的对话。

他比了个一，店员很利落地为男子从琳琅满目的品项中摘下一盒烟，刷过条形码。

男子走了之后，店员直视着范衍重，摇了摇头。

“我不知道，我跟他没那么熟，我上一次看到他，是宋伯伯的葬礼。”

“他爸过世了？”

“对，好久了。”店员微偏着头，貌似沉思，“我想起来了，是我要考高中的时候，也就是说，嗯，大概八九年前吧。”

范衍重默默运算着，这位店员二十三四岁了，他方才看走眼了。

“你的记忆力很好。八九年前的事，我一定忘了。”

范衍重笑得很诚挚，店员受到激励似的，不由自主地透露更多信息：“因为我爸爸跟宋伯伯是常常一起喝酒的朋友，宋伯伯突然走了，我爸那一阵子喝完酒就大吵大闹，说什么好人不长命之类的。把我吵到不能好好念书。”

“是这样啊，那我明白了。”

按照张贞芳给的时间顺序，事发时，这位店员应该是十岁。

况且，这种事，身边的大人应该也不会想让孩童知情吧。

“那，宋怀谷的妹妹还住在这里吗？”

“本来搬走了。宋伯伯过世，宋伯母就生病了，他们的女儿搬回来照顾她。”

“你很常看见他们的女儿吗？”

“很少。我在这里一年了，一个月大概只会看到她两三次。她好像不喜欢出门。她的先生之前有段时间很常出现，天天都会来这里买药跟可乐，然后他会坐在那个位置上，滑很久的手机，”店员指向超市内紧邻着礼盒区的桌椅，“我有一次去整理广告牌，有听到他在讲电话，好像是在吵架吧，说什么他很快就会回去了，他受够了之类的。总之，那天之后，我再也没看过那先生了。”

“那你最近有看到宋怀谷的妹妹吗？”

店员歪着头，“好像还住在这儿。上礼拜还有来这里买东西。”

范衍重回到位子上，掏出随身携带的小册子，写下他所能掌握的几条线：

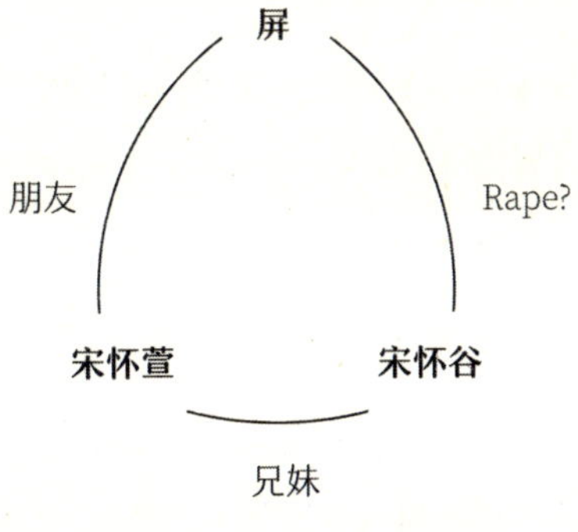

这是一段怎样的关系？范衍重好想回到现场，目睹三人之间的情感纠葛。

吴辛屏的消失会跟宋怀谷有关吗？范衍重不是没处理过，性犯罪的受害者多年后被出狱的加害者纠缠上，进而被囚禁、虐待的案例。这方向不无可能，按照他目前所搜集来的信息，吴辛屏有很长一段时间，几乎是想方设法地断绝了与这里的联系，她跟黄清莲恢复联络，按照工读生的说法，也是半年内。若真相是宋怀谷趁着吴辛屏回家的时候挟持了她？

范衍重又拨打了一次吴辛屏的号码。他从来没有这么发疯似的想联络上一个人。有太多的谜团，只有当事人才有办法陈述。吴辛屏人间蒸发，宋怀谷的行踪暂无突破。范衍重的视角移到三角形的左下，范衍重在这三个字打了个圈，他还是可以去宋家一探究竟，宋怀萱不是当事人，但也是距离极近的旁观者。问题是，他要如何探听？他的身份尴尬，很可能会受到比张贞芳更敌意的对待。另一个方法是，从他们就读的高中切入，张贞芳说事情发生在高中时期，虽已有十几年之久，有些老师或许退休了，他只能把希望寄托在有些人仍对此事有稀薄的记忆。心意一定，邹国声的言语猝不及防地自耳边响起。

“为什么那个女生的家人都不管管她呢？把我们当提款机吗？”

邹国声的形象竟渐渐地与面貌未知的宋清弘叠合在一起。

宋怀谷是另一个邹振翔吗？

范衍重猛力地摇头，想甩掉这个念头。吴辛屏跟娜娜是截然不同的两种人。

另一道质问狠狠插入胸坎：你又如何确定？你了解你的妻子吗？

▲▲▲

奥黛莉把车窗摇上，低声说："小心，他走出来了。"

她的身子稍稍下陷，确认在超市门口的范衍重没注意到这台车，才上移了几厘米，让自己可以继续把范衍重的一动一静都纳入眼底。

张仲泽长吐一口气："欸，你可不可以告诉我，我们为什么要跟着这个人啊。"

几个小时前，张仲泽被奥黛莉的电话吵醒。奥黛莉要求张仲泽赶紧开车跟她会合，不待张仲泽过问，奥黛莉急忙挂断了电话。张仲泽没见过奥黛莉这样跋扈，他不得不起身，套上衣物，矮桌上的便当盒已有飞虫盘旋，他卷起报纸，挥舞驱赶，旁边报纸上圈起的就业信息进入目光。今天似乎是约好了要跟业主见面的日子。

张仲泽陷入为难，又望了手机一眼，每个月他都缴上千元的通信费，但奥黛莉的电话，是这几年来少数不是为了贷款、催缴或推销茶叶而响起的铃声，还是去看奥黛莉吧，他想。经过父亲的房间时，张仲泽不由自主地停下脚步。父亲还可以活多久呢？这个问题一浮上心头，周围的空气缓缓转为胶状似的，张仲泽眨眨眼，再不赶紧抽身，就要离不开这里了。他拎起钥匙，安静地走出了家门。

五年前，张仲泽还是一家量贩店家电部的销售专员，业绩称不上理想，也不至于让课长心生不满。若不要想着谈恋爱，薪水也算够用。张仲泽最幸福的就是放假的时候，把高中时的朋友找出来，吃热炒，灌几瓶啤酒，让冰凉的气泡带走生活中的乌烟瘴气。张仲泽勾勒过自己四十岁的样貌，八成还在同一间量贩店，领着跟现在相去不远的薪水，估计还是一个人。他没有太担心自己的晚年，他的父亲只有一个儿子，前几个月，隔壁邻居卖掉了自己那户公寓，一千一百万，张仲泽记得邻居那间没有车位，坪数也少了五六坪，他做好了打算，等到父亲过世，就卖掉这户公寓，搬到小套房，以剩余的钱安心养老。

张仲泽千算万算，没算到父亲会失智、中风，他请了临时的看护，半年不到，烧光了自己的存款，他想拿房子去贷款，发现自己不是房屋所有权人，得先向法院提出“宣告禁治产”申请，由法院裁定父亲的禁治产宣告，才能做后续的处分。自己得再花钱请人撰写书状与准备医院诊断证明，户籍誊本等等……这时，主管婉转地请他“状态调整好再回来上班”，张仲泽起初还安慰自己，省下看护费也不错，岂料半年不到，他就深深感受到，自己的生活质量只会永无止境地恶化至父亲死亡的那一天。

一年过去，张仲泽在长期潜水的论坛发了一篇文章，询问是否有人愿意“互相作伴”，两个账号回复，一个叫“曲终人散”，男性，一个是“锦瑟无端五十弦”，女性。计划是张仲泽开车去接，一起购买材料，再下榻至汽车旅馆，携手走上黄泉路。张仲泽快要抵达指定的麦当劳时，“曲终人散”传来短信，说他不想死了，他意外得到一位亲戚的金援，解决了眼前的难关。张仲泽摸摸鼻子，传了一封短信给“锦瑟无端五十弦”，报告“曲终人散”不去了，是否按照原定计划进行，短信回来得很快，女人说，是。他又上了道路，冷不防想起，这是他这辈子第一次开车去载一个女人。一到了定点，张仲泽看到一名穿着连帽外套的女子，确定了车号，低着头拉开后座车门，转过身，迎上女人抬起的目光，女子面无血色，嘴唇紫白，眼底满是惊恐，女子瘦得像是重症的病人，张仲泽没来由地感到心酸，他以为自己够落魄了，但跟这女人相比，自己还称得上是人模人样。

张仲泽决定先缓和一下气氛，我看我们先聊一下好了，毕竟跟完全陌生的人一起走，也怪可悲的。我姓张，以前在卖电器。为了照顾我生病的爸爸所以辞职，没有工作，没有钱，连掐死爸爸的勇气都没有，只好来这里。女子依然没有回应，张仲泽泄气地干笑，泄气地道歉，不好意思我是第一次，不知道规矩，我继续开车了。张仲泽的手放回方向盘，女子这才发出微弱的声响，我叫奥黛莉。我不知道怎么介绍自己，我跟谁的关系都不好，最近连唯一的朋友都得罪了。她不理我，我很痛苦。张仲泽一愣，怎么有人寻死的理由如此无趣？他的视线上下扫视着奥黛莉，叹了一口气，很清楚自己不可能跟这女人一起死，他把车子驶进麦当劳的停车场，让奥黛莉决定去留。

岂知奥黛莉倒也没有离开的意思，傻乎乎地看着张仲泽，似乎在等候发落。张仲泽在心中暗骂，搞什么鬼，却还是友善地询问，你想吃什么？奥黛莉要了一支圣代，吃得很慢很笨拙。张仲泽一看，心烦中生出一些心疼，他问，朋友不理你，就去交别的朋友就是了，有必要这么执着吗？没想到奥黛莉反弹得激烈，她抽抽鼻子，啪的一声眼泪掉在餐盘里的纸上，她开口说话，嘴巴里还有半融的冰淇淋，张仲泽花了一点时间才听懂奥黛莉在说什么，她说，这个朋友不是随便的朋友，她可以说是我的一切。张仲泽要奥黛莉说慢一些，他最后竟坐在那跟奥黛莉消耗了整整三个小时，从奥黛莉破碎又时序不清的叙事中，勉强理出一个脉络。

一理出来，张仲泽也失神了。这不是一个他想理解的故事。他又看了一眼奥黛莉，收回了起初的轻视，改换上同情。他想问一个问题，老师有“插入”过吗？还在脑袋构思，又觉得太下流而没有启齿。见奥黛莉面容哀愁，似乎后悔了跟一位陌生大叔吐露这么多，张仲泽认为自己有义务得发表感言。他先问，你怎么会想跟我说这些。奥黛莉答，我今天都要死了，有什么好顾忌的呢。张仲泽心一沉，他不知怎么跟奥黛莉交代，两人似乎不会按照计划去旅馆了，于是他说：如果我是你，我在网络上知道有人跟自己发生过一样的事，我不会把她约出来，你不觉得这样很奇怪吗？见奥黛莉眉宇忧愁、孩子挨骂似的沉默，张仲泽猜想这些话有点重，他软了语气，反问，你为什么想把人家给找出来呢？

奥黛莉眨眨眼，张仲泽以为她又要哭了，正要说不，奥黛莉自己把泪意收拾好，她的眼神有微光在闪动，奥黛莉说，因为我很寂寞啊。张仲泽可乐也忘了吸，怔怔地看着奥黛莉，有种自己正在往什么地方掉的错觉，他往下一瞧，自己堂堂正正地踩在地板上。很久以后张仲泽才意会到那一秒钟自己发生了什么事，他动心了。那一秒钟奥黛莉的声音穿过张仲泽的心，因为我很寂寞啊。张仲泽几乎以为这是腹语术，这女人把他长久以来对于世界的困惑，都化作一句呢喃。

奥黛莉解释起她的寂寞。没人想听我说。父母不让她说。他们认为过去的事情不能改变，忘掉吧，假装一切没有发生过。听到这儿，张仲泽忙不迭插嘴，他们还不是为你好，说出来，又能够怎样，难道你要回去找老师算账吗。都好几年了。你有证据吗？奥黛莉摇头，我没有证据。张仲泽有点得意，又接着说，这就对了。你看，你不说，日子不是好好的吗。奥黛莉瞪大眼，反驳，才没有好好的，不然我怎么会读不完大学。我到后来，状况越来越不好。连期末考那天，也只能躺在宿舍的床上，看着天花板，爬不起来。爸跟妈陪我办了休学。我待在家，时常听到有人对我说话，那声音说他会陪我，说什么，人不会因为一次的失败，就什么也不是。

我爸不让我去看精神科，他说看精神科我的一辈子就完了，那些药会害惨我。我在家里上网，玩网络游戏，偶尔去一个网站写文章。辛屏看见了，写信给我，好几百字，我慢慢地读，慢慢地回，有一天她跟我说，她懂我，她也遇到过很像的事，她是在高中遇到的，不像我，只有十岁。辛屏说她懂一切有多不好受。我拜托她跟我见面。见了面我也不断地纠缠她，她那时在租房，我拜托爸妈把他们其中一间小公寓的房客赶走，我发誓只要他们帮我这个忙，我就回去上学。我爸妈答应了。跟辛屏住在一起，是我最快乐的日子。我还是会做噩梦，梦到被坏人追，有人跳出来救我，我好开心，没想到仔细一看，救我的人是老师，我又哭了。我走到辛屏的房间，她会把棉被拉开，让我进去。她其实也睡不好，可是她会哄我睡。

张仲泽问，那你们后来又是怎么不好的呢？奥黛莉的眼神变暗，语气也饱含扭曲。奥黛莉的文章也吸引了芝行。芝行七岁开始学体操的，一路学到十几岁，那位得了许多奖的教练原先只是轻轻地碰触芝行的腰与大腿，集训时侵犯了她，芝行在一场关键赛事中，落地时摔伤，所有人都目睹她骨折变形的大腿，网络上还找得到影片。芝行的体操之路提早中断，她自杀两次，失败，忧郁症，无法工作。跟奥黛莉的差别在于芝行经济条件很差，是家人眼中的麻烦。

张仲泽听得脑袋肿胀，一时半刻，他起了几个心思：第一，原来新闻说的是真的，世界上确实有人会被骚扰和强暴。从前看这类新闻，张仲泽以为那跟公司董事长搞内线交易没两样，都是遥远的人在做的事情。第二个则是，这些人简直是疯了。张仲泽打了个哆嗦，他自己的勾当有什么两样，他不也在网络上寻觅同样绝望的人吗？差别在于他并不企图从这些人身上得到慰藉，他本质上不认同，也不信任这种作为。

张仲泽当兵时被分发到海巡，那几个月他捞了好多具浮尸，有一家人他记忆犹新，一名男子带着儿子跟侄女到废弃的海水浴场戏水，只有侄女幸存。她作证说，弟弟先被海水卷走，叔叔想要去牵儿子，也被拖进水里。先捞起小孩的尸体，隔天才在岸边石缝中找到父亲。张仲泽比对着父亲跟小孩的身材，一头雾水地问有救生员执照的学长，父亲如此魁梧，怎么救不了瘦弱的七岁稚子？前辈耸肩，嘴里含的烟移到指间，慵懒地解释，本能啦，你不要小看快死掉的人的本能，他想往上啊，就会把你用力往下扯，有时还会勒住你的脖子，或者抓到你的脸，手戳到你的眼睛。有一年，我看外国的溺水报告，有个地区全年度的溺水事件，下去救援的人死得比待援者多。所以我们有个原则，岸上援救，人不要下去。张仲泽视线回到奥黛莉身上，眼前一片模糊，这三个人，谁是本来在岸上的人，谁还在水中载浮载沉？谁的脖子又被狠狠掐住，不能呼吸？

他问，那你们三个人到最后是怎么了呢？奥黛莉身子一缩，说：辛屏交了一个男朋友，说要搬到对方居住的县市，一起生活。芝行不能接受，她不断地闹、发疯、哭喊，用尽一切手段，不让辛屏打包。张仲泽问，你没阻止芝行吗？吴辛屏没有犯错啊。奥黛莉迟了几秒，眼神闪烁，说，我有阻止，只是芝行脾气火爆，我说一句，她骂我三句，我也不晓得还能说什么，想说辛屏可以处理吧。

到了辛屏的男友开车来载行李的那天，芝行说她也来送辛屏，我以为大家都接受了，之后还能见面。谁知道芝行拿起刀子划自己手腕，血洒出来，满地都是。辛屏的男友看到，也吓傻了，这是我们第一次见面，我们就这样毁了辛屏的幸福。奥黛莉又流下眼泪，她嘴巴动了动，却没有任何声音，张仲泽劝她别说了，奥黛莉伸手捏紧鼻子，闭眼，又掉了许多泪，奥黛莉的手往下一滑，她用力抓了抓喉咙，声音出来了：还没完，我还没说完。这还不是最可怕的。最可怕的是……张仲泽听到某种诡异的抽气声，奥黛莉的声音分岔了，他吃力地从奥黛莉干枯的声音辨识出那句话来。

“芝行问那男生，喂，你知道你的女友高中时被朋友的哥哥强暴吗？”

张仲泽安静了好半晌，他彻底被这故事的张力给漩了进去，理智告诉他别再理睬奥黛莉了，劝她快点收拾情绪，他们要解散，回去过自己的生活，情感却迫使他问，然后呢？

男友落荒而逃。吴辛屏蹲下来，哭了，她缩成一颗蛋似的，背拱着，不停颤抖，奥黛莉不敢去打扰，她先打电话报警，扶着芝行上了救护车。等芝行包扎好，让奥黛莉扶着回到家中时，吴辛屏消失了。芝行疯狂地搜索着吴辛屏下落，也成功了几次，直到奥黛莉在芝行面前跪下，拜托芝行还给吴辛屏清静，芝行哭着问，那我们算什么，接着芝行也消失了，留下奥黛莉独自思索着前因后果。奥黛莉认为错是她闯出来的，她想帮芝行，没算到芝行要的那么多。张仲泽支吾半晌，只能含糊地问奥黛莉，你走了，吴辛屏不是更痛苦吗？你们三个人，一个想死，一个想害她。她会不会觉得自己被诅咒？

张仲泽无心的一句话，奇异地让奥黛莉有了活下去的动力。她不能死。张仲泽说得没有错，她若寻死，吴辛屏那样善良的一个人，怎能负荷这沉痛的信息。张仲泽鼓励奥黛莉，给你的朋友一点时间，也给你自己一点时间。奥黛莉果真等到了吴辛屏又和她联系的那一日。吴辛屏说她如今在一个小班制的补习班当安亲老师，满两年了。前男友跟守候多时的学妹结了婚。

奥黛莉问，应付小孩不累吗？现在的小孩那么调皮，又那么喜欢恶作剧，你怎么办？吴辛屏想了想，没有当下回答，直到她要跟奥黛莉分别时，轻轻地握着奥黛莉的手臂，语气轻柔地说：小孩的恶作剧是有底线的。你懂我的意思吗，他们再怎么过分，能够做的事情还是很有限。他们看到一点小问题就急着跟我告状。很好玩。奥黛莉，你想他们到几岁就不会做这种事，而是学会睁一只眼、闭一只眼呢？

奥黛莉哑口无言，她辨认不出这段话背后是否有弦外之音，奥黛莉绝非无辜，她也曾为了让自己好过，坐视芝行对辛屏的反复勒索，未置一词。她以为吴辛屏不会再跟自己见面，吴辛屏又说了自己会再打给奥黛莉，从此每隔半年，奥黛莉会接到吴辛屏从匿名号码打来的电话，交谈中，吴辛屏透露的个人信息很有限，奥黛莉有些失落，不敢过问吴辛屏是否停止将自己视为能够托付心事的朋友。

赴约之后，奥黛莉往往心情郁结，她打给张仲泽，请张仲泽开着车带她去哪里闲晃，一个月大概两三次。张仲泽永远是那句老话：给你的朋友一点时间……

张仲泽数了一下，他跟奥黛莉竟然认识这么久了，也就是说，他又多活了好几年，这数千个日子里，张仲泽想开一件事，不要再拥抱希望，希望是绝望的挚友，两者总是如影随形，邀请前者进入心房，后者也不请自来。他放弃了希望，绝望也跟着消失了踪迹，他取得了漫长的平静，能够让他毫无怨尤地照顾父亲。这个转变，可以说是奥黛莉带来的影响，他想看自己跟这个女人的交情可以走到哪里。

今天倒是不太一样，奥黛莉下了明确的指令，要张仲泽跟她一起守在某个社区的车道口。等到银白色休旅车出现，奥黛莉锁定车牌号码，拍打张仲泽的手臂，嘱咐他赶紧跟上。张仲泽没经验，一个红绿灯就跟丢了，奥黛莉很丧气，准备要停在路边思考下一步，发现那台车停在超市门口，车上的驾驶员提了一罐饮料回车上。这回张仲泽格外想把握，两只眼睛紧盯，握着方向盘的双手汗水涔涔。

休旅车驶上交流道，奥黛莉闷哼一声，我就知道，事情没我想得那么容易。张仲泽又追问，这个人到底是谁，奥黛莉铁了心不说，要张仲泽把注意力放在跟车上。庆幸是平日时段，车流量不多，奥黛莉也跟着看，前进了一百多公里，还在视线范围内。休旅车打了灯号，奥黛莉惊喊，他要下去了。张仲泽来不及打灯号，硬是变换车道，一长串刺耳的喇叭声搞得两人心慌意乱，下了交流道，他眼睁睁看着休旅车轻快地右转，黄灯转为红灯，前车硬生生停了下来，奥黛莉尖叫出声。

“我们是不是跟丢了？”

“先别这么快下结论，再往前开看看，说不定会跟刚刚一样，又在半路遇到。”

“这次会有那么好运吗？”

奥黛莉听到手机铃声，她以为是张仲泽的电话，原来是自己的。她纳闷地接起。

“你们跟丢了，对吧？”是吴家庆。

“你怎么知道？”

“我从刚刚一直跟在你们后面，现在，跟我走吧，我知道他的方向。”

吴家庆的车身越过了张仲泽的，他补充：“我在他的车上装了定位。”

“你去找过他了？什么时候？”

“这不重要。先跟着他。”

“这个人又是谁？为什么也在跟他。我们现在这样没有犯法吗？”张仲泽感到不安。

“我们在面对的不是一般人。”奥黛莉的语气倒是淡然。

在吴家庆的引导下，几公里后，三人又看到那台银白色休旅车，他们一路跟着，直到范衍重在一间小学旁停下，他下车对着车窗整理了一下头发，走到一座民宅前，按下门铃。

张仲泽转头看奥黛莉，奥黛莉正在沉思。

“我没记错的话，这里是辛屏以前住的地方。也就是说，那些人……”

男子在民宅门口没有停留太久，他神色忧郁，步行移动到对面的超市。

奥黛莉眯起双眼，整个人流露着不要打扰的气场。

奥黛莉好像在追踪这个男人的过程中，被注入了生气。张仲泽想着。

张仲泽下了车，他是唯一不必担心被认出的人。

“奥黛莉，我要去买点东西吃了。”

“去吧。”

“你不饿吗？要我买些什么吗？”

“不必了。你买你自己要吃的就好。”

电光石火之际，范衍重走出超市。

张仲泽愣在原地，不知如何进行下一步。奥黛莉率先回过神来。

“你先去买吧，有吴警官看着。你就假装自己是个路人走过去吧。”

张仲泽头皮发麻地前进，与范衍重错身时，张仲泽情不自禁地打了个喷嚏，范衍重瞄了他一眼，又把眼神调回手上的烟。架上的选择所剩无几，张仲泽勉强抓了一个菠萝面包，来到结账柜台，他望向门口，范衍重移动到车子附近。他小跑步回到车上。

“他回到车上了。我要请你帮忙一件事。我待会要去一个地方，你帮我跟着这个人。”

“这个人到底是谁？你不说，我不可能再跟你这样耗。”张仲泽语带威胁。

“你非知道不可？”

“我一早被你挖起来，莫名其妙地跟着这个人跑来这鸟地方，好歹给我个理由吧。”

“我不想害你。”奥黛莉的眉头低垂，很沮丧似的。

“你再不说他是谁，我要回去了，你自己搭车回台北吧。”

“好吧，我说，我说就是了。你不要再给我压力了。”

奥黛莉眼角余光紧咬着范衍重，他把烟蒂扔在地上，踩熄了，去拉了车门，又往后退，点起第二支烟。

“他是吴辛屏的先生。”

“吴辛屏结婚了？”

“对。”

“没想到她还能结婚，经历了那么多事情之后。”

奥黛莉闭上眼睛，她明白张仲泽没有恶意，还是被刺了一下。

“为什么我们要跟着她先生？”

“我不是跟你说了，我这几天都没办法联络上辛屏吗。我去她工作的地方，想问辛屏是不是怎么了，没想到辛屏的同事跟我说她已经旷工两天了，更可怕的是……”

奥黛莉简单说明她跟简曼婷的对话，而张仲泽听得嘴巴张开。

“这个人会打老婆？亏他开这么好的车，住那么贵的大楼。”

“不确定有没有打辛屏，但他有打他的前妻，这有上新闻。”

奥黛莉在手机上搜寻到了那则新闻，她递给张仲泽。

“我找了一个警察帮忙。他说他会用自己的方式帮我们。我们合作找出范衍重在干什么。”

奥黛莉的手指了指吴家庆的车子。

“他之前的岳父不是普通人，这样也敢打？”

“所以我很担心辛屏，也许他这次故意挑没什么背景的女人。”

“那他先生为什么要来这里？”

“我也不确定，辛屏跟我约定碰面的前几天，好像有回家。电视上不都是这样演的吗，犯人会故布疑阵，想让别人成为替罪羔羊。”

“那她先生会想陷害谁？”

“我也不知道，辛屏跟她家人的关系不好，可能是个选项。”

“如果他刚刚是去找吴辛屏的家人？有可能吗？他连门都进不去。”

奥黛莉摇头：“我也不晓得辛屏的家人长什么样子，得下去问问。”

“你刚刚说，你还要去一个地方。你要去哪？”

“我是想去……”奥黛莉及时打住，“你怎么一直问呢。”

“我只是怕你出事，这里我们都不熟，你有哪里可以去？”

沉默半晌，张仲泽的眼睛紧盯着奥黛莉，奥黛莉别过头去。

“你该不会是想去……”

“我想去没错。你不要阻止我。我只是想去看一下而已。”

“你去有什么用。”

“如果是辛屏到了我读书的小学，也不可能无动于衷的。我只是想看看而已。”

“你想看什么？”

“你不要干涉我。我自己知道我在做什么。”

“我怎么可能不管你？我可是……”

“可是怎样，我知道你拿了我父母的钱，既然如此，就按照我的意思办吧。”

张仲泽当场语塞。

两年多前，张仲泽载父亲去做例行检查，回家时，奥黛莉的父母双手交握，在门口张望。不愧是出身良好的世家，他们没有提及自己等待了多久，还对于自己没有知会就临时造访而感到十分抱歉。他们表示，方便的话，想移到更适合说话的场合，张仲泽认为自己没有说不的权利，只能回应说他得先安顿好父亲。半小时后，他与奥黛莉的父母坐在连锁咖啡厅内，奥黛莉的父亲再也按捺不住似的，抛出一连串的问题，张仲泽觉得自己没来由地被身家调查，几乎要动气，他没理由接受这种评分，奥黛莉的母亲好像看出了他的不悦，示意丈夫赶快“进入正题”。奥黛莉的父亲点了点头，质问的口吻倏地变得柔软：文静常常这样打扰你，很不好意思，请让我们补偿你的油钱，一个月一万五如何？

张仲泽挣扎几秒，问，奥黛莉知道你们来找我吗？奥黛莉的母亲摇头，她哀愁地看着张仲泽，问，奥黛莉有跟你说过我们吗？张仲泽摇头。他的表态显然伤害了坐在对面的两人，奥黛莉的父母面面相觑，神情更哀愁了。奥黛莉的母亲打起精神，露出友善的微笑，说：你可能会觉得我们不是很成功的父母，文静甚至没有跟你说到我们，可是，我还是得说，文静是我们唯一的小孩，我们用尽一切想得到的方法在照顾她、栽培她，也不晓得是哪里出了差错，这孩子变成现在这样，我们都搞不懂，她要什么，我们找得到的，都愿意给她，但她要的……好像是我们找不到或者根本没有的，抱歉，我太激动了。

奥黛莉的母亲身子退回椅背上，奥黛莉的父亲接腔，你不要觉得有压力，老实说，我们观察你一阵子，不是说我们不相信文静的眼光，只能说文静之前跟她的两个姊妹闹成这样，一个自杀，一个被退婚，那个房子还是我们提供的，我们怕一样的事情会再度上演。总之，你不要对这些钱感到有压力，就当成是谢谢你陪文静这么久，她很多地方还像个孩子。你跟她相处，想必也要承受她很多情绪，如果你偶尔可以打电话，跟我们说一下文静的状况，就更好了。张仲泽同意了这项交换，他没其他的选择，他需要钱，再说了，他总之得看着奥黛莉，只是多了定时打电话跟这对夫妻报告的义务。每个月一号，那笔钱稳定汇入。奥黛莉需要他的时候，他出现，没有联络他的时候，日子照旧，数着父亲的呼吸声过活。

现下奥黛莉赤裸地说出了一切，张仲泽难堪地按下门控锁。

范衍重踩熄烟蒂，伸手去拉车门。车灯一闪，他发动了车子。

奥黛莉下了车，身子微蹲，隐藏着。“你去追着他，帮我看他去哪里了。”

“如果他回台北呢？”

“那你就开回来。等我电话。我好了会打给你。”

▲▲▲

张仲泽的车子一驶离，奥黛莉走入超市。

她慌张地抓了一瓶饮料，结账时，她忍着急遽跳动的心脏，望着店员。

“刚刚那位先生跟你说了什么？”

她不认为这是个好的开场白，可惜她也想不到更好的。

“今天是怎么了？我看起来像是很闲？”店员瞄了一眼奥黛莉，笑了。

“刚刚那个跟你说话的人，他不是个正常人。”

店员翻了个白眼，搓揉鼻尖，一副很后悔自己今日有来上班的神情。

“我只是上班领薪水的。”

奥黛莉心底一慌，为什么大家永远不会把她当一回事？

“你只要告诉我，他说了什么而已。这么简单。”

“他只是跟我问路而已。”

“问哪里的路？”

“我忘了，因为我也听不懂他说的地址在哪儿。”

“是这样子吗？我看你们聊了很久？”

“我们真的没说什么，他问路，我不清楚，这样而已。小姐，你还需要什么吗，没有的话，可以不要继续站在这里吗？别的客人要结账不方便。”

奥黛莉没来由地胸腔泛起疼痛，无助又狼狈，她什么也办不到，即使是从一个店员口中套出话来。她瞪着店员，胸部上下起伏，奥黛莉的手嵌入包包内。

“你不要逼我。”

她察觉店员脸色的转变，震慑，难堪，到怒意。

“我要的只是，你告诉我他跟你问了什么而已。我没有骗你，那个人来到这里是有目的的，你再不说，也许会有人受到伤害。”她语气压得很委屈。

店员瞪着奥黛莉：“小姐，你不必要这样。我说就是了，你不必这样威胁我。”

▲▲▲

奥黛莉走了十几分钟，在宋怀谷的家门口停下。她走到窗前，踮起脚，想看得更仔细。门毫无预警地打开，一个女子探出身子，手上提着一包塑料袋。视线对上了，奥黛莉只好编了一个说法，说她是宋怀谷的高中同学，今日正好回老家办事，想碰碰运气看宋怀谷在家吗，两人可以寒暄一下。女子自我介绍，她是宋怀谷的妹妹，宋怀谷不在，他长期在外地经商，很久才会返回老家一趟。妹妹问，站在外面风很大，你想进来吗？妹妹的神情举止，带着点从前年代的徐缓和敦厚，奥黛莉看着“妹妹”，心想，就是你吗？

你就是吴辛屏曾经的朋友，最后却目睹哥哥性侵了吴辛屏的那女人吗？

对于自己的事，吴辛屏说得很少。三个人之中，吴辛屏是忘得最理想的人。她不回顾，不试图拼凑、还原事情的全貌。她节制地叙说：十八岁，挚友的哥哥，那天是对方的生日派对。她还来不及吃些点心，就被劝哄着喝了好多杯混了可乐、雪碧的烈酒。事情发生时，她没力气挣扎，记忆大块陷落。她恢复神智后，还请挚友陪自己走回家。这个邀请，让她后续承担了很多不利的臆测。等消息跨出了学校的墙，有人信誓旦旦地说：我亲眼见到隔天吴辛屏跟他妹妹走在一起，吴辛屏还有笑喔。如果有发生那种事，吴辛屏怎么笑得出来？

说到这里，吴辛屏就不愿再往下了。

奥黛莉在心底应和：我懂，我懂为什么那时候你还笑得出来。奥黛莉也被问过同一个问题，她是十七岁那年跟父母坦诚的。一个寻常的冬日午后，简薇容握着马克杯，压下热水瓶的解锁键，她可能才读了成绩单，以随性的语气问奥黛莉，学习状况还好吗？不要紧张，你现在读的学校，每个人都是好不容易考进来的，你名次掉那么多是正常现象，没关系，你会慢慢找到你的节奏。

奥黛莉听着听着，有股幻想，或错觉，好像飘出了自己的身体，旁观母亲对自己说话。她说，林老师会摸我下面，还拍了很多照片。简薇容放下搅拌到一半的麦芽饮，问，哪个林老师？奥黛莉回：以前会带我去参加比赛的林老师，我上了初中，还有跟林老师见过几次面。简薇容重重放下杯子，眼睛直视着奥黛莉，语气终于出现了慌张：你在说什么你知道吗？你要不要想一下林老师对你有多用心，你每一次比赛，他都有帮你录像，还做成光盘。你不想读书，你跟我说一声就是了，没必要说这种话。奥黛莉双眼紧闭，话语从她紧咬的牙关之间逃逸：我说的是真的，林老师会叫我坐在桌子上，把内裤拉开。

简薇容高声追问：如果是真的，为什么你还会吵着要找林老师？

十七岁的奥黛莉被问得难以招架，她心知肚明，母亲的话很有道理。十岁的我为什么会吵着找林老师？要是我恨他，或者不喜欢他对我做的事，我怎么会答应与他碰面，并在约定的地点准时出现？我怎么会让林老师招待我吃甜点跟下午茶，任由他关心我在初中过得好不好？奥黛莉一毕业，林老师再也没叫她配合那些事，至于那些照片，林老师绝口不提，奥黛莉没问。每一次与林老师分开，奥黛莉总是怅然若失，仿佛即使林老师什么也没做，奥黛莉还是会失去什么。二十七岁那一年，奥黛莉才勉强厘清了，她执着于林老师、希望林老师不要放弃她、抛下她，是因为十岁的她突然被放到一张太高的椅子上，又相信只有把她抱上去的人，才可以让她下来。

奥黛莉问过吴辛屏，控诉是怎么一回事，这问题好像勾起了吴辛屏心中不快的回忆，她交代得很潦草，频频强调很辛苦、孤独，要跟这么多人交代发生了什么事，反复地回忆跟陈述的过程中，也会产生一个疑问，是不是在追求公道的同时，心底那一块本来完好无伤的区域，也会无可避免地跟着崩解。奥黛莉问，过程中有人支持你吧。

吴辛屏点了点头，她说对方是一位老师，姓连，连老师从头到尾都坚持一个立场：无论最后你选择了什么，过程中你又听到了什么，你都要记得，并永远地刻在心上，你没有错，你真的真的没有错。奥黛莉很羡慕吴辛屏遇到了好人，吴辛屏自己也没有发现吧，只要叙述往事，她的身体会以一种十分细微的方式，绷紧，仿佛她说出口的每一句话，都在虎视眈眈，等她露出破绽的瞬间，吞噬她。唯独在说到连老师时，这个绷紧的程度会平缓，而进入一种真诚、放松的状态。至于加害者与加害者的妹妹，吴辛屏不愿意介绍得太详细。她常说，都忘了。

奥黛莉听得出来吴辛屏没有忘掉，出于某种理由，她不肯说。

杯中的液体滑入奥黛莉的喉咙，方才，妹妹问奥黛莉要喝些什么，奥黛莉说随便，没想到妹妹只装了水。奥黛莉在心内嘀咕，好歹也拿些红茶吧。

妹妹也捧着一杯水，在奥黛莉面前坐下。奥黛莉的思绪复杂，妹妹的肌肤干黄，缺乏光泽跟弹性，还零星散落着晒斑。她的头皮依稀可见，眉毛稀疏，眼睫毛也很少。整个人看起来有些憔悴。奥黛莉咽入一口水，想压下轻轻腾起的同情。

她问过自己，若林老师已成了一位萎靡不振、齿牙动摇的老人，还能恨吗？怎么恨？

岁月把回忆中的强人风化成弱者，这样的复仇，品尝起来会是甜的吗？

“你跟哥哥是什么时候的同学呢？”

妹妹的问句把奥黛莉捉回现实，她看着妹妹，琢磨着用词。

“我是他高一的同学。”奥黛莉选择了一个相对安全的年级，她换算过，那件事发生在吴辛屏升大学那一年。说是高一同学，才有进退的余地。

“我没有印象，哥哥说过你。”妹妹的眉头拢起，好像在回忆。

“你哥哥的朋友太多了，我只是其中一个……说是朋友，也许是我的一厢情愿。”

这也是个很安全的借口，带些自卑跟自嘲，奥黛莉感受到妹妹的目光温和了许多。

“我高一时搬走了，这里变很多，好多人都不住在这里了。”

“我哥很偶尔才会回来，你可以留下你的联络方式，我转交给他。”

“好啊，那就麻烦你了。”

妹妹从桌上的传单撕下一半递给奥黛莉，奥黛莉在背面写下临时想出的号码。

写完之后，奥黛莉抬头，妹妹眨眨眼，明显在等待着奥黛莉的下一步。奥黛莉想过几次妹妹的外貌和气质，她得承认，本人比她所想象得还要普通，是在人群中见到，不到三秒就会被大脑移除的平庸外貌。奥黛莉承认自己这样想并不得体，只是说，这也是人性不是吗，人类很难不去妄想，被牵涉进一场事件的人物，展现出某种与众不同的特质，特别好，特别坏，特别漂亮，特别丑陋。

奥黛莉捏了捏大腿，她为自己争取了跟妹妹相处的三分钟，之后呢？就这样离开？

不，这样子日后她会后悔的，她怎么半途而废了呢？

“对了，有件事，我想要先跟你提醒一下……”奥黛莉看了妹妹一眼，妹妹蹙紧了眉，情绪被奥黛莉挑起了，“你还记得一个叫吴辛屏的女生吗？”

妹妹嘴巴微启，同时坐直，为了听得更仔细似的，她的脸直直转向奥黛莉，“你说什么？”

“我偶尔会跟这里的朋友联络。他们告诉我，你哥跟这女生好像，发生了一些事情？”

“哦……你问这个是要做什么？”妹妹盯着奥黛莉，原本自在的模样彻底消失了。

“我没有别的意思，我只是……”

奥黛莉又喝了一口水，她不擅长说谎与编故事，这个局面让她很难受。下一秒，耳朵旁响起幻听。奥黛莉踏进来时的坚定和信心，瞬间烟消云散，她怎么会以为自己可以唐突地跑进人家的家里，追问他们是否曾经后悔过？这些人对吴辛屏有没有悔意，是你可以僭越的？

奥黛莉摇头，想甩掉那些杂音。

她只有这次机会，她再也不会走进这里。这样说也许有些对不起辛屏，可是奥黛莉不认为自己会有跟林老师面对面说话的一天。她暗骂自己，许文静，你多么可耻，深挖别人的伤口，乍看是在为朋友寻一个正义，实际上是在疗自己的伤。可是这种行为又多么普遍，终究当事人欠缺为自己讨伐的勇气，只能仰赖外人的义愤填膺，到后来没人分得清这样做是对还是错，感情纠葛成团，最终只能狼狈地找一个位置坐下，并祈祷没人把自己赶走。

“我只是想关心一下，你哥哥现在好吗？日子恢复正常了吗？”

“你不是我哥的朋友吧？”妹妹安静了一段时间，才说话。

“你怎么这样说呢？”

“你看起来不像。不然我考你一件事，高一的班导叫什么名字？教哪一科？”

“那么久的事情，我没印象了，数学或英文之类的吧？”

“再问你一个问题，我哥长什么样子呢？”

奥黛莉整个人被抬起扔进四周都是流冰的海水。体内的热能正在大量地被环境给狠狠吞噬。

她太得意忘形了。那个问题需要经过更多的包装，也或许是她根本不应该问。

“你是谁，来这里做什么？”宋怀萱平静地问。

“我是吴辛屏的朋友。我来到这里，是因为她跟我说过你们的事情。”奥黛莉揭开底牌。

“你是来替她赎罪的？还是来为她打抱不平？”

“我为什么要替她赎罪，她什么错都没有。”

宋怀萱漾起友善的微笑：“你跑来这里，就是为了说这些？她要你来的？”

“她没有要我做这些，是我自己心甘情愿的。”

“你跟吴辛屏是很好的朋友吗？有多好？”

宋怀萱的问题成功地打击了奥黛莉，她是吗？吴辛屏后来又主动联系了她，应该是不气她了吧。奥黛莉失去了节奏，她脸上交错闪逝的迷惘跟笃定，都被对面的女人收进眼底。

“你会不会有时候觉得跟吴辛屏当朋友很累？你永远不知道她在想什么，好像跟你好，等你掏心掏肺了，她又不把你当作一回事。跟你划清界限。”

宋怀萱见奥黛莉双眼睁大，注视着自己，继续说：“辛屏说过，很喜欢我哥哥，想多了解他，我才请我哥哥邀请她来我家，不是每一个人都会受邀的。你看过我哥哥的照片吗？没有吧。我去找找，你等一下。”

宋怀萱说完，竟就径自上了楼。

奥黛莉拿出手机，拨给张仲泽，电话很快地接通。

“你在哪里？”

“学校外面。”张仲泽试着念出学校的名字，“吴辛屏的先生把车停好之后，进去了那所学校。”

“你为什么不跟着一起进去？”

“我进去不是太明显了吗？再说，我用什么理由进去，这是要登记的。”

“那他为什么可以进去？”

“谁知道，他看起来就一脸不好惹，搞不好警卫也不敢多问。”

“你去想想办法，我想要知道他去找谁。”

“有必要做到这种程度？”张仲泽发出哀鸣。

“就当作是为了我。目前为止，她老公的行为最可疑。我希望辛屏还活着，我们还来得及。如果来不及，至少我们不要让她先生得逞……”

“奥黛莉，吴辛屏身边也有一些朋友吧，有谁也这样想吗……我目前看下来，觉得这个人不太像会对老婆做出什么事情的人啊。”

“你们男人为什么总是会理所当然地替彼此说话呢？还有，你现在是在暗示我的判断有问题吗？”奥黛莉气馁地解释，“是吴辛屏的同事提醒我要注意她先生的，否则我怎么会无缘无故针对一个人？再说了，如果我的判断有问题，那位先生为什么会加入我们？人家可是一位大警官。我先说到这，待会再讲。”

奥黛莉捏捏鼻子，想找卫生纸，一转身，吓得险些摔掉手机，宋怀萱不知什么时候回来了，她怀里抱着一本簿子，站着。

“吴辛屏怎么了吗？我听到你在说她。”

“没什么。”

“怎么可能没什么，我来猜看看，她是不是又对人下手了？这次是谁？”

“她没有对谁下手。”

“那她是怎么了，你不如老实说？反正现在也没什么好隐瞒。”

奥黛莉咬唇，推敲着宋怀萱的言下之意。

“她什么事都没有做。”

“那她进步了，照理说，这时候不是应该要死缠烂打吗？你看。”

宋怀萱指着其中一张照片，递给奥黛莉，确实是非常好看的少年。

唇红齿白，温柔秀气，特别是双眼皮的眼褶与挺拔的鼻梁，是在亚洲人之间并不常见的深邃五官。奥黛莉视线跳回宋怀萱身上，她不习于对别人的外貌做文章，这次破了例：宋怀谷长得比宋怀萱好看许多，那双大眼跟立体的鼻梁，在宋怀萱脸上竟全然找不着，很可能宋怀谷幸运地遗传了父母的优点。

“看到我哥的长相，你是不是改观了？喜欢我哥的人很多。”

奥黛莉放下照片，宋怀萱的话语传入耳朵，她听到的是另一句话：你怎么会这样认为林老师？被他带过比赛的学生都很感激他，写卡片给林老师的学生很多。

“我还是相信吴辛屏。”奥黛莉低头，看着自己的双手。

“你们是怎么认识的，她主动找你？”宋怀萱转移话题。

“我可能得走了，我打扰太久了。”

“你不要紧张，我可以回答你的问题。我们对辛屏，确实有地方做错了。”

毫无预警地得到了自己理想的答案，奥黛莉流露出期待的神情，她坐回椅子上。

“你真的这样认为？”

“人跟人之间有时候也只能这样。”宋怀萱有些惋惜地说道，“错误发生了，有人受伤了，你不是故意的，它还是发生了。只能怪自己想得不够清楚吧。我以为辛屏喜欢我哥就没事了，我错了不是吗？这件事跟喜不喜欢没那么大的关系。”

奥黛莉一语不发地听着，似乎在消化这席话的含义。

奥黛莉认知到她越是跟宋怀萱相处，越能从宋怀萱身上辨识出某种气质。

那种气质的质地，她一下子说不上来，只能模糊地感觉到自己是喜欢跟宋怀萱说话的。

她想，某程度上，宋怀萱也是无辜的吧，也许她也对整件事感到遗憾？奥黛莉问自己，为什么会升起这个想法，她这样子不就和那些试图息事宁人的大人没两样？但，奥黛莉也懂了，原来这过程如此煎熬，难怪大家情愿闭上双眼，盖住耳朵。要一个人认错，好像跟抹灭他的人性是差不多的一回事。对受害的人来说，他们得经历另一种，方向相反的残忍。

“吴辛屏这几年过得怎么样呢？”宋怀萱又问。

“过得……我也不知道怎样算好，就一般人那样吧。”

“你们怎么认识的？同事？”

“不是，我们是在网络认识的，不知不觉就变成朋友。”

“你认为吴辛屏是一个值得的朋友吗？”

“当然，她很照顾我。”

“我看得出来，你很爱护她。偶尔我会想起辛屏，我们原本是很好的朋友。”

奥黛莉看着妹妹低着头，扳手指，怅惘的姿态。胸口荡起抽痛的涟漪。妹妹令她想到芝行，也想到自己。她们曾经都是吴辛屏无话不谈的挚友。

“有件事，我也不是很确定你适不适合知道……之后可能吴辛屏的丈夫会来这里。”

“哦，她结婚了？”

“是的，对方是位律师，姓范。可以的话，尽量减少跟他的接触吧。”

“为什么这样说，他也是来替吴辛屏讨公道的吗？”宋怀萱讥讽地说道。

“不是，我也很难解释。你认为……你哥哥还恨着吴辛屏吗？”

“我不这样认为，”妹妹耸肩，“我猜他会想从这件事走出来。”

“好吧，那、我想，吴辛屏的消失，应该跟你哥没有关系。我坦白说吧，吴辛屏突然失联了，连班都没去上，我怀疑跟她的先生有关，她的先生有家暴的记录，他的前妻，是大公司老板的女儿，因为他会打人，不得不跟他离婚。”

“那他为什么要来这？”

“我也不知道。我跟着他一天了，还没有看出什么，他有停下来跟超市店员说话，就是小学对面的那间超市，我后来跑去问店员，他们聊了什么，店员跟我说，吴辛屏的先生有在问你哥的事情。我自己觉得，最悲观的状况是，他已经对辛屏做了什么事，现在在找一个替罪羔羊。他是个聪明人，高智商犯罪很难处理。”

“你一个人跟着他，若是被发现了，不是很危险吗？”

“你放心，我找了一个朋友陪我，我朋友很可靠的……”

"你朋友也有来？他现在人在哪里？"

"我请他帮我盯着吴辛屏的先生。"奥黛莉掏出手机，"我看一下他传的短信，哦，那个人好像去了你们读的高中，我朋友看到他找了好几个老师问话。"

奥黛莉抬起头，想询问宋怀萱能否判断范衍重的行为，为什么要到学校去？

她的声音含在喉间出不来——奥黛莉看到，楼梯往地下室的方向，一只纤细白皙的手伸出，接着是手腕、手臂……那个身影很勉强地撑着阶梯，企图抬起自己的上半身，露出额头至鼻梁的轮廓。定睛一看，那个身影，奥黛莉浑身震颤，不就是吴辛屏吗？

奥黛莉撑大了眼，嘴唇、牙齿不受控制地发抖。她起身，脚步慢慢地往后铲，一步接着一步。宋怀萱也往后一看，奥黛莉最终看见的影像是，宋怀萱回过头来，以非常利落的速度抄起了桌上的什么，奥黛莉没能看清楚，只知痛感如星火，坠落于她的太阳穴，炸开，她的意识爆破成片片，片片又倏忽组织成信号，回旋至心。那是一则温柔的提问，声音跟林老师的一模一样：文静，一个人不会因为搞砸了一件事，就什么也不是。

第九章

范衍重的打扮和气势发挥了威慑的作用，警卫没有过问，直接做出请进的手势。

可能是把我误认成其他人物了吧，范衍重一边暗忖，一边把握机会大步走入穿堂。他东张西望，想到二十年前，妻子每天得经过这里，走到自己的教室。范衍重胸口如有细针穿来穿去，形成肉眼无从辨识又无比刺疼的细伤。吴辛屏那时是个怎样的人呢？受欢迎吗？老师对她的评价又是如何？在回忆面前，人的本质无所遁形。他即将要翻到那一页了吗？

范衍重没花上太久的时间，就找到了还记得吴辛屏的行政人员。

那妇人头发灰白，驼着背，扶着桌缘慢慢走出，脸上挂着金边眼镜。

妇人紧盯着范衍重，良久，幽幽吐出一句：“没想到都那么久了，还会有人好奇当初究竟发生什么事情啊。你是记者吗？”

范衍重摇头，端出自己事先准备好的故事："我算是吴辛屏的好朋友吧。我们认识很多年，她是我的客户，聊得来所以变熟了，熟了以后才发现她的精神状况很不稳定。"

见妇人听得入神，范衍重信心一扬，故事也增加了厚度："她最近变严重了，把自己锁在房间里，不吃不喝、不见任何人。辛屏跟我说，她读高中时发生了一件事，她从那时起就患得患失，我问她怎么了，她又不肯说。我想要帮她。"为了提升可信度，范衍重想办法让自己的语气混入一缕痴情的苦闷，"我在想，如果我知道那年到底发生了什么事，我或许会找到帮她的方法。我们虽然只是朋友，我还是想帮她。"

妇人的眼神在范衍重身上逗留了好一阵子，明白了什么似的点头，徐徐说道："那件事发生的时候，我刚好生老三，是同事告诉我，我才知道。真是想不通啊，那个男生很乖的，看到长辈也会打招呼，女生看起来也是乖乖的，到底两个人是发生了什么误会呢？对了，吴辛屏的班导连老师还在我们这里教书，她应该还记得些什么。"

妇人顿了顿，倾着头，看得出来她尽力在茫茫大海中打捞着往事的浮沫。"连老师那时还好年轻，来到这所学校，还在适应，学生就出了那种事。她也算是被牵扯进去的一员吧。"

"连老师人在学校吗？"

"你来的不是时候，连老师上学期发现身体有一颗肿瘤，忍到暑假才去开刀。可能拖太久，手术不太顺利，她又请了一个月的假，在家休养。”

范衍重急忙问，“她家离学校很远吗？”

妇人很快地回复，“不远，不然你在这等我一下，我先打个电话给连老师，看她是否愿意见你，但你得告诉我你的身份。”

“这里是我的名片。”

妇人拉下脸上的眼镜，看着名片，又扬起脸看了范衍重：“是位律师啊……”

妇人回到座位，挂上眼镜，指头在许多资料夹之间检索。

范衍重识趣地走出学务处，他在走廊上来回缓步移动，他由衷希望连老师不要拒绝跟他见上一面，他能够从行政人员的语气感受到，只要循着这方向，他能得到另一种说法。

“校园全面禁烟喔。”妇人的警告自耳后响起。

范衍重错愕地瞪着手上的烟，他何时点起了烟，又是如何以烟就嘴，毫无记忆可言。看来校园的氛围让他暂时自连日累积的压迫中遁离，神智一弛，习惯动作跑出来了。

“连老师愿意见你一面，但她想约在外面，这里是咖啡厅的地址。”

▲▲▲

范衍重远远地就看到一位女子朝自己挥手，他默默统计，整个过程中他所寻访的对象，除了吴启源以外，都是女性。从吴辛屏的眼中望出去的世界，与自己的实在截然不同。

连文绣十分体贴，她担心范衍重人生地不熟，干脆站在门口等待。就座以后，范衍重端详起连文绣，她的五官让范衍重想到一位女演员，清雅与英气糅合得恰到好处。许是病情的关系，连文绣苍白的皮肤没什么光泽，倒也不见皱纹。米白色高领洋装不仅展示了修长的身材，也把一头粗黑的发丝衬托得十分亮眼。连文绣与范衍重早先相会的人，俨然是光谱的两端，她太精致了。气质与镇上的率性、粗放氛围格格不入。活像是硬嵌进去的人物。

“连老师您好，很感谢您愿意见我一面。敝姓范。”

“没事的。我在家里养病，没什么事可以做。希望能帮上你的忙。”

连文绣的声音有些干燥，范衍重不禁揣测着她的病况。

“辛屏还好吗？我前一阵子才想到她，没想到你就来了。好像注定似的。”

“怎么会想到她呢？”

“辛屏她有提过我吗？”

“没有。”

“是这样啊。听说辛屏原本是你的客户，她之前有发生什么事吗？”

看来行政人员很满意范衍重编出来的故事，还亲自转述给连文绣。

“小事而已，就跟同事的一些小纠纷。”

“不是什么大事就好了。”连文绣落寞地叹息，搅拌着杯中的奶茶，延续了前一个问题，“几天前，我去领一个奖，有记者来采访我，问了我最讨厌的问题，教书这么多年，有没有改变过一位学生。我一直觉得这种问题拿来问学生更有意义吧。问老师究竟是想得到什么呢。可是，说没有答案也是骗人的。我有想到几个名字，其中一个就是吴辛屏。”

“辛屏是做什么工作呢？”连文绣话锋一转，眉宇流露出自然的关爱之情。

“她在安亲班当老师，教小学中年级。”

“成为老师了啊，依照她的个性，我猜小孩子都很喜欢她吧。不过，你说她的状况不太好，这样子还有办法带学生吗？现在的小孩跟家长可是很难缠的啊。”

“她在工作上算是得心应手。只是几个月前，被这里的家人找到了，她不知道受到了什么刺激，变得很忧郁，渐渐恶化到没办法上班，最近连朋友都拒绝见面了。这也是为什么我急着找连老师出来讨论的原因，我也不确定这样子做有没有用，不过多一些线索也好。”

范衍重一边评估着连文绣的神色，一边赞叹自己仓促间成就的谎。

成功的谎言必然要半真半假，如此一来，叙事者只要把注意力放在真实的部分，就不会全然受制于虚伪的部分，而心虚、紧张地露出破绽。

“辛屏是我初任班导时的学生。那时我二十七八岁。在美国读书，读到一半混不下去，听爸妈的话，回来考老师。教书没多久就遇到难关。吴辛屏的班导流产了，她请了很长的假。没人想碰‘后母班’，责任自然掉到我这个年轻的菜鸟头上。”

连文绣把落在镜框内的头发给拨开，呼吸急促了起来：“我说这么多，是想让你了解一些背景，大家都在看我这个新人怎么带班。事情一出来，一个是受害者，一个是加害者的妹妹，两个都在我的班上，我怎么办？没人告诉我怎么处理。这里的人观念又很旧。”

“连老师，你可以多说点细节吗？”

见连文绣困惑地眨眼，范衍重使劲把不断涌上的口水咽回，解释：“辛屏不会主动说这件事。我只知道她在高中时被认识的人欺负。至于那个人是谁，跟她是什么关系，我一概不知。跟你当年的处境一模一样，我不晓得怎么反应，也没人告诉我怎么处理。我没问，她也没说。直到现在，问题越来越严重。”

“吴辛屏没有跟你说过宋怀萱？”连文绣眉头蹙起，以自言自语的口吻诉说，“我好像稍微可以明白吴辛屏在想什么了。看来她是要彻底放下在这里的一切了。”

范衍重点了点头，连文绣的结论切合他目前为止的心得。

吴辛屏想要彻底放弃她人生某个阶段的往事，全部。

连文绣深吸一口气：“我得先跟你说，毕竟是十几年的事，有些地方我也不是很确定自己有没有记错。再来，我所说的，都只是我个人、我自己的想法。我不能跟你保证我是对的。至少那时候很多人觉得我错了。我是在为虎作伥。”

范衍重也跟着屏气，他自己也不晓得，胸中的期待与兴奋是为了什么。

或许，在他内心深处更情愿相信连文绣的版本：他娶的女人，是个好人。

“整件事，就三个人。”连文绣比了一个三的手势，“吴辛屏，宋怀谷，跟宋怀萱。后面两个你从名字也猜得出来他们是兄妹。吴辛屏跟宋怀萱两个人是好朋友。我说的好，不是普通的好，是连上厕所都要一起去的那种好。”

范衍重点了点头，内心有些感动，他终于遇上一个正常人。其他人都太怪诞了。

“吴辛屏跟宋怀萱都是我班上的学生。考完大考没多久，宋怀谷生日，邀请了一些朋友来家里，宋怀萱把吴辛屏带去凑热闹。那天，大人不在家，宋怀谷跟他朋友都在读大学了，自然而然地买了一些酒，吴辛屏也有喝。但她很快就醉了。宋怀萱借她的房间给吴辛屏休息，其他人在一楼继续玩，那天是星期六，宋怀谷的父亲又是我们这里的大人物，其他家长也蛮放心，想说不至于出事。很多人撑到凌晨两三点才回家。吴辛屏的妈妈有打电话过去问吴辛屏怎么还没回家，宋怀萱说吴辛屏睡着了。宋怀萱之前也常在吴辛屏家过夜，所以吴辛屏妈妈算是认识，也信任宋怀萱，就说干脆让吴辛屏继续睡，隔天再回家。到这里，包括这通电话，是大家都一致承认有印象的部分。其他人说，从头到尾，到他们离开之前，宋怀谷都待在一楼，宋怀萱有时候在三楼陪吴辛屏，有时候会下来跟大家聊天。大概是这样。”

连文绣停了下来，轻压胸口。

不晓得是一下子说了那么多话，还是话语的内容，她看起来异常虚弱。

“我刚刚说这个派对是在礼拜六，到了礼拜三，吴辛屏来找我，说有一件事要跟我谈，她找不到其他适合的人选。我正准备要骑车回家，看她这样，以为她要找我讨论大学志愿的事，就把她带回教师休息室。那时整个休息室只剩下我们两个人，其他老师都不在，吴辛屏跟我说，她好像被宋怀萱的哥哥怎么了。”

“那时是暑假吗？”

“是的，但为了提升升学率，学校要求老师暑假要来辅导高二的前段班。”

“事情是发生在礼拜六的晚上？不，应该说，礼拜天的凌晨？”

“对。也就是说，她过了将近三天才来跟我说。她说她不知道怎么开口。”

“这很正常，通常这种事的受害者，都会犹豫一段时间。”

范衍重经手过不少妨害性自主的案子，不自觉地说出自己的经验。

“你有做过研究对吧？”连文绣语气惊喜，“你真的很关心辛屏。

我拿辛屏的事去问了一位教授朋友，他也是这样跟我说，他说报案的时间，跟事情发生的时间，有时候会相差好几个月，外国也有长达二十几年的例子。”

连文绣弯下身，从一旁的皮包内取出一个满布使用痕迹的笔记本。

“我那时第一次当班导，有写日记的习惯，想说可以让未来的自己参考，那几个月都在写这件事。刚刚听到你要来，我花了一些时间找出这本。想说可以作为提醒。”

连文绣摊开其中一页，上头写着：

酒（加汽水）。宋懷萱房間。感覺有人摸自己，第一次（身體），第二次（大腿，臉）。七點醒來，下面很痛。宋懷萱：沒人進來房間。↓待確認。

“你介意让我看一下其他部分吗？”

连文绣摇头，“抱歉，里面也有一些我的私事。而且我的笔记只有自己看得懂。”

“好吧，那麻烦老师继续说下去。”

“我们说到哪里？我有些忘了。”

“说到她来告诉你她好像被侵犯的事情。”

“啊，对。我要她慢慢交代那晚的来龙去脉。吴辛屏告诉我，她去宋怀萱的家，跟宋怀谷的朋友聊天，喝了一点酒，没多久，她醉到头很痛，宋怀萱问她要不要躺一下。她说好。两人一起上三楼，她在宋怀萱的房间睡觉，不知道过了多久，有人在摸她。吴辛屏以为是宋怀萱，就继续睡，没多久，那个人又来摸她，她想说宋怀萱怎么一直恶作剧，就有点生气地睁开眼，发现有一个身影在她面前，那个人把她的手抓过去揉自己的下体。吴辛屏想叫宋怀萱，可是声音出不来，头又很胀。她再次醒来，天已经亮了，宋怀萱睡在她旁边，她把宋怀萱叫醒，问昨天有没有人进来，宋怀萱说没有。吴辛屏想说自己可能是做了噩梦，但她又觉得自己的下面有点痛。她要宋怀萱陪她走回家。在回家路上吴辛屏又问了第二次，宋怀萱这次改口说宋怀谷的朋友全部离开了以后，她有去二楼洗澡，大概半小时。”

“也就是说，有半小时的时间，吴辛屏一个人在宋怀萱的房间里？”

“是的。”

“假设事情是在宋怀萱去洗澡的半小时内发生的，那么，现场应该只有两个人吧。”

“这就是最麻烦的部分，我们这里只有吴辛屏的说法，她那时喝醉酒，神志不清。但是，她有说到一个很重要的部分。她看到对方的下面有个特征。”

连文绣眯起眼，似乎在确认自己的字迹，“生殖器靠近大腿那里，有一块斑。吴辛屏说，那块斑是紫黑色，半个巴掌大，很像蝴蝶，她以为自己在作梦，因为梦里她不断地看到有蝴蝶在眼前飞。吴辛屏回到家，裙子有两三滴血渍。我问她，这个血渍有没有可能是你之前月经来，她说她不知道，只知道她下面好痛，好像有人拿刀子刺进去。”

刺骨的寒意直直钻入范衍重的后脑勺。

好像有人拿刀子刺进去，范衍重曾担任一位性侵案被害者的告诉代理人，他记得，那个十五岁的女孩，也是这么说的。

“连老师听了应该很震撼吧？”

“辛屏不在这儿，我可以说实话吧。不只是震撼，根本是心烦意乱。我理智上知道这很严重，感性上还是期盼可以大事化小、小事化无。我那时还很年轻、缺乏经验，只想一路平安，把学生给带到毕业。我记得吴辛屏说完，我说不出话来，我不确定自己该说什么。我想安慰她，又怕说太多她会误以为我要帮她。”

连文绣的眼神一下子显得悲伤，仿佛回忆自身后追上，将她给涌入曾经的黑暗之中，“吴辛屏哭了，我永远不会忘记她哭的样子，那画面太不可思议了。没有声音，很安静，只是眼泪一直掉下来，她的身体、肩膀、嘴巴，都在发抖。整个人看起来好痛苦、好痛苦，又拼命想克制。她看着我说，老师你一定得相信我。那一秒钟，我就知道，不管怎样，得有一个人站在她这边。”

范衍重喉头一紧，不讳言，连文绣的告白打动了他。

自己刚当上律师的头几年，见到某些特别无助的个案，也会升起这种心情。

不管怎样，得有一个人站出来，站到他身边。

“宋怀萱是什么时候知道的？”

“吴辛屏第一个告知的对象就是宋怀萱。她不是问了宋怀萱两次那个晚上的事情吗？吴辛屏是礼拜三的时候告诉我的。”连文绣低头看向记录，“她在之前，不是礼拜一，就是礼拜二，有把宋怀萱约出来谈。她问了第三次，那个晚上，有没有其他人进到房间内。宋怀萱发脾气，说吴辛屏怎么可以怀疑她哥哥。两人大吵一架。听到这，我心情更加沉重。”

见范衍重眉头迷惘地堆起，连文绣小声地补充。

“你不是这里人。我简单说明一下。宋怀谷跟宋怀萱的父亲宋清弘是这里的大人物，镇上的人没有一个没听过他的名字。宋清弘早年跟一些亲友合资，开了一家制鞋厂，靠着外国大厂的单赚了不少钱。他很热衷公益活动，只要不是太夸张的数字，去问他，他都会帮忙。我接下这个班级，前任班导有特别交代，班上有宋清弘的女儿，多多关心她，千万不能让她回去说学校的坏话。”

“我来的路上，有跟超市店员聊天，他说他小时候拿过宋清弘捐的辞典。”

“超市店员？几岁了？”

“好像二十四五岁吧。”

“那你可以明白，我说的是对的，宋清弘很会做人，即使小孩子从学校毕业了，他多多少少还是会捐一些东西给小孩的母校。我之所以这么苦恼，也是看在对方是宋清弘的儿子。我不想得罪宋家，又不想让吴辛屏觉得我在害怕、袖手旁观。我想到可以请吴辛屏的家人出面，在这件事上他们比我还有权利，我也可以回到中立、客观的位置。”

范衍重想起自己跟黄清莲打交道的经验，已能推敲连文绣在吴家必然是踢到了铁板。

他不认为吴辛屏的家人会理智地接受这件事。

连文绣语气一沉：“我记得，吴辛屏一听到我的提议，不断地摇头，说，她没有先找家人商量，是因为太了解自己的家人，跟他们说绝对不会有好下场。我还很乐观地说，不然老师陪你回去。有老师在场，爸妈会好好听你说话的。”

连文绣喝了一大口茶，眼神透露出感伤。

“吴辛屏是对的。那天，吴辛屏的爸妈、哥哥，全家人都在。我要吴辛屏慢慢地，把跟我说的话，再重新说一遍。起初还好好的，他们的态度很正常，没说什么。吴辛屏说完以后，我松了一口气，想说之后交给她的父母处理，我的任务即将告一段落。没想到他爸突然站起来甩了吴辛屏一巴掌，要她不要乱说话。吴辛屏被打到趴在地上，我要去拉她。吴辛屏的妈妈冲过来阻止我，还把我拖到门口，要我假装整件事没有发生。我很纳闷，他们怎么这样对自己的小孩。吴辛屏的妈妈跟我说了另一件事，她偷看过吴辛屏写给宋怀萱的信。吴辛屏暗恋宋怀谷。我听了，吓得说不出话来。”

“吴辛屏怎么说？”

“吴辛屏的妈妈要我立刻离开他们家。她说我一个老师，怎么也跟着学生的胡言乱语在起舞。我问，如果是真的怎么办？你猜她怎么说？”

“我猜不到。”

范衍重刻意放弃，他在心底草拟了一个答案，想听连文绣亲口说出来。

“你怎么样也猜不到的。她说，一个人跟自己喜欢的人上床，怎么会是侵犯，那是两情相悦。就算宋怀谷硬来，吴辛屏自己没有错吗？她穿着短裙，还在别人的家里把自己搞得醉醺醺的。传出去别人怎么想吴辛屏？又会怎么想他们这对父母？”连文绣呼吸乱了调，她闭眼，仿佛想压下什么情绪，“她拜托我不要害她的女儿，吴辛屏没想清楚就傻傻地告诉我，她不清楚这件事若让别人知道会有多可怕。我试着想说服辛屏的妈妈，但我才讲没几句，她抓着我的手说，连老师，你知不知道你在害她？一个女孩子最重要的是清白，没有清白她就什么都没有了。我们也会跟着被嘲笑。她又说希望我可以装作什么事都没有发生，辛屏毕业了，也不是我的学生，我没资格管她的事。”

“你有按照她的意思做吗？”

连文绣叹了一口气，她靠在椅背上，含胸坐着，“没有。虽然我当时的确吓傻了，还被吴辛屏的父母赶出家门。一回到家，倒是有点恢复清醒，又想起吴辛屏哭的样子。我很矛盾，照理说，辛屏的父母不让我管，我不是应该要松一口气吗？可是见到他们这样对辛屏，我又觉得，如果我就这样什么也不做，之后一定会后悔。你不嫌弃的话，可以看一下这段。”

连文绣再度把笔记递给范衍重，这次是完整的段落，感觉是坐在桌子前，一边思考一边写下。

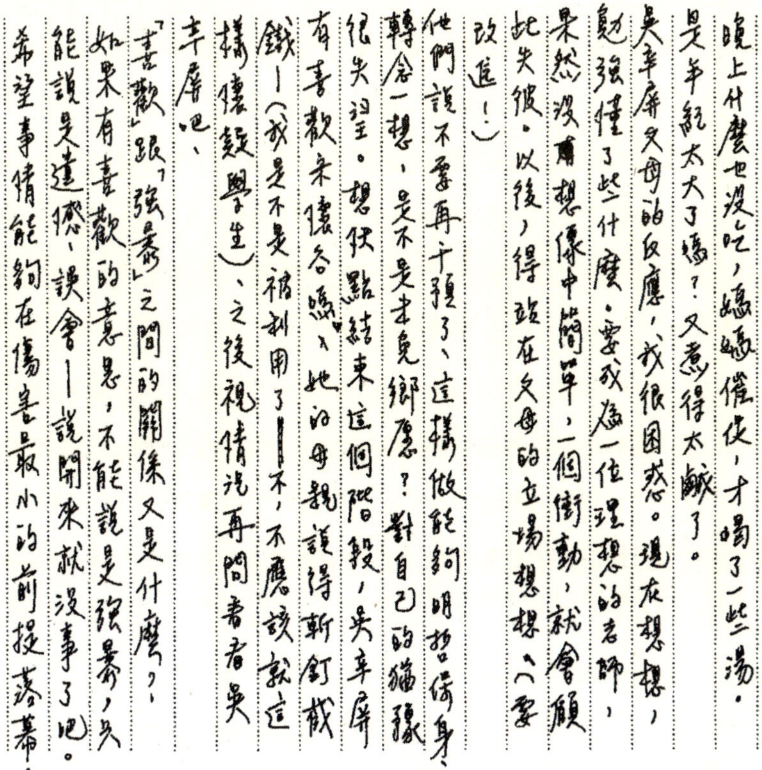
晚上什麼也沒吃，媽媽催促，才喝了一些湯。
是年紀太大了嗎？又煮得太鹹了。
吳辛屏父母的反應，我很困惑。現在想想，
勉強懂了些什麼。要我為一位理想的老師，
果然沒有想像中簡單，一個衝動，就會顧
此失彼。以後，得站在父母的立場想想。（要
改進！）
他們說不要再干預了，這樣做能夠明哲保身，
轉念一想，是不是未免鄉愿？對自己的猶豫
很失望。想快點結束這個階段，吳辛屏
有喜歡和懷念嗎，她的母親說得斬釘截
鐵——（我是不是被利用了——不，不應該就這
樣懷疑學生）、之後視情況再問看看吳
辛屏吧。
「喜歡」跟「強暴」之間的關係又是什麼？
如果有喜歡的意思，不能說是強暴，只
能說是遺憾、誤會——說開來就沒事了吧。
希望事情能夠在傷害最小的前提落幕。

范衍重客气地把笔记递回，阅读的几分钟他再次被连文绣打动。看得出来二十七八岁时，连文绣很努力地想当一位好老师。他也间接懂了为什么连文绣听到吴辛屏不曾说到她时，脸上难以掩饰的失

望神情。她对吴辛屏的付出不在话下。

“我要五十岁了，看这些字也不免有些讶异，我以前竟然是这样想事情的。你早一点来的话，我不可能给你看这些的，现在无所谓了，有人想看，就来看吧。我也快认为这好像是别人写的，不是我。大家常说，江山易改，本性难移，是这样吗？我也不知道。”

“后来呢？”范衍重急着想知道后续发展。

连文绣捧着笔记，眼神快速地搜索，翻过了一页。

“这里的对话，即使没有百分之百一样，也有八九十分像了。我是一边听她说话，一边记录的。我那位教授朋友也说，时间点越近，说的话越有价值。我想，既然他都这样说了，还是郑重其事一点，很认真地做起笔记。总之，隔天吴辛屏又来找我。看得出来，我走了以后，她被修理得更惨。脸颊有一边是肿的。她问我，直接报警的话有用吗？听到报警两个字，我也慌了，若闹到警察来，要和平落幕，不是更困难？我问吴辛屏，没有办法双方父母坐下来好好谈吗？她说很难。我又问，如果有‘侵犯’这件事，你想要宋怀谷得到什么惩罚？她说，她希望宋怀谷去坐牢。”

连文绣跟范衍重对视着，沉默填充了空气间的缝隙。

范衍重明白了为什么张贞芳，甚至是黄清莲对于吴辛屏的不以为然。

吴辛屏在各个意义上，都是难以引发同情的被害人。事发之前，她的穿着，她因酒醉而意识不清，都是性侵案件中容易招致恶感的因素；事发之后，她即使在初期曾经痛苦地哭泣，但，问题在于，范衍重不安地想着，她恢复正常的速度太快了。

“这样说有些不好，不过，遇到这种事，一般的女生会这样子想吗？”

连文绣的话把范衍重拉回现实，他原来还没有做出回应。

“对方是好朋友的哥哥。她的反应有些不留情面。”

“是的。”连文绣很珍惜这份认同似的用力点头，“我想劝她再考虑一下，她不肯，她说，再拖下去就要来不及了，我不愿意陪她的话，她自己去。她这样说，我很为难，心底多少觉得她好像在威胁我，最后我还是没有让她一个人去。太残忍了。我办不到。我再问她，你确定你可以承受报警的后果吗？她说，老师，今天我被陌生人揍了，想报警，你会一直劝我不要这么做吗？我没想到她会这样说，我完全被说服了，她没有说错，我一再劝她放弃闹大这件事，不一定是正确的作法。我陪她到了警察局，他们说，若吴辛屏那晚醉得神志不清，已经什么都不晓得，那纵然她没有抗拒，宋怀谷还是有可能犯下强暴罪。”

范衍重了然于心，假设吴辛屏那晚喝得烂醉如泥，失去意识，在这种情况下，宋怀谷和吴辛屏发生性行为，很可能构成乘机性交罪，刑期最高可达十年。

“陪吴辛屏去报案没多久，宋清弘出面了，说要以五十万和解。当然，他们没有正面承认宋怀谷做了什么，至少我了解的范围是这样。宋清弘的意思是，宋怀谷会错意了，以为那个晚上他跟吴辛屏是两情相悦，造成吴辛屏的困扰，他们很抱歉，也希望双方可以和好。也是在这时，我跟吴辛屏起了争执，她不再信任我，决定要一个人处理，也不找我商量了。”

“你们为什么起了不愉快？”

“我劝她收下那笔钱，不要再执着了。吴辛屏的家里状况不好，她爸开卡车送货，有一次赶路，出了严重车祸，撞伤别人，不仅要赔偿对方大量的医药费，吴辛屏的父亲也受了伤，左脚的神经不知出了什么毛病，总之，他再也不能开车。吴辛屏的妈妈平常接些帮人缝学号、改衣服的零工，赚不了多少钱。我见宋清弘这么有诚意，加上镇上已经出现把辛屏说得很难听的传言。我想说到此为止，对两人都好。他们还很年轻，有大好前途，不应该被这个意外耽误。吴辛屏非常不谅解我的想法，她觉得宋怀谷明明犯下了很严重的错误。大家为什么要拼命地为他说话，给他解套。她问我是不是收了宋家的什么好处。我被这样指责，也很气愤。一时冲动，讲了一些难听话。说了什么，也想不起来了，倒是记得吴辛屏的反应，她一下子气哭了。还问我，凭什么在课堂上义正词严地讲课，我不也是个乡愿（伪善者）吗？”

连文绣闭了闭眼，“我的前辈说过一句话，一个好老师，被他的学生改变的时刻，绝对远多于他改变学生的时刻。我带的学生越来越多，我也逐渐懂了这句话。我那时被吴辛屏的话伤透了心，十几年后再回去想，吴辛屏有一部分是对的，发生在她身上的事，不是小事。她想去保护自己的权利，也没错。我没有收宋家半毛钱，但，也很难说我没有顾忌宋家的名声跟地位。”

“我只剩下一个疑问。我来找连老师的路上，有先找到另一个人，叫张贞芳。她对于这件事的看法，跟连老师不太一样，她很笃定吴辛屏设计了宋怀谷。”

“张贞芳？我没什么印象，不过，这样子想的人也不是少数。吴辛屏虽然不再找我讨论，我还是知道后续的状况。五十万不是最终的数字，即使吴辛屏的家人跳出来说，他们不想追究，女儿也原谅宋怀谷了，检察官还是执意要起诉。检察官是个女的，三十几岁，很固执。我不懂，她为什么不按照辛屏家人的意思？把这件事闹得这么大，对谁都没有好处。”

范衍重看着连文绣，思忖着自己要继续佯装无知地听下去吗？

为什么吴辛屏的家人没有资格决定？有时候，人与人之间私底下的暴行，在特定情形下，会被纳入当局关注的范畴。即使个人有容忍的意愿，立法者仍试图划下一条“不容私了”的界线，以谋求社会多数成员的福祉与安宁。

特别是性暴力，两人之间的性暴力，不会只是两人之间的事。范衍重经手越多案子，见过越多加害者，越明白一件事，一个人会不会成为加害者，或被害者，都不是他们自己说了算。他见过许多“毫无悔意”的强暴犯，这些人认为，自己在那个时间地点，侵犯眼前的对象，这件事十分合乎他们内在的秩序跟逻辑。问他们后不后悔，他们反而一脸懵懂，像是听到什么新奇的法则，这样的态度自然不能出现在法庭上，范衍重对于自己竟得灌输他们“你要觉得后悔”，觉得匪夷所思，又满怀不安，他很想撬开这些人的脑袋，探寻其中的构造跟自己的是否相同。

范衍重最想撬开的一颗脑袋，他甚至没见过主人，也无从知悉对方的长相。那是一个雨夜，妇人稍微迟到了，她没带伞，进到事务所时发梢还在滴水。妇人来找范衍重做法律咨询，数天前，她被侄女的班导告知，她那与妻子离异多年、独自扶养女儿的弟弟似乎性侵了女儿，频率一周至少一次，且长达三年。学校已按照程序通报。妇人扭着双手，支支吾吾地讲述，她原先以为少女不满弟弟严苛的管教模式，构陷父亲，直到侄女把一张被揉得皱巴巴的纸交给她。她来回读了好几次，很是绝望，那是弟弟的字迹没错。妇人慢吞吞地从袋子里摸出一个夹链袋，她把那张纸给带来了。范衍重一读，心底升起恶寒。那是一纸合约，写明了少女应一个礼拜至少与父亲发生一次性关系，否则爸爸要告知少女的朋友两人性交的事实。上头少女的签名字迹摇晃。妇人自己替弟弟的作为感到无比羞耻，又不能抗拒双亲的哭诉，前来征询是否有拯救弟弟的方法。妇人临走前，放下三千元，又淋着毛毛雨消失在深黑的夜色。她一走，范衍重才想起，自己忘了问，是谁介绍妇人来找他的。

妇人没有再出现，范衍重试图透过网络搜索，找到三四个情节类似的案件，他放弃了。他找不到意义，这不是单一事件。是个现象。过去，现在，未来。

在此之前，范衍重以为自己熟稔“性侵”，无非是违反意愿的性交，少女颤抖的签名让范衍重感受到，不只是这样的，这个未曾见过面的少女，必然有什么他姑且无法形容的，情感或者什么，因为父亲的行为而彻底地消失了。这个少女从今以后看出去的世界，会有颜色吗？

他无从得知，只是懵懂地意识到，若所有在门以内的暴力都长得很像，那么，社会的其他成员，是否有声讨这种暴力的责任，人们是不是至少得为了这些暴力之间的相似性，做点什么。

范衍重看着连文绣，喉结上下滚动，说不出话来。他可以从制度背后的理念切入，也可以从那张皱巴巴的纸说起。此际，一道痛苦的质疑劈进范衍重脑门，难道没有任何方法可以制裁那个女生吗？是邹国声的声音。娜娜呢？娜娜的例子有什么不同？她的内心是否也有些什么，因着男人在她身上的来来去去而烟消云散？这是他得去顾虑的吗？

吴辛屏在哪，她为什么要让自己卷入如此为难的局面？范衍重恨起吴辛屏，恨她让自己坐在这里经历着伤脑筋的对话。沉默一阵，他只能应和。

“案子后来进到法院了吧？”

“是的，这件事在我们这儿闹得天翻地覆，宋家的儿子被告上法院了，大家难免有些，怎么说，想围观吧。你也看得出来，我们这里的生活很单纯，有人上法院，还是镇上风云人物的儿子，实在是千载难逢的大事。吴辛屏本人倒是很镇定。我最后一次跟她联络，是我打电话给她，问她还好吗，她说，有两件事她要跟我报告，第一是，她放弃了，她要跟法官说，一切都是她编出来的故事，第二是要专心地在大学开始新的生活。她能够放下了。”

“她为什么改变了她的说法？”

连文绣摇头，“我不知道，我也不敢问。有人说，宋家不断地去骚扰吴辛屏；也有人说，这本来就是一场感情纠纷，吴辛屏以为她跟宋怀谷发生了关系就能变成情侣，没想到宋怀谷对她根本没有意思，吴辛屏无法接受自己失去了贞操，才丧心病狂。”

“宋家的人都还住在这里吗？”

这问题难倒了连文绣，她倾着头，沉思了几秒。“宋怀萱好像搬回来了，之前有听人在说。宋怀谷的话……那件事过后，宋家把他送到美国，跟他的姑姑还是姑婆住。我最后一次看到他，差不多是在两三年前，在这里，他牵着一个女生，提着行李箱走在马路上。我当时在骑车，一认出宋怀谷，赶快低下头，我不晓得他是否还会因多年前的事情而记恨。”

连文绣顿了一下：“宋怀谷去美国，好像第三年还是第四年，他爸就过世了。车祸，撞到电线杆，发现宋清弘的人正好是我的父亲，我爸说车内都是酒的味道。这不让人意外，宋清弘后来变得很低调，不太喜欢出席活动。我爸说，一定是儿子的事情打击太大，宋清弘累积了那么久的声望，却晚节不保，他一定过不去心里那关。我自己是觉得我爸有点过度揣测，毕竟，更多人站在宋家这边，宋清弘某种程度上也算压下来了，但，没人清楚他是怎么想的。”

范衍重低头注视着自己潦草的注记，跟连老师对话这么久，最原始的问题依旧存在。

“连老师，再耽误你一些时间，就你看来，这件事有让吴辛屏跟宋家结怨吗？”

“这什么傻话，”连文绣露齿一笑，冲淡了紧绷、悬疑的气息，“当然有啊。我不是说了吗，宋清弘是有钱人，他热心公益，不就是想为自己挣些名声吗？他的独子被人冠上强暴犯的罪名，你是宋清弘的话，不恨吗？不要说吴辛屏，说我自己，很长一段时间多数老师在学校都跟我保持距离，为什么？宋清弘本来要支持学校的翻新工程，变卦了，有人说是为了处罚我陪吴辛屏去报案，我应该去宋家谢罪。”

“那吴辛屏跟家里的关系呢？”

“这点我没有很清楚，辛屏后来跟我有些矛盾，她的事我也不敢介入太多，怕对我们两个人都不好。有时想想，会觉得做了一个很长的梦。”

“谢谢连老师，我只剩下一个问题了。吴辛屏跟宋怀萱，两人之间是怎么样呢？我是说，这很奇怪吧。她们原本的关系那么好，经过这一切，很难不反目成仇？”

这问题不只关乎寻人，也有范衍重私人的好奇。

他被这三个人之间的纠缠给迷惑了。他们三个人都好年轻，最大的不过二十岁。

“我不知道。我对她们两个的印象是，做什么都要一起，上厕所也要手拉着手。她们初中就是朋友，高中又分到同一班。个性上有点互补。吴辛屏是标准的乖学生，成绩中间，没什么问题，算活泼，在班上人缘很好。宋怀萱成绩不错，只是蛮内向，很依赖吴辛屏。啊，对了，宋怀萱有点写作天分，我对她的周记印象很深刻，她会写一些很特殊，其他学生不会想到的主题。”连文绣将手上的笔记往前翻，又来回调整了几次，倏地眼睛一亮，“找到了。有些句子我自己也很喜欢，偷偷写进日志里。你看这句。成长必然伴随着疼痛，可怕的是我们变得麻木，不再关心自己是否还有明亮的未来。这句是不是很美？”

连文绣嘴角勾起，露出浅浅的微笑。

“宋怀萱好安静。我同事带过宋怀谷，兄妹俩差很多，宋怀谷算是有意识到他爸的地位，平常不会主动惹事，对同学也亲切大方，见到老师也会打招呼，只是偶尔做错事，被老师纠正，也会提醒老师不要忘了他爸是谁。宋怀萱完全不是这样，我想过，是不是她小时候身体不好，影响了个性。我没见过她耍大小姐脾气。整个人很畏缩。”

连文绣搭配了一个缩小的手势，“她不会主动说她的想法，就算有，可能也只对吴辛屏说。她的周记，也是我赞美了几次她的文笔，鼓励她多写，她才稍微敢写一些些。”

“宋怀萱后来去哪里了？也去读大学了吗？”

“好像是。可惜她大考失常，考得比吴辛屏还差。我第一年教宋怀萱，她还在班上的前几名，考前几个月，她不知道怎么了，一直退步，越退越多，从前面变成中间，有时还跑到后面。周记也越来越负面。她那时很常写一句话，我有记起来。”连文绣低头去看她的记录，“我对于自己的长大没有信心。有一次周记，她连续写这句话写了十几次。我把她叫来，问她怎么了。她说没事，我又问需不需要辅导，我可以留一些时间给她。她也说不用。”

连文绣见范衍重没有回应，又连忙补充：“宋家没有很在意小孩成绩的，我想说，既然他们没主动提，我也不要做太多，以免被说是在告状。学生很敏感的。”

范衍重结清了两人的费用。

告别时，连文绣往前走了几步，又回过头呼唤：“范律师，很谢谢你。”

“我才要跟你说声谢谢。不好意思，明知你还在休养却把你找出来。”

“我是真的很谢谢你，我感觉得到，你是真心诚意想要知道发生了什么事……我刚当老师的第一年，很有热情，一天到晚跟学生说，要保持对知识的好奇。这件事过后，我很少讲这句话，我学到一件事，无知也是一种保护机制吧。很多事情，得知真相，在另一方面也会失去很多，至于失去的是什么，我也还在想。”

像是一鼓作气说完自己想说的话，连文绣点头致意，又转身往前走去。

范衍重坐回车内，整顿思绪。吴辛屏回来老家之后才消失。她有没有回到台北？无人知晓，唯一能够确认的，只有她跟黄清莲见了面。

黄清莲是一条线。见过连文绣以后，范衍重想把重心放在宋家上面。

到了跟警察报案的时刻了吗？没有经过这程序，无法调阅监视器，他得快点决定，监视器保存的画面天数不长。范衍重四顾张望，这儿的监视器没有预料中的密集，多少也是拍到了什么吧。但，到了这个时刻才报案，是否会招致更大的质疑，你为什么延迟到这个时刻，你错过了黄金的四十八小时，莫非你在逃避着什么吗？他跟颜艾瑟的恩怨是否又将浮上台面。范衍重闭上眼睛，想起自己曾听过的传言，有些孩子失踪的母亲可以感应到孩子还在人世的气息。范衍重眉头紧蹙，想捕捉到什么信息，脑海一片空虚，没有丝毫信号，范衍重内心又涌现出悔意与怨气。他诅咒，吴辛屏也有错，她不应该隐藏自己的过往，不应该拒绝交代她的交往状况，害他如今坐困愁城。

范衍重放倒椅背，连日来的紧绷在此时反扑，意识发散、模糊了起来，他设了三十分钟的闹钟，如此一来，他还能赶得及去拜访宋家。再做最后一击。在这个消息灵通的小镇，宋家或许也掌握到了吴辛屏的下落。若宋家那边依旧没有头绪，范衍重想，他再怎么不情愿，仍得忍受报案的冲击。

坠入黑暗前，范衍重想，该不会妻子不在这世上了吧？不，这想法太可怕了。

张仲泽坐在咖啡厅监视范衍重整整两个小时。

他发了短信、拍了几张照片给奥黛莉，却没有得到回应。张仲泽有些不是滋味，奥黛莉怎么忽略他的短信，是不是发生了什么有趣的事，或是寻获了宝贵的短信？张仲泽望向玻璃柜里的牛肉三明治，他很满意方才点的奶茶，咸食不会差到哪里去吧。

才拿定主意，要走向柜台，眼角却扫到范衍重跟连文绣前后站起。

张仲泽给店员一个不好意思的眼神，放下菜单，盯着范衍重结账，和连文绣走向门口。

手机震动声传来，张仲泽低头，奥黛莉回复了。

他露出微笑。好险奥黛莉识相，他快要生气了。

“你人在哪?”

“我还在咖啡厅，你那边还顺利吗?”

“很顺利，有进展了。”

“我现在过去接你吗?”

“我给你地址，你用走的，把车子放在咖啡厅那里。”

“为什么?”张仲泽理所当然地询问。

“你待会就知道原因了。”

几秒后，张仲泽收到一串地址，他把那行字扔入搜寻网页，一两公里的路程。

“要走二十分钟欸。”

“你不要管，走就是了，我待会跟你说我发现了什么。”

“我打给你，用讲的好吗?”

“先不要，我这里还有事，你来了就知道了。”

张仲泽注视着那行短信，揣摩着奥黛莉的语气，可以的话，他真不想回去。

他想跟奥黛莉继续这场无厘头的探险。在过去的数小时，数百分钟之内，张仲泽没有一秒钟想起父亲，而在这一秒钟，他想起来了，父亲的呻吟回荡在幽暗的房间，他提着脸盆毛巾进房，褪下父亲的裤子，清洗父亲的下体。阴毛纠缠着皮屑，他试着分开，却怎么样都弄不好，他打了父亲一巴掌，醒过神来，赶紧跪在地上，向父亲磕头认错。

能够跟奥黛莉这样子下去该有多好。

张仲泽看见范衍重步入车内，连文绣过了红绿灯，拐入一条小巷。

范衍重一消失，吴家庆就出现了。

“我先去跟那个女人，范衍重交给你？”

“没办法，我得先去跟奥黛莉会合。”

“奥黛莉去哪里了？”

“她好像去找一个人。”

“这个时候怎么会想要脱队呢？搞不清楚状况吗……”吴家庆怨道。

“这个人应该跟吴辛屏也有关，我是这样想的。”

吴家庆抄下了地址：“我待会去跟你们会合？”

“好。”张仲泽开启了导航模式，他心想，多荒谬，我竟走在乡间小路上。

他的脚程比想象中的还要快，比程序估算还要少了五分钟。

张仲泽大致查看了一下屋子的外观。若他认识屋主，应该会建议对方重新整理外墙，掉落的瓷砖砸到经过的行人就不好了。想到这，他往前移动了两步，以免印证了自己的猜想。

张仲泽打给奥黛莉，没人接听。他再次确认地址跟门牌。

他又收到奥黛莉的短信息。

“你先确认一下，旁边有没有人，不能让人看到你走进屋子内。”

“我没有看到半个人。你在玩什么把戏?”张仲泽左右张望，回传短信。

“你再不来开门的话，我就不能保证会不会有人路过了。”

门打开了，一个陌生的女子探出头来，声音非常轻细：“请问是张先生吗?”

张仲泽大步向前，“是的，请问奥黛莉在这里吗？是她要我来这里的。”

“没错。”女子环视了一下四周，“进来吧。”

“我的鞋子是要放在这里吗?”张仲泽指着屋外的鞋柜。

“不，你直接穿进来好了。”见张仲泽还在犹豫，女子笑了，“这附近邻居养的狗很顽皮，很喜欢咬走陌生人的鞋子，我之前请朋友来，她一只凉鞋不知道被咬到哪里去。”

“原来是这样，那我就不好意思了。”张仲泽穿着鞋子走进了屋内。

“请问是把鞋子脱在……”

张仲泽的话只说到一半，他的后脑勺被什么物体击中，他明明是睁开眼，眼前竟是一白，那白色不是纯洁的白色，而是虚无的白色。张仲泽想转身，想看清楚，他能够解释，想必是有什么误会，他不应该招致这种待遇，这几年他被自己的父亲绑死了，没有机会得罪人，他的肩膀旋转，如同游泳的人要换气，第二下攻击落在头颅的侧面，仿佛大浪撞上石壁，紧接着是第三下、第四下。张仲泽跌在地上，他蜷起，双手护着头，颤抖地吐出哀号，拜托、拜托、不要再打了，你认错人了。他感受到对方停止举动，张仲泽松了一口气，从心底升起感激对方的冲动，他明白了，全都明白了。他不想死，他一点也不想死，他想呼吸，想活着，他还想看些什么，听些什么，说些什么，他的头皮凉凉的，下腹热热的，一边是血，一边是尿吧，他无所谓，他还活着。张仲泽不敢轻举妄动，他在等对方说话，什么都好，至少解释为什么要突袭他，终止这可怕的沉默凌迟。

“奥黛莉，奥黛莉……”张仲泽听到有人在呼唤，他花了几秒，才意识到来源是自己。

他在呼唤着奥黛莉，在他还为了剧痛而抽搐时，他身体有一小部分率先恢复神智。是奥黛莉叫他到这里来的，奥黛莉在哪？她还好吗？张仲泽挣扎地想睁开眼，眼前依然是雾蒙蒙的，他只认得出来前面有个摇晃的身影，是攻击他的女人吗？还是奥黛莉？张仲泽眨了眨眼，想让眼中的雾气尽快散去。他等到了女子的声音，偏低沉，语速也略慢。

“小鱼好棒啊，永远都找得到人为她做事。现在又来一个。”

张仲泽激动起来，果然认错人了，他是为了奥黛莉做事，才不认识什么小鱼。

他脖子粗硬，使劲挤出声音：“你认错人了，我是来找奥黛莉的。”

他试着再说出第二句：“你真的认错人了。”

张仲泽听到胶布被撕开的声音，他的嘴部被黏住了，他张开嘴巴，嘴唇一阵扯痛。

张仲泽的意识越来越微弱。

他好害怕，没有人照顾父亲跟奥黛莉。

第十章

很久没有跟这么多人接触了，我气喘吁吁，筋疲力尽。

结束忙碌的清洗，我坐在地上，与墙保持几厘米的距离，缩起来，抱着膝盖前后摇晃，想让自己放松。一股久违的情感充满了我的心脏，快乐。我记不得上一次我这么快乐是什么时候，我快要看见终点了。我好累。事情一件紧接着一件，我很惊喜我可以做这么多，还做得这么好，我猜是哥哥给予我力量，带领我完成了复仇的任务。一想到哥哥，胸腔又倏地紧缩，空气被推挤出去。好不容易找到的快乐，如雪花坠地，一眨眼融掉了。

哥哥，事情会走到今天这局面，都是我一手造成的。

要不是我当年掉以轻心，我们家不会只剩下我一个人孤独地活着。我们会好好的，跟多数的家庭一样，过着平凡又互相依持的日子。

我看着眼前的女人，她的脸满是血迹，眼睛注视着我，久久没有转移。伤口本身不大，是我试着用布要抹掉她不断滴血的伤口，太粗鲁了，血被我晕染开来，弄脏了她的脸。她眨眨眼，打了几个哆嗦。我停止手上的动作，往事的回忆一点一滴蒸吐上来。我相信过小鱼的好，让她直直走入我内心最深处，那几年我们形影不离，度过繁盛如花的青春年华。人可以不要长大，随心所欲地驻留在他们喜欢的年纪跟时代，该有多好，我宁愿被过往关着，也不要在未来的时日里是自由的。我对于自己的长大没有信心。

我是真心诚意以为小鱼跟哥哥，我们三个人能够好好相处的话，就太完美了。

小鱼的本质与我的截然不同。她的从容、率真仿佛是注定的，即使是介绍她的家人，她也不会因为这些人的平凡，甚至无能而感到羞耻。我不自觉地一天比一天更想找小鱼说话，上学日见面还不够，假日我也想看看她，我时常拜托她邀请我去她家玩。我重演着我跟瑶贞的相处模式，满怀希望她会做得比瑶贞更好，而我，也期待自己做得比上一次更好。小鱼的母亲表面上是裁缝师，但她只有开学前会接到大量缝学号的订单，平常的日子，我很少见到小鱼母亲坐在缝纫机前；她的父亲是货车司机，时常不见人影，小鱼说她父亲喜欢在深夜至清晨送货，那时车流量少，他可以在公路上飙车。再来是小鱼的哥哥，他习惯待在自己的房间里听广播、看漫画。小鱼说她的哥哥外貌虽不怎么起眼，心地无比善良，很温柔，很常看连续剧看到哭，也时常被爸妈嫌弃，一个男人怎么这般懦弱。

小鱼与瑶贞不同，她的姓名并不好，一位算命师说过小鱼的名字会让这孩子的付出都累积不了，转眼成空，但这名字是小鱼过世的爷爷取的，小鱼的爸妈不敢违背爷爷的意志。我安慰小鱼，你看我给你取了一个适宜的绰号。小鱼，小余，祝你对人生的努力都能收获甜蜜的果实。

哥哥说过，住在这里的人大多数都有些“不得不”，迁徙到繁荣的城市代价很高，而我们不同，我们住在这里是为了我们的父亲，这里的人都认得他，喊得出他的名字。名声，就是别人喊你名字的声音。大家呼喊父亲的声音，黏稠，一声接着一声，里头挟带着喜爱、拥戴和渴望。他们有数不完的心愿，必须经过父亲的协助才能实现。我是从那些人喊唤父亲的方式，判断出父亲在家庭以外的轮廓，他在情感上有他的软弱，然而只要不谈到私人的感情，父亲拥有近乎神圣的公共形象。哥哥说，只要一离开这儿，迁徙到一个没有人叫得出父亲名字的地方，父亲会像离开池子的鱼急速地枯萎，只剩下鱼骨头。我们的父亲真心情愿待在这里，他在不同的城市间穿梭、拜访，唯独回到小镇上，他连走路都会不由自主地哼着歌。哥哥跟我讲述这些体会时，我有听没有懂，在我眼中，这些不断找上门来、把母亲搞得心烦意乱的人，就像蚊子一样吸着父亲的养分跟精神，父亲也很想甩掉这些蚊子吧，怎么会反过来依赖这些蚊子的索求呢。

直到前往小鱼家，我才后知后觉，哥哥是对的。小鱼的母亲常建议我在客厅上坐一会，跟她聊一下天。她会问一些看似普通的问题，并透过某种自嘲，鼓励我说得更加仔细。你们放假的时候会去哪里。台北？多久去一次呢？什么，很常去？还会在那里过夜？住朋友家还是饭店？饭店里面长什么样子，你形容一下，阿姨想听。说到这儿，我们之前也去过台北，阿姨有个表妹住基隆，她生小孩，我们开车去看她跟小朋友，回来的时候，有去夜市逛一下，想说住在台北也不错，叔叔开那么久的车，也蛮累的，小鱼跟她哥哥听到要住台北，好开心，一直拍手，兴奋得不得了。谁知道柜台报的价钱一间比一间恐怖，好不容易，找到一间便宜的，一进去房间，地毯都是霉味，墙壁也脏脏的，叔叔也不给我面子，当场说他宁愿回家。小鱼哥哥一听到这句话就哭了。叔叔一看到他哭，更生气，就打他，叫他不要在外面哭，很丢脸。你看，你们家是不是很好，想住台北就住，不用考虑价钱。对了，谢谢你跟我们家小鱼做朋友，阿姨很高兴，可以的话，你以后有什么东西，尽量跟小鱼分享，给她见见世面也好。

小鱼一家就是哥哥所谓穷得离不开的人。小鱼跟瑶贞不同，她没有别的地方可以去。一想到这，我如释重负，把视线挪到小鱼的脸上，这是个让人难过的故事，一个女人想让她身边的人都开心，她做不到，她的丈夫还打了她的孩子。我有个悲观的结论，她起初不要提议住在台北就好了。我很想看小鱼的表情，她是怎么解释这一切？她会觉得难堪吗？她的母亲如此赤裸地指出，我在上面，小鱼在下面，我要把小鱼往上拉。一如往常，小鱼的神情自然，完全没被母亲的话语给打扰，她确认母亲说完了，才向我伸手说，我们上楼玩吧。

我曾为了让小鱼情绪好一些，说出一些我不会对瑶贞说的话，像是，我爸没有你妈妈想得那么好，他对外人很大方没有错，对家里的人倒没这么慷慨，他说，不可以让我们被宠坏，从小就把钱视为理所当然。我妈会抱怨我爸好像更爱外面那些缠着他不放的人。小鱼会哦一声，反过来安慰我，没有关系，等我们长大，有能力自己赚钱，我们决定自己要的生活。到了那个时候，开心不开心都是自己的事。你要对我们的未来有信心。

想到这些话，十几年后的我还是会感动得近乎疼痛。小鱼似乎天生有股能力，让别人想听她说话，想从她身上获得温暖。我那时只要一天见不到她，就像是感冒似的，失去力气。我喜欢躺在她的床上，并要她也躺在我身边，两人看着天花板而不是对方。我认为这样子说话，不必顾忌对方的表情，没有压力，也更为自在。我喜欢问小鱼很多问题，天南地北、没完没了。我在家里跟学校很沉默寡言，一整天下来说不到几句话，在小鱼的房间里，我成了另一个人似的，抓着她不断地说话。我常常想，她那小小的，放了床、书桌跟衣柜，就只剩下一条窄窄走道的房间，才是我的秘密基地，在那里，我很安全。

我时常要她做出排名，你最要好的朋友，从第一个说到第五个。

小鱼说完以后，我也会说出我的名单。她的第一名是我，我的第一名也是她，确认了这件事，细弱电流奔窜过我的四肢，为了让这奇妙的感受一再重演，我频频地拿这个问题烦她，烦到她受不了，说，不要再问了，你就是我最好的朋友。我好像被谁给抱起来，撑得很高，很高。

高一班级名单出来的那天，小鱼兴高采烈地跑到我家楼下找我，说我们被分到同一班，命运真是奇妙。我没有告诉她，这是我苦苦哀求父亲的成果。父亲向来很自傲自己不轻易动用关系，他问我，为什么非得和这个女生同班呢。我毫不设防地说出了实话，她是我唯一的朋友。父亲哀伤地看着我，一下子被我打动了，他心疼我这个女儿，又不能在母亲面前对我太好。

跟小鱼同班的喜悦很快地被母亲的病情中断，母亲被诊断出腹部有颗肿瘤，人人闻之色变的癌症。父亲把母亲送到台中的大医院接受手术跟化疗，一口气缩减了在外的应酬。母亲的治疗进程比院长估计得还要乐观，我们心口的重担才卸除大半，母亲似乎又生了另一种病，我那时常幻想，她的大脑是不是也有一颗肿瘤，医生尚未检验出？母亲怎么会不假思索地说出那些不堪入耳的诅咒？她诅咒的对象当然是父亲。多数是晚餐，全家到齐的场合。母亲屡屡吃到一半，扔下筷子，把脸埋进掌心，哭了起来，声音从她的指缝间跑出来：为什么得癌症的人不是你，我没有做坏事，你才是做了坏事的人，为什么是我。说完，母亲哭得不可自拔，父亲还得起身安慰母亲，说这样对治疗效果要打折了。院长说，病人心情悲观很正常，家属要有心理准备。几次下来，我们也疲乏了，剩下父亲，他大概怀抱着赎罪的心情，苦撑着，没显露出不耐，也没有人看得出他的情绪。

我把整颗心都放在小鱼身上，星期六、星期日，我提着课本和讲义往她的家里报到，被小鱼的母亲在一楼拦截，待个几分钟，给她问过几个问题，喝光她送来的果汁或红茶，优雅从容地上了二楼。我喜欢躺在小鱼的床上，抱着她的枕头，更动她在床上娃娃摆的位置。时间过得很快，也很慢，我们一起写作业，比较班上每一个同学的特征、性格，还有他们在班上的表现，谁让人喜欢，谁又让人连说话都感到恶心。谁的家里好像很穷，收班费时连老师跳过了他。我们过着不能再更一致的生活，没办法见面的时刻，我也写信给她。偶尔，哥哥进来我的房间，想找我说话，我请求哥哥等我把信写完，哥哥拉过椅子坐下，在一旁看我写信，我写不下半个字，哥哥鼓励我，你继续写下去，这个女生是你很喜欢的人吧。听到哥哥这样说，我的身体拉紧，说不出话来。哥哥见我这样，笑了，他问还需要什么吗？我摇头，说我一切都很好。哥哥不相信，逼我说出自己最想要的礼物，我说，我最想要一个人好好地把信写完。哥哥发起脾气，坚持那才不是我最想要的礼物，他要我说出一个“东西”。

我越来越焦虑，我什么也不需要，这个答案很可能会激怒哥哥，我命令自己得想个方法，让哥哥别再绕着这个问题打转。过了不晓得多久，我问哥哥，在学校的生活怎么样。这方法似乎有效，哥哥转怒为笑，问我怎么会好奇这件事。我看到一条钢索，在眼前缓缓浮现，直觉提醒我，得很认真地走，摔下来就完了。我又问，你有没有想过，我们的爸爸很厉害？他捐钱给学校，学校的老师就会很照顾我们。哥哥嗯了一声，问是哪一位老师对我特别照顾。我回答，一位很年轻的女老师，原本的班导生病了。哥哥又问，你从哪里知道她很照顾你？我说，老师说我的文笔很好，她要我多写。哥哥点头，沉默半晌，以沉沉的语调警告，不要太常跟哥哥以外的人说你的心情，尤其是老师。就像你说的，老师对我们好，赞美你的文笔，都不是真心的。他们要的是我们父亲的捐款。

闻言，我也不知如何反驳，实情真是如此吗？连老师在我的周记簿上，用红色墨水笔画了好几个圈，写上长长的评语，只是为了拿到我父亲的资源？哥哥看我心事重重，又露出微笑说，我跟你闹着玩的，你不要那么难过嘛。我只是希望你记得一件事，不要太相信别人。我看着哥哥，很想问，那我可以相信谁。除了我之外，每个人都是别人不是吗？哥哥伸手来揉我的肩膀，说，你看起来好累，你不要再写信了，对身体不好，去睡觉吧。他起身，走到门边，手指压着灯的开关，脸上的表情让我明白，我再不躺下，他要生气了。

我把信纸跟笔收进书包里，谨慎地爬上床，十根指头紧紧抓着棉被。哥哥说，晚安。快睡吧，不要再偷偷起来写了，答应我。房间一下子全暗，我胸口的心脏越跳越快，我数着自己的呼吸声，一下、两下。哥哥很有耐心，他会等上一段，我也无从判别他在隔壁房间的动作。有时我还清醒着，哥哥又进来了，我会小声问，怎么了吗？哥哥的声音在黑暗中响起，没什么，看你睡了没。那一次哥哥就不会再回来了。有时哥哥在我身边躺下，手伸进来，我睁开眼，明白哥哥来了。

父亲把一楼的储藏室清空，布置成一个房间，方便母亲在一楼生活，父亲改睡在沙发以就近照顾。在父亲的安排下，我接管了他的工作，负责清洗、晾晒全家的衣物。流程是先去一楼收拾爸妈换下的旧衣，再到三楼捡我跟哥哥的，拿到四楼的洗衣机。家里的二楼以上只剩下我跟哥哥，他们很少上来，父亲偶尔会进去主卧室拿一些簿子跟印鉴，但多数时候他们只在一楼活动。

我越来越辛苦，哥哥是个擅长等待的人，他比我有耐心，也很懂得如何跟我打商量。我若说想睡觉，他会说，拜托。我忍不住同情哥哥，他哀求的模样，像是掉进陷阱的小动物，十分楚楚可怜。我告诉自己，我得帮他。哥哥的确给了我很多安慰跟保护，他想拿回其中一些，也没有不对。只要我够专心，让自己跟当下的场景分开，并没有想象中可怕。我看着花朵造型的灯，六朵花瓣，从一数到六，数完再从头。我们很安静，在黑暗中进行，没有半句对谈，只是流了非常多汗。哥哥在回自己的房间前，会低声说一句，晚安。那声音有些嘶哑，好像他在经历什么精神上的痛苦，哥哥一走，我会继续数着灯上的花瓣，我告诉自己，什么事也没有发生，我本来就在数花瓣，准备入睡。

我始终深信哥哥是一个很好的人。他只是太彷徨了，想找到一个方式，确认家里有个人会待在他身边。我们承受着一样的不安：小小年纪，家庭里却处处是秘密，把我们四个人的命运弄得支离破碎。我们谁也不能说。我们得维护父亲的名声，我们倾吐的对象只剩下彼此。一旦让同学、老师知道，我们家发生了什么事，我得以想象，人们如何背着我们，评论我们是乱伦的家庭。即使有人愿意了解我们的百般无奈，也很难不把自己想得比我们更高尚、幸运，单单想到此点，我愿意背着这沉重的秘密活过一生。

身旁同学在聊天，交换人生规划，说想谈恋爱，二十岁要结婚，二十三岁要生小孩。我只烦恼着自己能够活到多老，听说人老了会失去记忆，到了那一刻，秘密就消失了。我是这秘密的守护者，若我忘了，跟没有发生过，几乎是相同的。我会成为一个新的人，故事重新起算，我会跟童话故事的女主角一样完美无瑕，并在结局抵达人生最幸福的一刻。我把自己保护得很好，没有人使我动摇，直到瑶贞在我面前，以拖泥带水的语气说，她要当鬼，坦诚的欲望才初次在我心底有了声音，一个女孩的声音，我在洗澡时，注视着墙上的镜子，那声音传入耳朵。

每一天，我经过便利商店，买一包三十元的巧克力给瑶贞、写信给瑶贞、躺在瑶贞的床上，我跟瑶贞越好，那声音好像吸收了什么，有了顽强的意志，一天比一天清晰，她说，你不喜欢那样子。我反击那声音，谁说我不喜欢的，才没有。那声音又说，你敢不敢跟瑶贞说，让她来决定你喜不喜欢？我犹豫了好久，才接受了这试验，我想跟瑶贞说，我在心底规划，跟瑶贞说这是我堂妹的经验，一边说一边仔细记录瑶贞的反应，她可以同情女主角，但不可以太同情，也不可以让我逮到她有一丝丝为自己庆幸、安慰的神情。若瑶贞没有，我会如履薄冰地对她说，堂妹只是个谎言，我才是真实的人物。瑶贞可能会哭，她如此善良，落泪是预料中的事，假设她掉了眼泪，我才可以哭。这么做才能让我感觉起来不像要崩溃了。我排练、修改着这些对白，想排演出最好的版本，我不能承受意外，若瑶贞不值得信赖，很快地找到谁，传了出去，我就输了，我彻底毁了所有人。

有好几次，躺在瑶贞的床上，我想，也许是时候了，瑶贞的家人有个极大的优点，他们从来不关心我跟瑶贞躲在房间里，是不是在从事什么坏勾当。我才做了个开头，喊她的名字，瑶贞却转过来，面红耳赤地问，你认为钟昶宇是个怎样的人。我整个人又缩了回去。怎么会这样？钟昶宇什么也没做，瑶贞的目光就从我身上，移到了他身上。我仿佛被人吸干了全身的血液，一滴不剩，好久好久，才恢复感知。我听到那声音在我耳边呢喃，若瑶贞跟钟昶宇谈恋爱，你什么也没有了。

谁能为我预料，等我处心积虑，设局陷害了钟昶宇，让瑶贞的眼中再度只有我，瑶贞也被带走了。我在内心召唤，请那声音给我一些指示，瑶贞走了，我该怎么办。我什么也听不到，徒有我自己的回音在体内来回摆荡。直到小鱼出现，走进我心底，那道声音再度被唤醒，朝我发出引诱，把你的事情告诉小鱼，让她看看你是快乐还是不快乐。童话故事里，隐忍着秘密的理发师忍不住告诉了芦苇，最终闹得众人皆知。我会遇到相同的阻碍吗？

我以为哥哥离开小镇，去外地读书是好事，我的愿望再一次落空，哥哥在外面过得并不顺遂。他时常怨怼教授自以为是、上课乱教、室友卫生习惯又很差，哥哥想搬出来，自己租一间套房，父亲不同意，坚称不是经济的问题，而是哥哥不能轻易放弃学习与他人共同生活的机会。哥哥与父亲起了争执，他垂头丧气地走上三楼，见到我站在楼梯口，他咧嘴一笑，问，你都听到了？我没有否认，哥哥又问，我会不会担心他过得不好。此际，钢索又出现了，我要走过去，平安无恙地走过去。我点了点头，我没有说谎，我担心哥哥，也想要哥哥过得好。我太年轻了，不能跟哥哥相互扶持太久，我还要读书，也得交朋友。我有很多事情要做，我不是个照顾哥哥的适宜人选。我祝福哥哥尽快在新世界新生活之间找到新的人。

隔壁班有个女生在班上炫耀她的初夜，男朋友去读大学，两三个礼拜才见一次面。她怕男朋友喜欢上大学同学，就把身体给他了。大家在议论这位女生的时候，也产生了不同的意见。女同学起底了她的背景，说这女生的爸妈都在外面工作，她是隔代教养，祖父母管不动她、纵容她，养出了她的偏差行为。有些男同学则不屑地讥讽，说会这样想的女生，清一色是班上的丑女，丑女们在嫉妒，嫉妒有些女生在一样的年纪，就得烦恼要不要做爱。多数同学没有发表感想，包括小鱼，大家你看我，我看你。我坐在座位上，又是焦虑又是彷徨，像是体内有一把大锁，而钥匙不在我手上。我觉得自己几秒钟后就会发出尖叫，赶紧逃进厕所，蹲下，抱着膝盖，用力喘气。上课钟响，我跪在湿冷的地板上，抽了好几张卫生纸擦拭脸颊。回到教室，小鱼递来一张纸条，写着，你去哪了？我匆匆写下，没事，只是身体有些不舒服。我画了个笑脸传给小鱼。

我逐渐会跟镜子说话说到流眼泪。那声音说，说谎的人会下地狱。我说，我不会，我没有。那声音又重复，你完了。没有人会相信你。我听到敲门声，急促且凶猛，以为是哥哥听到了我在对自己说话，奇怪，不是还没到周末吗，哥哥怎么回来了，我忙着擦干自己的脸，穿好衣服，把门拉开，门外没有站人，我转身，满地都是玻璃的碎片，我把镜子打破了。我烦恼要怎么告诉父母，一眨眼，玻璃碎片又消失了，镜子完好如初。我吓得跑下楼，怀疑是不是我太常练习把自己从世界抽离，所以我的身体渐渐留不住我的灵魂。

我躺在沙发上，盖着外套，想停缓疯狂颤抖的双手，昏昏欲睡时，有人拍我的手臂，我睁开眼睛，嘴巴溢出尖叫，不要。母亲阴沉的五官映入眼中，她不耐地说，不要什么？你怎么在这睡？会感冒，快上去。看到母亲的脸，我慢慢拼凑出理智。母亲推着我的手臂，催促我快点回到房间。我摇头，低声下气地请求母亲，大学考试以前，让我偶尔睡沙发吧，夜读很累，不想爬那么多楼梯。母亲寒着声，你明明知道沙发是你爸在睡的。我连忙换了个提议，我睡地板好了，家里帮我买个床垫，我醒来时会自己折好，收到一旁，不妨碍你跟爸爸的空间。

母亲眯起眼，盯着我，眼神透出遗憾，她问，你是不是又故态复萌，想装病，不想上学？我摇头，说我只是懒得上上下下地爬楼梯。不能睡地板的话，也能睡二楼主卧。话一出去，母亲神情骤变，我才意识到自己说错了话。母亲抄起遥控器，双眼瞪得好大，目光闪烁着怨怼，作势要打我，我哽咽出声，说我没有别的意思，只是想说二楼房间是空的，我睡在二楼，比三楼方便。母亲不信，说我是在暗示她的病不会好。我落荒而逃，哭着回到三楼，回到床上，注视着天花板，清醒地感受到胸口的希望黯淡了几分。

我停止经营我跟连老师的周记对话。哥哥的话在我心底投射出阴影，连老师不是真诚地期许我，或者如她所说的，我的文笔打动了她，她对我好，是想间接讨父亲开心，父亲开心，她身为一位年轻女老师的处境也会改善。我更常造访小鱼的家，小鱼的母亲时常问我要不要周末留下来过夜，她希望我跟小鱼感情更好。

我渐渐认为这提议说不定没有想象中的难以执行，没想到父亲不但没有反对，还乐见其成。他拘谨地问，家里的气氛不好，影响到你了对吧？我看了一下你的成绩单，你退步好多。我摇头。父亲叹了口气，挥挥手，要我不必逞强。父亲从西装裤的口袋捞出一小叠钞票，数了几张给我，叮咛我不能空手到，事前得买一些小鱼父母喜欢的伴手礼。我一到小鱼的家，直接把那笔钱交给她的母亲，说这是我父亲的一些心意。小鱼的母亲笑了。

住在小鱼家的喜悦远超出我的估算。小鱼的哥哥跟租书店老板的交情很好，老板允许我们打烊前抱回整套漫画，隔天开店时归还，不收半毛钱。我们的任务是在时限内读完。小鱼的母亲从不过问我们在房间内做什么，也不理睬我们要熬夜到多晚。我们时常枕在漫画上，灯也没关，说话说到一半，就掉入昏睡。醒来时心底一片安宁，恐惧被驱散了。我很想长住下来，又唯恐这想法会触怒父母，只能格外珍惜着周末的到来。我说服自己，我可以为了在小鱼家的一天，好好过完其他的日子。

从初中进入高中，我的身体兴起了许多改变，前胸鼓起，身体一些部位长出粗硬的毛，褪下来的内裤时常沾着一些分泌物，有些味道，我想了好久，才忆起是瑶贞的身体时常飘出的气味。小鱼的身体倒是长得很慢，她的胸前如两小片扁身的鱼，手脚到腋下的毛也很稀疏。瑶贞才十二三岁，身体成了女人的身体。小鱼的身体是儿童的身体，她的月经两三个月才来一次，有时候第三天就不再滴血，像是血液在身体里面枯涸了。小鱼从床上起身时，我会滚到她躺的那一边，拼命地嗅，床单上仅残余着沐浴乳的奶香，没有人体的气味。小鱼的这些特质，让我很是心慌，这样的小鱼，是托付秘密的对象吗？小鱼似乎感应到了我的忧愁，做出了神奇的回应。

一日晚上，小鱼的父母带上哥哥去南部吃喜酒。我先请小鱼吃牛排，两人又移动到租书店，挑选着要带回她家的漫画。小鱼那日特别心浮气躁，一下抓脸，一下又挠着头顶的发旋，她拒绝了我提出的几个系列，我也被她弄得有些闷，只得问，你是不是觉得我每个周末都来住你家，有点烦？小鱼连忙摇头，说才没有。她这样说，我更往心里去了，执意逼问，那到底是怎么了。我想起瑶贞沉默的侧脸，一团情绪卡在我的心坎，不上不下，眼眶莫名地一红。小鱼被我吓坏了，她伸手揉我的肩膀，支支吾吾，哎了一声，一脸无计可施、被我打败的样子。

她把我拉到租书店后侧通往地下室的楼梯口，小鱼神情肃穆，要我发誓，回去不能跟爸妈说当晚的见闻。我点头。小鱼要我再保证一次，她碎念着，被宋清弘知道了，一定说我带坏你，我也许被转班，更惨就是退学。为了让小鱼安心，我四根手指撑得直直地，掌心向她，正经八百地立誓，小鱼，你放心，不管你要跟我说什么，我都不可能跟我爸告状的。小鱼见我如此庄严，忍俊不禁，笑得弯腰，她随即以行动取代解释，径自走下楼梯，我跟上小鱼的脚步。

到了地下室，小鱼把我带到一个书柜前，她很快地找到她的目标，从第一集抽到完结篇，总共九本，她叫我把塑料袋拉开，整叠塞进去，动作一气呵成。我念出书背的书名，小鱼的动作让我以为我们在执行一件秘密任务。小鱼把食指放在嘴前，示意我先不要说话。我们上楼，经过老板时，小鱼跟平常一样客气地点头，说谢谢老板。老板朝我们沉甸甸的袋子望了一眼，视线又回到电视荧幕上。

我们小跑步，书册的重量压在肩膀上，小鱼气喘吁吁，我提议用走的，她执意用跑的，总算到了她家，我再也受不了小鱼的神秘兮兮，拿出其中一本，才翻了几页，我又把书合上，不敢置信这是小鱼的主张。小鱼见我反应如此，难得俏皮地摇着手指，重申，说好了，不可以告诉你家人的。明明家人都不在，小鱼还是煞有其事地将门上锁。她把漫画一本本拿出来，排在床上，发出满足的叹息，抽出第一本心无旁骛地读了起来。小鱼看漫画的速度很快，我们的默契是她先看，看完了再轮到我。我回味着我看到的那一页：一对男女倒在床上，男子俯身轻吻女子的颈项，一手抓着她的乳房。

过了十几分钟，小鱼把第一册递给我，我踟蹰一会，不想让小鱼以为我太大惊小怪，赶紧打开。我们不动声色地读着，空气中只有纸页的摩挲声响，氛围微妙，我们像是刻意地维持着某种静谧，内心有什么正在鼓噪，逼得我们得不停地把口水咽下。我感觉到我的腹部有颗气球，有液体点点滴滴地输进去，撑大的气球在我体内摇晃，我听见水声喷溅。我频频更换坐姿，夹紧双腿。

小鱼倏地站起，说，他们回来了。小鱼辨识出她父亲汽车的引擎声，她飞快地跳起，把漫画全数扔入袋子，塞入衣柜，她三步并两步地关了灯，要我躺好。我也摸上了床，在她的身边倒下。等我的眼睛适应了黑暗，小鱼转过身，呼吸拂在我的脸上，她问，你以前不会看这种书吗？我说，没看过。小鱼笑出声来，她说，自己六年级时无意间发现租书店地下室的书很有趣，有几个下午，趁着老板分神的时候溜下去，日子久了，老板再怎么迟钝，也察觉了，他对小鱼的行为睁一只眼，闭一只眼，小鱼自己心虚，从此很少再回到一楼。小鱼吐出长气，语气激动地说，难得今晚没有拘束，看个过瘾，真想要我爸妈再出去喝喜酒。可惜他们外地的朋友太少了。

我迟迟没有搭话，脑袋一口气刷进太多信息，呈现一片黑暗。我不能自拔地想着，即使身体像小孩，小鱼有些部分已经成熟了。我的呼吸紊乱，小鱼又接了下去，问，你会摸你的下面吗？我被问倒了，我说，不会，并赶紧反问，你会吗？小鱼嗯了一声，自顾自说了下去，我差不多在七八岁的时候，有一天，我想睡又睡不着，干脆趴在床上，抱着枕头滚来滚去，想说这样做会不会变得困一点，我压到一个地方，一个奇怪的感觉跑上来，有点舒服，我不继续压，那感觉又没有了。我拿下面去挤枕头，好像在爬山，越来越上去，接着好像玩云霄飞车，再上爬一点点，然后就掉下去，掉下去的感觉又好像飞起来，好舒服。我后来也会脱掉内裤，这样子更快，有时候没几分钟我就爬上去又掉下来了。

我想了想，说，你觉得你哥哥也会这样做吗？小鱼回答，我不知道，不过我在他的房间看过色情光盘，也许他会。我趁我哥出门，把光盘放进电脑。我问小鱼，你看见了什么，小鱼回想了起来：有个穿泳衣的女生，在房间里走来走去，打开电视，看到一半，她睡着了，接着有一个阿伯走进房间，发现那女生在睡觉，阿伯去找一把剪刀，把那个女生的泳衣剪两个洞，那女生的奶头露出来，阿伯用手指慢慢地捏那个女生的奶头。看到这儿，就听到我爸车子的声音，我赶快把光盘退出，放回去，赶快爬回自己的房间装没事。我不想被我爸妈打死。

黑暗令我们的对话越来越大胆，我问小鱼，你看漫画，会不会也想跟人做？小鱼沉吟良久，才吐出答案，会啊。看漫画会想象自己是女主角，跟男主角谈恋爱。小鱼只说了一半，漫画中的女主角不单单跟男主角谈恋爱。有一幅图震撼了我全身上下，女主角跪着，男主角的大手扶着女主角的腰，从后面来。我没想过有这么多姿势，我以为女人就是躺着。小鱼的答案让我脑中跳出另一幅图：小鱼跪着。我打了个喷嚏，闭紧眼，想让这景象散去。我心中经历了数次的爆炸，飘满了缤纷的纸屑与缭乱的灰尘。小鱼转过身，看进我的眼睛，吐出气音，偷偷跟你说，我有点羡慕隔壁班那女的。我也想做做看。

我的忧愁被小鱼消解了，小鱼没有我想象得那样无知。小鱼有些部分跟我是一样的，不，她比我走得更深，比我沉得更下面。喜悦如夏天浪潮一波波卷上，温暖了我的脚趾头、我的脚踝，还要把我整个人吞没。小鱼想要。小鱼需要性。

小鱼通过了最终测试。她回信很快，内容很长，信里没有保留，我知情她生活中的大小事。小鱼把她的内心翻开，让我一路望尽最深处。小鱼完成了她的部分，轮到我了。小鱼是我的朋友。我也能够把我的内心翻开。拥有不能说的秘密是莫大的惩罚，我的惩罚有了尽头。我简直不能更感激。

哥哥读出了我的心事。

一次，我吹整头发，预备前往小鱼家，哥哥走进房间，坐在我的床上，他双手撑着身体，咂了咂嘴，说了几句话，哥哥的声音被吹风机的轰轰声响掩盖，我关掉吹风机，哥哥扯开喉咙问，你又要去同学家过夜了吗？我听得出这句话底下的不满，我的心跳在咬着我的胸，只能僵直地站着，拖到哥哥叹气，端出一副我再不说话他要掉眼泪了的神情，我才鼓起勇气点了点头。哥哥又问，是你写信的那个好朋友吧，你们两个人有这么多话要说，在学校讲不够，放假了还要黏在一起？

我伫在那，早有预感我周末就往小鱼家跑，还时常过夜，哥哥必然会担忧、紧张，认定我伺机离他远去。我以温和的语气安慰哥哥，要考试了，我们没有在聊天，在读书。我们两个想要上好一点的大学。考完了我就不再去她家过夜了。说完，我拎起袋子，尽可能以最轻巧的姿势走向门口，哥哥也起身，亦步亦趋跟在我身后，他低声问，今晚不要在朋友家过夜好吗？晚上陪我聊天，像以前那样，我保证，只是聊一下天而已，我跟你说过，大学根本没有爸说得那么轻松，我想要转系，他们俩不懂转系是什么只有你懂，我希望你跟我讨论。我每个礼拜回来，你都不在。这样下去的话，我要去跟爸妈说，干脆以后我都不回来了。

我不断吞咽口水，喉咙像是变细了，发不出声音。哥哥不回家了？我的心揪成小小一球。哥哥是母亲欢乐的来源，而父亲，在母亲生病后就想尽所有办法要讨好、弥补她。我不能够破坏这一切。

我看往哥哥那忧郁又隐含怒意的脸，问，你保证只是聊天的话，我会待在家里，可是我有时候也想去朋友家读书。轮流行吗？哥哥做出承诺，好，就聊天。哥哥抚摸着我的头发，示好地说了下去，每一次你需要帮助，我哪一次没有站在你这边。我对你这么好，不要再跟我闹脾气，朋友重要，还是哥哥重要？下个月我生日，我问过爸了，那几天妈妈会待在台中的医院，我打算找几个朋友来家里庆祝，你也考完试了，好好放松。

我追着哥哥的承诺不放，你发誓就只是聊天？哥哥叹了一口气，忧心忡忡地注视着我，你不要用这种方式对我说话。我们是一起的。

你不要弄得好像只有我一个人。哥哥的话如鞭子狠狠甩在我脸上。我急促地表示，我没有这样想，我只是想说，我们长大了，我们不能……我们不能什么，我说不下去，哥哥停止了一切动作，不断地眨眼睛，脸上的郁气成了鲜明的哀伤，他问，你是不是讨厌我了？

我深深吸进一口气，仿佛有人恶作剧抽光了四周的空气，我怎么用力呼吸也徒劳无功。我听到自己颤抖的声音，我没有讨厌你。我发誓，我没有这样想过。可是，哥你知不知道我有多么……我噤声，说不下去了，眼泪鼻涕爬满了我的脸，哥哥也哭了，他要我别再说下去，他懂了，完全明白。他要我相信他也不是很开心，他也讨厌我们这样子。

哥哥眼中的神采跟自信消失得无影无踪，只剩下赤热的痛苦，灼出我满心满眼的罪恶感。我抹去眼泪，小心地伸手拥抱哥哥，哥哥紧紧地回抱，他的眼泪掉在我的身上，既冰又烫。我问，我们感情没有变对吧？哥哥用力点了点头。我又问，那我可不可以去找小鱼，我迟到好久了。你放心，我不会做出让你难过的事情。哥哥撑起身子，要我许诺，我又说了一次，我不会伤害你。哥哥说，那好，你可以去找小鱼了。

一到小鱼家，我不顾小鱼母亲的殷勤，径自爬上楼梯，一进入小鱼的房间，我在她的床上躺平，余悸犹存，什么也做不了，只是流眼泪。哥哥悔恨的神情在我的脑中萦绕。小鱼凑过来，见我泪流满面，她问，你怎么了，不要这样子不说话，很可怕。十五分钟，或者更长，我维持着木然的姿态，小鱼寸步不离，她一会儿捏着卫生纸沾拭我脸上的泪，一会儿伸手抚摸我的前额。我的身体恢复知觉，模糊视线变得清晰，也听到小鱼的声声呼唤。小鱼又问，你到底怎么了，不要吓我。我坐起身，递上邀请，考完试，我哥哥会在家里办生日派对，你也来吧，你不是想来我家很久了？小鱼蹙眉，好像很意外我要找她商量这件事。她的眼神在我的脸上来回巡视，疑似想找出线索。

一会儿，她悄悄问，你跟哥哥吵架了？生日派对的事？我吸吸鼻子，摇头，又点了点头。小鱼问我想谈谈争执的缘由吗？我抹掉眼泪，说，没事，吵的事情太无聊，拿出来说很丢脸。小鱼哦了一声，问，那你哥哥的派对会怎么办啊？我听出小鱼情不自禁想把话题绕回派对，这也难怪，哥哥是校园风云人物，又有多少人渴望进来我们宋家一探究竟？

父亲睡了晨雅阿姨之后，母亲彻底崩溃了，她变得极少出门，她不再有跟人寒暄的热忱，也对于打扮失去兴致，父亲不再把亲友带回家里，借口母亲生了病，需要静养，实情是他不能让大家看到如此落魄的妻子。而在母亲罹癌后，他更没有不这么做的理由，他也禁止我跟哥哥带朋友回来，以免同学们多事，泄漏了母亲的状态。长期下来，我听过许多人阐述我们家内部的想象，那些臆测各式各样，从地毯到壁上的时钟，从客厅到主卧，有人说我们家里是不是有小型喷水池，也有人相信我们家的客厅天花板嵌着只出现在外国电影里的巨大玻璃吊灯。

这个生日派对是哥哥撒娇了很久才换来的，他点明他会打扫、倒垃圾，把母亲的床跟用具、药品搬回原位，等到父母从医院回来，这个家会跟他们出门前没有两样。父亲本来还有些不乐意，哥哥把话题带到他在考虑休学，他无法适应新的环境，母亲才勉为其难地点头，并要哥哥面对一件事：二十岁有成年的意义，成熟的大人不会动辄放弃应尽的责任。

我跟小鱼补充，那天我爸妈不在，会有我哥、他的朋友，还有我们。我哥决定叫比萨跟炸鸡来吃。小鱼眼神发亮，问可不可以再叫一些薯条跟浓汤。我故作轻松地说，这有什么难。我又问小鱼，你在学校也见过我哥吧，觉得他怎么样？我思绪矛盾，既希冀小鱼给予哥哥正面的评价，又怕小鱼过分迷恋哥哥。

小鱼脸上的红潮从腮边扩散，她咕哝，我没有跟你哥说过半句话，这个问题是要怎么回答？但——你哥那么帅，说话又有趣，那么多人喜欢他，认真说我也是有点被影响，觉得你哥还不错。怎么问这个问题？我闭上眼睛，摇头，说没什么，只是好奇。我没有再说话。小鱼也被哥哥的外貌气质给迷住了。我陷入两难，是不是把记忆慢慢往下压，压到我不能再轻易捞起为止？我得像是树汁一点点吞没昆虫，让这个秘密在我的心底完全窒息。小鱼是好人，哥哥不是坏人。只要我不说，就不会有报应。

很快地来到生日派对，小鱼一见到哥哥，脸一路红到脖子跟前胸，她双手伸直，递出纸袋，里头是一盒奶油饼干，小鱼轻声细语地说出生日快乐，她的羞赧把哥哥逗得很乐，他亲切地招待小鱼，要小鱼尽管吃。哥哥的朋友人数比我预期的多，他们把家中几条走道堵得水泄不通。他们提回好几袋的啤酒跟汽水，随心所欲地混着喝。小鱼视线四处溜转，兴致盎然，她像是想竭力记录她所见识到的所有画面，也像是怀着无数个问题，她很克制，一个也没有说出口。

一位面容清秀、脸上长满青春痘的男孩端来马克杯，问我们要不要来一些，我还在考虑，小鱼已接过并灌了一大口。我要小鱼别勉强，我看得出来，跟一群年纪比我们大两岁的男孩挤在一块，小鱼有些心浮气躁。她安抚地把手放在我的手背上，说她很谢谢我找她来，很多女生一定很羡慕她。听到这句话，我心安了不少，也不再干涉小鱼要怎么跟这些大男孩应对。

电视上放映着其中一人租来的喜剧，有些乏味，我听哥哥的朋友们聊天，听他们叙说没有大人拘束的大学生活。我有些魂不守舍，小鱼倒是很专注，她一边倾听，一边故作利落举起杯子喝得一滴也没剩。我忘了时间走得多快，只记得过了一会，小鱼的脸红得像是发烧，她抱着我的手腕，问她能否到我的房间躺一下。浓浓的酒气自她嘴里窜出，我很快地答应，小鱼若是以这个状态回去，她的母亲再喜欢我，也很难像从前一样欢迎我的造访。

青春痘男孩陪我搀着小鱼上三楼，我们合力把小鱼放倒在我的床上。男孩建议我去倒一杯水，小鱼多跑几次厕所，酒气退掉，脸也不会那么红。我下去一楼装水，哥哥问我小鱼怎么了，我解释小鱼醉得不像话，哥哥命令我联络小鱼的父母把小鱼接回家。我婉拒，提议先照顾小鱼一会，等她有办法走路，我再带她回家。哥哥盯着我，冷冷地说，好吧，随便你，便转头回去跟他的朋友们聊天，我紧抓着杯子把手，踩着镇定的脚步回到三楼。我的心思只放在小鱼父母对我的观感，而没有预料到那一秒钟的决定，我把小鱼拉进了我跟哥哥之间的秘密，报应即将降临，把哥哥跟我烧得面目全非。

我不曾伤害过人。

我只是随着我的想象与猜测去做，这一女一男就在我面前，像被砍倒的树一样纷纷倒下。我把他们拖移到房间，卖命刷洗过程中所产生的痕迹。抹布拧了又拧，换了好几桶水，女的睁开眼，眼中盈满对我的恐惧与困惑。小鱼没有跟她完整地介绍过我，看来小鱼是想彻底地把我给抛在过往。我不可能让小鱼如意。这并不公平。数千个日子以来，我没有一天忘掉小鱼。算命师没有错，吴辛屏不是个好名字，她的苦心都会白白荒废，但算命师只说了一半，她身边的人对她的牺牲也是同样的下场。都是我的错，我为什么在那个晚上不听哥哥的话，把吴辛屏送回她家？想到哥哥，我又伤心了。

若有机会与哥哥再次相见，哥哥愿意拥抱我吗？还是会别过头去，将我视为他最亲近的仇人。

从我的眼睛望出去有三个人。那个男生好像死了。他的嘴巴不断发出不明所以的呻吟，我怕他失控，只得拿胶布来想逼他安静，我一时紧张，贴了太多层，忘了确认他的呼吸畅通。男人的双眼瞪大，眼神全是恐惧。哥哥说过，人是不能够决定自己的出身的，活到这年纪，我也很想说，人连自己可不可以决定什么，都不能决定。你看，我无法决定自己要不要死，也无法决定别人要不要活。事情溢出轨道，只会越来越偏移、失控。我闭上眼睛，许多双幽魂的眼睛瞅着我。我们这家人快要在黑暗中团圆了，再让我告解一桩心事，我将心甘情愿。

第十一章

奥黛莉好不容易睁开眼睛，想动动指头，才察觉双手双脚被捆绑，她想要坐起，但无能为力。奥黛莉下意识地眨眼，仿佛这样做能帮助她集中精神，她一看清眼前倒卧的人是吴辛屏，立刻惊呼。奥黛莉看到吴辛屏的嘴巴在动，没多久，奥黛莉听到三个字，“对不起”，为什么吴辛屏说对不起？见到吴辛屏还活着，奥黛莉几欲落泪。吴辛屏的后方有一张摇椅，上头坐着一个覆着毛毯的人型物，线条僵硬地像个模型，不，不是模型，模型的质地更为光滑，该不会是死人吧。若是，距离死亡时间大致已有一段时间，脚部的皮肤如干蜡贴在骨骼上。

奥黛莉的嗅觉也归位，除了刺鼻的血味，她还闻到一股闷湿的腐臭味，但她不是很确定味道是不是来自那“东西”。剧痛在奥黛莉的头顶凝聚成一个点，她挪了一下脚的位置，踢到了什么，沉闷的声响传回，奥黛莉转过身，也是一个人，她从身影与发型辨识出是张仲泽，奥黛莉呼喊着张仲泽，张仲泽动也不动。奥黛莉蠕动身体，辛苦地移动到张仲泽面前，一看，奥黛莉了然于心，张仲泽死了。奥黛莉转过去，看着吴辛屏，终于想起了自己眼前最后一幅画面。那个女人。宋怀谷的妹妹，她上哪里去了？

才这样想，宋怀萱出现了，她推开门，放下一个水桶，双手搁在膝盖上，像是在调整呼吸。见奥黛莉瞪着自己，宋怀萱挤出一个笑容，仿佛她们还在客厅捧着杯子聊天。

宋怀萱换过衣服了，她换下原先的穿着。

奥黛莉的心脏快要跳出喉咙，她怀疑错人了。不是范衍重，不是宋怀谷，是她。她不只是绑架犯，现在还成了杀人凶手。奥黛莉动了动嘴唇，喉咙干痛，声音枯哑："为什么要这样？"

宋怀萱的眼神平静："我没办法。"

"你是想为你哥哥讨公道？"

"我哥？"宋怀萱笑了，"吴辛屏没跟你说，她做了什么事吗？"

"你哥哥强暴了她。"奥黛莉牙一咬，不再顾虑代价。

奥黛莉认为她得保护吴辛屏，她也只剩吴辛屏可以保护了。

"你都是这样跟外面的人说的吗？"宋怀萱走到吴辛屏的眼前，双膝跪地，手指抚过吴辛屏额前的发丝，语气温柔，"我都没有想过，你在外面这么勇敢。"

宋怀萱起身，脚掌放在吴辛屏的手掌，脸上挂着笑意，把身体的重量都踩了上去，"为什么你不为我勇敢到最后一秒？有心说谎，就要把谎言走到最后，这道理你应该懂吧。”

宋怀萱松开吴辛屏嘴巴的布条，吴辛屏深吸一口气，面带惊愕。

这么多天以来她第一次被允许说话，喉咙干得像是灌满了沙子。吴辛屏尝试了几次，才找回自己的声音：“放过她吧，这是我们之间的事，放过无辜的人吧。”

宋怀萱又快步移动到奥黛莉面前，居高临下地看着奥黛莉，张开一抹森冷的笑容。

“你看起来好迷惘，是不是很想知道你的好朋友干了什么好事。”宋怀萱转过去，“吴辛屏，你要不要试着亲口说出真相呢？你真的有被我哥哥强暴吗？”

吴辛屏的脸部抽搐，像是被什么无形的力道给拉扯着。

“奥黛莉，不管怎样，请你谅解。我只是想帮你跟芝行。我没有恶意。”

“辛屏，你在说什么，我不懂？”

奥黛莉等了几秒钟，那几秒宛若一年般漫长。

“事情很复杂，你先听我说……”

“她说的是真的吗？你跟我说的那些都是假的？”奥黛莉激动地问。

“当然是这样。”宋怀萱答。

“我不要听你说，我要听她说。”奥黛莉豁出去似的对着宋怀萱咆哮。

宋怀萱不怒反笑，“吴辛屏你说，你说出真相。”

“奥黛莉你要听我解释，情况很复杂……”

“你为什么要拿这种事来骗我？”

吴辛屏的回应似是严重打击了奥黛莉，她大吼，转身望了一眼还瞪着双眼的张仲泽，若吴辛屏骗了她？她竟还愚蠢地对吴辛屏道出众多迂回百转、层层叠叠的心事。

“我不是故意要骗你们，我只是，”吴辛屏急于辩解，神情益发痛苦不堪，“我只是想说，想说我也许可以弥补我心底的遗憾……”

“是怎样的遗憾，让你愿意讲出这么荒唐的谎言？”奥黛莉再次大喊。

“你们究竟在说些什么？”

吴辛屏闭了闭眼，唇色白得近乎透明：“怀萱，请你不要伤害这个女生，她也跟你一样，遇见了那种事……都是我的错，我把事情想得太容易了。怀萱，你就针对我吧，请不要把我的朋友拉进来。”

宋怀萱错愕地说不出话来，过一阵子，她肩膀一抖一抖，欢乐地笑了起来。

“吴辛屏，你到底以为你是谁？你还想当圣母玛利亚？我拜托你，你先救你自己好不好。这样的把戏你想要玩几次，我以为只有我这么天真，没想到除了我，还有人信了你。我该敬佩你吧？我这辈子从来没见过，有谁那么努力地想要证明自己是个好人。这么多年来，我想过好几百次，你去了哪里，我家给你的一百多万你分到多少？你有没有想过要回来看看你做的好事，你有没有想过，你在台北好吃好睡，我过得怎么样？”

“我有想过要来看你，可是……”

“可是怎样？”

吴辛屏挣扎地摇了摇头，“我不找你是有理由的。”

“你有什么理由，说穿了见钱眼开不是吗？计划是谁提的？是你！是你跟我保证，你会带我解决所有难题。你有做到吗？没有，你抛弃了我，放我独自面对。你在台北过着幸福日子的时候，有一秒钟想到我吗？想到我还在这里承受着你逃跑以后的代价？”

吴辛屏抬头看着宋怀萱，嘴唇张了又合，像是想说什么，又不知如何分说。

宋怀萱又发出一声冷笑。

“全部的恩怨都会在这里了断。我警告你，别再想着挣脱。你看，要不是你，你朋友差点就逃过一劫，我又何必做这么多？这个人也不会被牵扯进来。”宋怀萱朝着张仲泽努了努下巴，“看看你造的孽。你现在最好乖乖待着，不要再轻举妄动。这么多天来，我们和平相处，不是很好吗？你看，你一动就出事了。”

“怀萱，拜托你放过她吧。不要伤到无辜。”

“她跑去报警，我怎么办？”宋怀萱看着自己的十指，摇了摇头，“这些人并不无辜，他们信了你的话，这就是他们做错的部分，像我一样。每个人都得为自己看错了人而付出代价。我付出代价，没道理其他人可以幸免。”

宋怀萱走向门口，经过摇椅上的人体时，她低声说：“不要怕，快要结束了。”

宋怀萱停下脚步，交代：“吴辛屏，把握时间跟你的好朋友交代遗言吧。”

说到“好朋友”三个字时，宋怀萱刻意拉长了语调。

紧接着，吴辛屏跟奥黛莉听到了钥匙插入锁孔的声响。宋怀萱走了，还锁上了门。

“你是怎么找到这里的。”不知是太久没说话还是体力耗尽，吴辛屏的声音失去了抑扬顿挫，平整得宛如机械发出的声音。

“你的先生带我们来的。”

“我先生？”吴辛屏抽了一口凉气，“他跟你一起吗？”

“没有，我跟踪他。但你的先生没来这里，是我自己想来。”

吴辛屏还想再追问，但她没有这样做，时机不对。

“你们不应该来的。”吴辛屏的脸上堆栈着焦虑与悔恨。

“我怎么能不来，你的同事说你的丈夫有可能伤害你，我只好来确认。”

“哪一个同事？”

“简老师。”

“她为什么要这样说？”

“你一开始靠近我是为了什么？”奥黛莉想厘清真相。

“我没有要伤害你的意思，我只是想让你可以走出来。”

“要让我走出来，没必要编出这种谎言，你可以单纯只当我的朋友。我收到你的信时，哭得好惨，认为世界上没有人比你更了解我。全都是假的。我的朋友还被你害死了。”

奥黛莉气得浑身颤抖，悔恨的眼泪沿着脸颊的轮廓滴落。

她记不得自己上一次这样生气是哪一年。

“我写给你的信是真心诚意，每个字都是。奥黛莉，不要这样子跟我说话。”吴辛屏的声音也浸满了鼻涕眼泪，“我对你跟芝行投入了感情，你不能说这都是假的。”

“我对你掏心掏肺，能够说的我都说了，没有半点隐瞒，你是不是暗自在笑我，怎么有人这么好笑又好骗。”奥黛莉沮丧地控诉，“我好傻，我这么担心你，把自己弄到现在这种处境，不值得，一点也不值得。那个女人很可恶没有错，你也一样可恶。不只如此，你还很恶心。”

“奥黛莉，不要这样子对我说话好吗？我已经够痛苦了。”吴辛屏试着一个字一个字解释，“自从被带来这里，一直被绑着，只能喝一些果汁跟牛奶。你有闻到臭味吗？她要我直接尿在裤子上，不放我去洗澡，我不晓得她会怎么处置我，我很害怕，也害怕她伤害你。”

绝望如饥饿的兽紧咬着奥黛莉不放。几分钟以前，要她为了吴辛屏而牺牲性命，奥黛莉会迟疑，但她相信自己最终会答应。若不是吴辛屏的慰藉、扶持与友谊，她或许状况一再恶化，躺在深渊里，看着时间流逝，却连爬下床刷牙洗脸都力不从心。哪怕父母死后，留下庞大财产也于事无补。或者更惨，她坐拥大笔财富，精神却一蹶不振，加倍厌恨自己的人生。吴辛屏是她的救赎，救赎垮了，她怎么走下去？

奥黛莉想起林老师笑容可掬地伸手捏了捏她的脸颊，要她别那么患得患失。

奥黛莉闭上眼，低声说道："算我求你，给我一个真相吧。"

"我不知从何说起，奥黛莉，这很长，也很复杂。你不知道前因后果，可能会误解，或不明白事情怎么会变成这样。"

"那个派对是真实发生过的吗？"

"什么派对？"

"你说过，是在一个派对上……"

"哦不，那个派对是真的，那天确实是我朋友哥哥的生日。"

"你有去那个派对吗？"

"我有去。"

"那个派对上宋怀谷对你做了什么？跟你对我说的不一样吧？"

"是的，可是……"

吴辛屏再次止住，她可以说吗？她怎么能说？她凭什么？

她凭什么说愿意陪伴一个人走出黑暗，又在她只差一步时，把交缠的手指头给放掉。又凭什么在此时此刻说出她步入黑暗的经过？

宋怀萱在地下室待的时间并不久。第二天，吴辛屏幽幽醒来，宋怀萱放下一碗果汁，移除吴辛屏嘴巴的布条，塞了一根吸管到吴辛屏嘴里，吴辛屏渴得慌，没多久吸干了碗中的液体，喉咙经过润泽，她试图跟宋怀萱说话，宋怀萱脸色一沉，说，你要讲话，我就不再下来了。吴辛屏不放弃，喊宋怀萱的名字，宋怀萱二话不说，又将布条填回，又隔天，吴辛屏醒醒睡睡，她异常困倦，那些果汁不对劲，意识稍微清醒时，她得强迫自己不要放注意力到那具干尸身上，她猜测这尸体的主人是宋家的女主人，也就是宋怀萱跟宋怀谷的母亲，但她不肯进一步去想为什么妇人的尸体会在这。

吴辛屏无从得知时间的流动，她醒醒睡睡，噩梦连连，其中一个梦是她睁开眼时发现尸体躺在自己旁边。相较饥饿，这种想象力带来的折磨，更让吴辛屏理解了人的精神被逼到绝境是什么感受，以至于她看到宋怀萱再次出现，竟有些怀念。她说她会安静，但她不想要再被关在这里。宋怀萱盯着她喝牛奶，吃了一些面包，没多久吴辛屏又感到浓厚的睡意袭来，但这一次她察觉到宋怀萱没有离开，而是拉了一张椅子坐下，待了好几个小时，隔着一段距离看着自己。

吴辛屏完全清醒时，宋怀萱已离开，吴辛屏不想再坐以待毙，她试了几个方式，其中一个她掌握到了窍门：她手握成拳，拧转着自己的手腕，腕上的肌肉紧绷隆起，撑出微乎其微的空间，她弄了好几个小时，绳索滑脱出来，她解开脚上的绳索，太多天没活动，起初她连站都站不直，走路显得艰辛，她很讶异门没有上锁，她匍匐着身子一阶阶往上爬，她听到交谈声，她直觉地想要退缩，但她认出其中一个声音是奥黛莉的，她克制不住继续往上爬的念头，想看一眼，确认自己的判断没有失灵，也怀抱着微渺的希望，奥黛莉说不定可以救她。

她错了。错误如同骨牌效应，她拉下奥黛莉，也间接害死了张仲泽。吴辛屏想，自己为什么老是重蹈覆辙，她没有恶意，靠近她的人却都会以各种方式遭遇不幸。

那天，吴辛屏走出黄清莲的家，按照行程要回车站。路上没什么人，吴辛屏一边走，一边回想着母亲的要求，这几个月来，每次回到这小镇，她都不免升起一丝朦胧的近乡情怯之意，小镇变化剧烈，倒是有些事跟从前一模一样，她注意到有一道身影悄悄地接近，她往旁边避让，那人却越走越近，吴辛屏才想着，该不会有人要找她问路吧，她得说明自己不是当地人。转身一看，内心震颤，电流在躯体内慌乱逃窜，是宋怀萱。她以为自己会想逃，没想到心情竟然十分平静，仿佛这一刻她也等了很久。

这几年来她不是没想过要找宋怀萱说清楚当年她们到底面临着

什么，几番挣扎她还是选择了逃避，她的脑中有一个问题，以及一个想忘也忘不掉的画面，她想质问宋怀萱，又怕为了解除了心中的迷惘，她终将面临更大的、更恐怖的人情义理。她想起连文绣曾对自己说过“有时候真相会带来很多不方便”，吴辛屏起先很愤怒，人怎么可以逃避真相？区区几个不方便就能阻退人追求真相到最后一刻吗？但，若放到她跟宋怀萱之间，她又一口气全明白了，有些真相岂止是不方便，简直是凶残，会把你原本的生活撕扯得面目全非。

她茫茫然地跟着宋怀萱走，有些纳闷怎么不是青少年时熟悉的路径，人人欣羡、拥有宽敞院子的别墅消失了。吴辛屏没有问，也不敢问搬家的缘由。她听母亲讲过，宋清弘一死，他的公司被几个亲戚跟老臣联手搬空了。吴辛屏跟着宋怀萱进入一户陈旧的透天厝，她坐下，双手放膝，有千言万语想说，她还欠宋怀萱一个迟来的道歉与搁置了很多年的疑难。才起心动念，吴辛屏又不免为自己找借口，十七八岁的两个女孩子，说不定当时连自己在做什么，想什么，都没有把握。

宋怀萱问想不想喝些什么，吴辛屏点头，心想，宋怀萱对自己的感受，也许不全然是坏的，两人一度相濡以沫不是吗？宋怀萱从冰箱取出一盒牛奶，走到厨房，两人的距离拉长。吴辛屏查看了四周，窗帘紧掩，室内有些灰暗，桌面与地板上积着薄薄一层灰。桌子上，除了遥控器、两个杯垫、一支笔，就没了。电视柜内放着一罐酒，零星一些水晶摆饰。整个住宅给人一种，好像屋主要搬走了，整理途中被什么琐事给耽搁的感觉，总之是半途而废。吴辛屏看了一眼时间，最晚五点要离开，回程搭高铁吧，才赶得及在范衍重接回范颂律之前准时到家。近日，不知道是不是冲刺班的进度太紧凑，范颂律胃痛的次数变频繁了，范衍重帮范颂律请了两个星期的假，要她放学后，自己搭公交车去奶奶家报到。

想到李凤庭，吴辛屏脸色一暗，她心知肚明李凤庭没认同过自己。范衍重跟自己结婚后，又要求范颂律搬回去先前跟颜艾瑟居住的地方。李凤庭气急败坏，一口咬定是吴辛屏让自己沦落成独居老人。吴辛屏没有辩驳，她静默地让李凤庭说，让范衍重去应对。这么多年，吴辛屏领悟到一个道理，自己好像童话故事中那位点石成金的国王，但给她碰到的人，不是成了金子，而是从此腐朽、衰败。也像黄清莲不知从哪位师父那里搬来的理论，人跟人之间相互折磨都是来自他们有累世的因缘，人此生最重要的修行就是不要轻易地开启关系，关系就是因缘，你分不清楚对方是来报恩还是来报仇的。吴启源也说，黄清莲变得如此迷信，都是为了消化吴辛屏当年闹出的争端。吴辛屏深吐出一口气，问吴启源，你觉得爸妈当年那样对我没有错吗？吴启源面有难色地说，你只在意着自己的感受，你有没有想过我们三个人的感受。

宋怀萱放下杯子的声音把吴辛屏拉回现实，宋怀萱坐在吴辛屏对面，喝起了手上那杯。吴辛屏不敢打断这沉默，也举杯啜了一小口，奶味浓厚，茶香偏薄。吴辛屏的眼前有光影流动，是两人还穿着制服，坐在校园一隅，阳光穿过头顶树荫，落在地面成了斑斑光点，风阵阵袭来，光点也在她们的皮鞋上轻灵地跳跃。

◆◆◆

初二那年，导师把吴辛屏叫过去，说要托付她一个特别任务，十四五岁的女生，谁不会对于老师的分派感到受宠若惊？吴辛屏果断地答应。导师又换上神秘兮兮的口吻，宣布内容：跟宋怀萱当朋友。闻言，吴辛屏脸一沉，不想让导师伤心，含糊地说，一定要吗？

宋怀萱在班上是个诡异的存在，说不上被讨厌或排挤，但也称不上受欢迎。不管什么时候看她，宋怀萱都一脸郁郁寡欢，找她说话，她也回应得有气无力，仿佛跟人说话是一项惩罚。宋怀萱每一段友情都很短命。问那些疏离她的同学为什么，他们的答案很暧昧：宋怀萱是个怪人，一下子跟你好，一下子又翻脸，不知道在嚣张什么。有同学信誓旦旦，宋怀萱像她妈，宋太太以前也是跟邻居打招呼、串门子的，年纪越大，个性越阴郁，在街上见到人纵然不忘点头致意，但就跟宋怀萱一样，无精打采、了无生趣。同学的妈妈一致认为，宋太太会这样，是精神压力太大——宋清弘的另一半这角色并不好当，前晚跟人较量酒力到凌晨一点，隔日八点一身利落清爽地出现在颁奖典礼第一排。宋太太或许曾试着为丈夫分担一点社交压力，却因过度努力而身心崩溃，宋怀萱遗传到母亲精神衰弱的那一面。

也有人绘声绘色，宋怀萱幼时体弱多病，被父母带去南部神坛作法，回来时多跟了一个灵魂。那时期大家很着迷灵异现象，宋怀萱被大家视为一个素材，又不至于太过火，以防她去跟父亲告状，没想到宋怀萱情绪麻木，哪怕大家都对她三分客气，七分疏离，她也不曾流露过伤心的情绪，有些人大起胆子，将嘲讽的游戏搬上台面，这回，宋怀萱有了反应：她没来学校了。有人谣传宋怀萱写了一张名单给宋清弘，上榜的人要被记大过；也有人说宋怀萱的父亲要把她送到加拿大读书。第四天，宋太太来了，同学们又是畏惧又是激昂，极想得知宋太太跟导师安排了什么。

吴辛屏看着导师，想通了自己是导师选中的解决方案。她跟同学感情不恶，不怕有些人说她闲话，她最大的障碍是：互不理解的人是很难成为朋友的。宋怀萱在她眼中是个难解的谜。

导师见吴辛屏有些意兴阑珊，更换成低柔的语调，导师信任你，才把这么难的任务交给你。

导师气馁的神情打动了吴辛屏，她想，试试看吧，当作是给导师解忧。被大人信赖的感受，尝起来很是新奇。

这是吴辛屏跟宋怀萱相识的契机，起源于大人的刻意安排，吴辛屏独自缓缓地摸索出乐趣。宋怀萱极其矛盾，她对外表现很冰冷，在文字里是另外一个人，羞赧，内敛，偶尔却有令人惊喜的风趣。两人的交情一日日成熟，宋怀萱说话的次数越来越频繁。吴辛屏很难不意识到，导师说得没错，宋怀萱本质很好，可惜慢热，也有些小孩子气，先前的同学放弃得太快。宋怀萱是个值得深交的朋友。

吴辛屏渐渐忘了跟宋怀萱当朋友是份工作，偶尔，她会这样想：跟宋怀萱在一起没什么好委屈，她只有你一个朋友。吴辛屏从前没有所谓“最好的朋友”的概念，她跟谁都好，换句话说，她也没有特别友爱谁，她以为自己也喜欢这样，若只跟一个人格外亲密，两个人日后撕破脸岂不是很伤脑筋？宋怀萱潜移默化、点醒了她，每一个下午宋怀萱躺在她旁边，没完没了地提问时，吴辛屏找不到适合的字句来形容她胸中的安逸，她可以倾听，也可以惬意地睡去，再次醒来时，宋怀萱可能在看书，或者看她，两人眼神一对上，宋怀萱又迫不及待延续她们未竟的话题。怎么有人可以讲个不停？吴辛屏没有问出口，她感受得到，宋怀萱很孤独，也很怕人嘲笑她的孤独。

宋怀萱的转变，班上同学有目共睹。导师谢了她，送了两本书作为奖赏。吴辛屏认为哪怕导师无动于衷，她也无所谓，她从这段友谊取得前所未见的快乐，只是她的快乐模样很特别，在这之前，吴辛屏没想过自己也有匮乏，像是人若没有品尝过精致的食物，便无从体察到自己的味蕾也是有层次的。

吴辛屏内心深处有个很幽微的什么，被宋怀萱触动了。她甚至自问自省，从前是如何忍受那种表面上人缘极佳，实际上没有半个知心好友的日子。可惜上了高中，两人被编入同一班。宋怀萱传言中的异状猝然“复发”，时而热络，时而冷淡，时而逼迫吴辛屏宣示两人有无所不知的默契，时而在信纸上写了她在考虑绝交，吴辛屏一度怀疑，她好像在跟宋怀萱谈恋爱，她得示弱，更得去讨好，说不上为什么，她疲惫不堪，又不想放弃。她有个猜想，极度模糊，并不具体：宋怀萱有事情隐瞒着所有人，她不是一下子就跳到这个结论，而是很多对话的累积。宋怀萱很常问吴辛屏家庭的琐事与每个成员的生命故事，想当然尔，吴辛屏也会问，尤其宋家并不是寻常人家，说自己不好奇，俨然自欺欺人。

这个话题显然是个禁忌，一出口，宋怀萱整个人不对劲。一个下午，两人倒在吴辛屏的床上，溽暑的湿气薰得两个人懒洋洋、有气无力。吴辛屏使劲撑起身子，侧身打量宋怀萱，宋怀萱半眯着眼，脖子软软地向肩膀倾斜，看似昏昏欲睡。吴辛屏问，什么时候换我去你家啊。宋怀萱猛然睁大眼，瞅着吴辛屏，问，你为什么想去我家？吴辛屏被她语气中的戒备以及绷紧的五官给逗笑了，她伸手推宋怀萱，语气漫不经心，你都来我家这么多次了，我也会想去你家啊，你干吗这样看着我？是怎样？你家也有养坏狗吗？你的眼神好好笑。宋怀萱眼中的惊惶加剧了，她沉声问，你为什么会这样说？哪来的坏狗？宋怀萱紧抓住吴辛屏的手腕，力道大得吴辛屏发出嘶的一声。吴辛屏缩回手，无辜苦笑，徐徐解释，班上有个男生，招待同学到家里玩，孰料家中平素温驯的土狗凶性大发，咬了那位同学。其他同学拿这件事当作笑话，说他家外面该贴张红纸条：内有坏狗。宋怀萱揪紧的五官徐徐地松开。

吴辛屏感受到，过去几分钟内，她的朋友被看不见的网子给攫住了。宋怀萱转过身去，背对着吴辛屏，细声道歉，声音潮湿，对不起，我也不知道我是怎么了，你先不要管我。给我一些时间，我躺一下就好了。那一瞬间，吴辛屏看着宋怀萱缩成一球的身子，没来由地感伤。两个女孩本来就在伤春悲秋的年纪，倾向把微小的刺痛，视为生命某种巨大苦厄的预言。吴辛屏踌躇半晌，轻轻把手放在宋怀萱发抖的身子上，她说，对不起，我发誓我再也不吵着说要去你家玩了。吴辛屏也躺了下来，不发一语，充作陪伴，直到宋怀萱发出均匀的吐息声。

吴辛屏才合上眼，“宋清弘或许会打人”这组字浮掠眼前。她的臆测来自母亲的言论。黄清莲常在宋怀萱的背后搬弄宋怀萱母亲的不是，镇上的其他人偶尔邀约她搭车去采买、购物、喝杯下午茶，她往往是客气又带点距离地婉谢，说自己身体不好，不能走太长的路。久而久之，对宋太太的批判，于镇上许多人的口耳之间流传，宋清弘没有架子，他的妻子凭什么摆谱？狐假虎威？她应该向院长夫人学习。也有人说，曾听过宋家半夜传出宋太太的哭声。对此，黄清莲提出她的个人见解，一如她对镇上的大小事都有拟定意见。她主张宋清弘会打妻子。吴辛屏不信，宋清弘在讲台上致词时那么温柔慈蔼。黄清莲摇着手，信誓旦旦，一副她亲眼看过宋清弘殴妻的口吻：这里哪个男人不打老婆，宋清弘事业那么大，一定也打老婆。不然他的压力要往哪里去？

吴辛屏将信将疑，母亲的推测略显粗糙，却不无道理。吴辛屏父亲的消遣就是闲暇时跟朋友喝几杯，酒意上头，他不仅多话、爱唠叨，还会对黄清莲动手。吴辛屏国小时曾跟一些同学分享家中秘辛，同学们纷纷点头，说他们也见过父亲揍人的场景。孩子们不怎么放在心上，一来是习以为常，二来是，反正妈妈隔天又会没事般站在厨房蒸馒头跟倒豆浆，吩咐他们快点喝完。

吴辛屏把两件事组合在一起，像是拼图，一个凹，一个凸，嫁接上。她越想越觉得这一次很可能被黄清莲料中。宋清弘是坏狗，看似可亲，却会在你解除防备时张嘴咬人。他是不是还对小孩动手？但宋怀谷看起来潇洒倜傥，不像是受虐儿，吴辛屏又想下去，这里的人谁舍得对儿子生气，黄清莲再怎么碎念吴启源，还是会在他的便当里放一只鸡腿跟一块鱼，吴辛屏只有其中一种。

吴辛屏又想起宋怀萱写的信。吴辛屏很爱描写对家庭角色的不满与期待，宋怀萱从不，她喜欢谈有些距离的事，像是她会问吴辛屏，怎么想未来的自己，想找怎样的人恋爱？有想过自己若不是在小镇，会去哪里？有想过长大以后，住在别的国家吗？有时，她也会说很近的事。课业又退步了，坐前面的同学改考卷不够仔细，连老师在她周记上回复的评语等等。吴辛屏眼前有乱石崩落，砸得她视觉昏暗。她探出了手，指尖在宋怀萱的背上画着圈圈，一种近似无瑕与无限的柔情自她的体内汩汩流出，她对自己说，我要保护宋怀萱。这个女孩她只有我了。

吴辛屏同时回望自己的家庭，心想，我不也是对我的家庭感到疲惫不堪吗？升高二的暑假，父亲驾驶货车，擦撞一对母子，又失控撞上分隔岛，车头全毁，他本人身上多处骨折，从此不良于行。父亲坚称是机车上的母子因书包掉落而骤然停下，他踩紧刹车，偏偏车身过重才直直撞上。对方火速送来他们认为合理的赔偿金额，黄清莲忍不住在两个孩子的面前责备丈夫闯下大祸，父亲也久违地扬手，把妻子揍得跌坐在地上不够，还过去补了两脚。吴辛屏想制止父亲，被哥哥拦阻，吴启源以唇语跟手势示意，不要管他们，你小心扫到台风尾。

脾气和顺的哥哥难得出声警告，吴辛屏只能加入旁观的行列。没多久，黄清莲站起身，抚平裤管，一脸没事地说，你们在这里做什么？兄妹俩交换个眼神，默不吭声地上楼回各自房间。对于吴家而言，赔偿是一回事，最大的损失莫过于一家之主再也不能开车。他还以养病为由，流连赌桌，不幸中的大幸是父亲的技术跟手气不坏，赢的钱正好抵过他的个人开销，这也暗示他再也不能如同过往那样撑起一个家庭。

吴启源五专[1]一毕业，抱着履历去快餐店应征门市人员，黄清莲已暗示吴辛屏她得独自负担读大学的一切费用。吴辛屏把自己跟宋

1 五专：五年制专科学校，简称五专，是台湾地区专科学校中技术及职业教育的一环。

怀萱想成童话中落难的公主，分别承接着金钱的匮乏和家庭成员的暴力，她们得互相扶持。吴辛屏在远方设下一颗闪闪发亮的金色苹果，轻声细语地说服宋怀萱，我们要摘下那苹果。一起读好大学，住在一起，一起谈恋爱，一起在校园里骑着自行车，并且一起失恋。

吴辛屏读书资质没有宋怀萱好，她要求自己得跟上宋怀萱。这是吴辛屏衡量利弊后的选择，跟宋清弘硬碰硬只会被他的权势给击溃，她们两个小女生得绕避、远走高飞。考前几个礼拜，吴辛屏第一次丧失信心，她们很可能摘不到那只苹果。宋怀萱状况暴起暴落。一日，宋怀萱什么也不做，只是躺在吴辛屏的床上，无声地落泪。吴辛屏在一旁递卫生纸，手背压在她发烫的脸上，过了一段时间，宋怀萱才坐起身，用力捏着自己的喉咙，一下接着一下，好像里头有根刺似的，她以极快的速度眨着眼睛，想逼回泪水。

吴辛屏跪坐在一旁，心疼地注视着宋怀萱，宋怀萱的家中八成又发生了什么事。宋怀萱转过头来，吴辛屏心有准备，仍暗自心惊，她从未见过一个人的眼中承载这么多苦楚与绝望。宋怀萱却转移话题，说起宋怀谷的生日派对，吴辛屏没有拆穿，诚意十足地配合。她坚信自己在跟看不见的怪物搏斗，她得在宋怀萱被怪物彻底吞噬前，把她带离这座小镇。

吴辛屏想着想着，被自己感动，别的女孩十七岁都在思量着怎么样让暗恋对象多看上自己一眼，她的愿望很小，也很单纯，宋怀萱要好好的。吴辛屏给宋怀萱打气，要宋怀萱疼痛不堪时想一想她们的蓝图，想一想那只金色苹果，最后一次模拟考，宋怀萱回到从前名列前茅的水平，吴辛屏又被注入希望，她们会毫发无损地离去，宋怀萱会在新环境变好，也变正常。恢复成一般女孩，有些自信，也有爱情的苦恼。

踏出试场的那一刻，吴辛屏的心情飘飘然，作答的手感比预期来得理想，宋怀萱婉拒了，提议两人快点回吴辛屏的家，她想睡个过瘾。吴辛屏抚着宋怀萱的背，想象自己在哄睡一个不安的婴孩，以轻柔的音量呢喃，没事了，都没事了，考完了，我们要远走高飞。宋怀萱吸进一大口气，问吴辛屏还记得宋怀谷的生日派对吧。吴辛屏不动声色，暗自拟定了另一个作战计划，她得把握机会，把宋怀萱的异状告知宋怀谷。若能找到同盟，宋怀萱也许不再那样失落，吴辛屏感受到久违的安宁，直到细细想起宋怀谷，思绪又开始纷飞。

宋怀谷长他们两届，走到哪，人群的目光跟到哪。同学喜欢他，学妹迷恋他，男生对他又妒又羡。吴辛屏四年级时，曾被朋友拖着去看宋怀谷，吴辛屏也看了几眼，没有朋友心跳加快、额头发汗的夸张反应，倒也不由得赞叹，宋怀谷长得真好，浓眉大眼，长长的睫毛，唇红齿白，像个混血儿。升上国中，宋怀谷三个字仍旧在吴辛屏的耳边萦绕，运动会，宋怀谷跑男生第一棒，一个众望所归的次序，女生的尖叫声震耳欲聋。

吴辛屏很难不被宋怀谷颀长的身子给拉走目光，小学时宋怀谷的身高并不特别突出，到了初中，一口气抽高近二十厘米。宋怀谷代表五班，五班因宋怀谷拉开了差距，到中后段均维持第一名，倒数第二棒，五班队员在交棒区与其他选手推挤，双双滚跌在地，第三名渔翁得利。五班同学发出嘈杂的抗议与嘘声，宋怀谷独排众议，走过去安慰那跌跤的女孩。吴辛屏听到身旁的女孩们哭喊，学长好温柔。吴辛屏想，所谓白马王子，大概是在形容宋怀谷这样的人物。

吴辛屏对于宋怀谷称得上喜欢吗？可能吧，谁不？有件事，吴辛屏搁在心底不敢提，初二那年答应老师请求，她脑海闪过一丝渴盼，若能因此亲近宋怀谷该有多好。日后，吴辛屏跟宋怀萱的交情日益笃切，她想尽办法要忘掉这个盘算。宋怀萱跟宋怀谷的手足情谊不若吴辛屏料想得深刻，宋怀萱不常，还有些避免去谈及她的哥哥，吴辛屏观察良久，归纳出一个结论，旁人说得没错，两个孩子若一个过于耀眼，另一个就会被压得喘不过气来。宋怀萱的沉默、阴郁，或许是无声的抗议。

身为宋怀萱唯一也是全部的朋友，吴辛屏认为，她不能让宋怀萱察觉自己曾被视为飞往宋怀谷的跳板。不过，这回情形特殊，认为找宋怀谷商量，才是体贴宋怀萱的证明。想到自己要跟宋怀谷搭话，吴辛屏的心跳先是停顿，然后，怦然加速。

生日派对前一天，吴辛屏内心怕极了宋怀谷与他的大学朋友们看不起她的品味。她看中一件三百多元的牛仔短裙，回家找黄清莲哭闹，黄清莲冷着脸从钱包捏出一张大钞。吴辛屏又从母亲的梳妆台摸了一支口红放进短裙口袋，只是在宋家门口，她连忙用手背抹掉了，她有预感，宋怀萱见到她涂了口红，会跟自己赌气。宋怀谷亲自应门，吴辛屏低着头，笔直递出饼干礼盒。她听到宋怀谷的笑声，亲切，带有善意。他说，你真有礼貌，吴辛屏的脸刷上一片潮红。

宋怀萱站在宋怀谷身后，吴辛屏前去抱住宋怀萱的手。宋怀萱的肢体动作比平常生硬，吴辛屏偏着头打量自己的朋友，宋怀萱似乎也感应到什么，别过头，往客厅走，要吴辛屏跟上。她们经过几个男孩，吴辛屏听到口哨声，裙子太短了，她的大腿内侧擦过了某个男生的膝盖，冒起鸡皮疙瘩。他们找了个位置坐下，看影片，吴辛屏坐得挺直，双眼紧盯着荧幕，想让自己投入，才不会让这些大男孩听到她胸腔内隆隆的心跳。另一群男生提着超市提袋回来，放肆吆喝。

没多久，男孩们递上饮料，吴辛屏闻到浓烈的气味，汽水都混了酒，她看到客厅的餐桌上错落着几支酒瓶。吴辛屏不想被嘲笑大惊小怪，一股脑地喝下，喉咙灼热，火焰往上蹿到鼻腔。才喝完一杯，一眨眼杯子又满了，吴辛屏这回学聪明了，小口小口啜，宋怀萱要吴辛屏别喝了，专心看电视，吴辛屏的视线飘到宋怀谷身上，她没忘记她的任务，只是她错估情势，来的人太多，得更有耐心，等候宋怀谷落单，吴辛屏才这样想，眼前人影的线条涣散模糊，头皮底下一片肿胀，吴辛屏不得不抓着宋怀萱，说她不舒服。

之后的事她只有零星、片段的画面。宋怀萱跟一个男孩把她扶到了宋怀萱的房间，两人旋即消失。吴辛屏的喉头如沙漠，腹部有火，从里而外烤得她浑身肌肤都要裂开，宋怀萱回到她身边，要她起来喝水，宋怀萱拿了另一只枕头撑高她的上半身，以防她被呕吐物噎着。吴辛屏仿佛被困在梦与真实的交界，身子从起先的发烫转为发冷。

她要宋怀萱陪自己去上厕所，她没有印象自己在马桶上坐了多久，只记得身体的不适渐渐褪掉。她吃力睁开眼，请宋怀萱打电话给她父母，她爸妈铁定气疯，宋怀萱要她放心，黄清莲要她好好待在这里休息。听到这消息，睡意如大浪袭来，吴辛屏卷入，她含糊地表示歉意，她这样很丢脸，也很扫兴。宋怀萱没有吭声，只抚摸她的额头跟脸。

吴辛屏再次醒来，是被那双不断在她小腿间流连的手给吵醒，她浑浑噩噩地想，我回到宋怀萱的房间了？那手指有些粗糙，所经之处带来奇妙的痒感。不知不觉手来回的幅度加大，上至膝盖，下至脚踝，像是在戏弄，也像是在测量。她的上衣被掀起，那手拉下她的肩带，不再动作，时空寂静。吴辛屏翻身，低喃，宋怀萱别闹了我好不舒服。手倏地退去，吴辛屏才想松懈，冥冥之中，一股尖锐的直觉刺进她的心，她睁开眼，只见面前一人影，裤子在脚边卷成一团，蓊郁毛发中有一根竖直的什么，见她醒来，那人拉上裤子，快步往门边，那身材线条，她过去几年仔细打量了数回，不会错认。吴辛屏的神智涣散，是宋怀谷，思绪打结了好久好久，吴辛屏才弄懂自己在想些什么。

理解并没有让她得到什么，还把她搞得更迷惘。她想，我太醉了，心中的幻想化为写实的梦。才这样想，又听到交谈声，其中一人是宋怀萱，另一个声音她不很确定，下一秒，两个声音同时消失了。吴辛屏闭上眼，深吐出一口气，声音也是幻觉吧？酒精太过邪恶了，让一个人不知道自己究竟在哪里。尿意出来搅局，如美工刀刮着她的下腹，吴辛屏摇晃起身，扶着自己的额头，按着记忆下到二楼，上完厕所，吴辛屏坐在阶梯上，纳闷着，一楼的喧嚣消失了，大家都走了吗？宋怀萱呢？留在一楼清理残局？那么多的比萨盒、拆封的洋芋片、啤酒罐跟酒瓶。现在到底几点？吴辛屏撑着膝盖起身，决定上楼回宋怀萱的房间，痛楚占据了她的感官，她得再躺一会。手指才贴在门板上，要往前推，吴辛屏听到隔壁房间传来微弱的闷哼，好像是在说话，又好像是在低泣。昏沉之际，好奇心反而膨胀得比平常都还要剧烈，她想，谁在哭。门半掩着，她轻轻推开。

黄色灯光下她看到交叠的身影，一个人趴在另一个人身上，看仔细了下面的人，吴辛屏如遭电击，上面的人裸呈的臀部朝前推挤，一次、两次。吴辛屏倒退一步、两步。她回到宋怀萱房间，心脏大幅收缩，她把自己藏入被子内，闭上眼，抑制不住地瑟瑟发抖，她对自己说，触摸是梦，声音是幻觉，她目击的一切是假象。酒精让她成了另一个人，视觉听觉接连故障，对她恶作剧。天怎么还没亮，这个夜晚出奇的漫长。

不知道又过了多久，身侧的床铺往下沉，吴辛屏张开眼，是宋怀萱，她面无表情地拉上被子，用手臂压实。宋怀萱转过头，目光宁静，柔声说，你还没睡？这一连串如常的反应让吴辛屏感到羞愧，她的思想太混浊了，才会产生这样多肮脏的联想，一个紧接着一个。吴辛屏心底揭起大片悔意，她下一次不要再逞强喝酒，也不要再看那么多色情漫画，不然会再度遭遇报应。吴辛屏起了无数个誓，骨头关节才一部分衔着一部分放松，她命令自己快点睡着，下一次张眼，必然是天亮，阳光会蒸散酒精，她的知觉将恢复干净与清澈。坠入睡眠的前一刻，吴辛屏听到宋怀萱的声音。

我知道你看见了。

吴辛屏猛然睁眼，看进宋怀萱脸上那两潭空无一物的深渊。零碎的信息自动地排序，站队。宋怀萱个性上的阴沉和反复，她在周记显现出的郁郁寡欢，她对于家庭的疏离，她曾经捏着自己的喉咙想说话。宋清弘不是坏狗，坏狗另有其人，看似驯顺无害，却会疯咬人的是……

吴辛屏想，她逃了那么多年，却还是历历在目。记忆斧凿的痕迹多么深沉。

她告诉奥黛莉："宋怀谷没有侵犯我，他侵犯了另一个同学。"

"为什么你要说被侵犯的人是你？"奥黛莉只介意这件事。

"因为我那时也太天真了。那同学不敢说，我以为我可以帮她。

可是这种事情需要一个勇敢的被害者，我以为我做得到。”

吴辛屏回溯，那晚，两人无语到天亮，阳光洒进，她浑身颤抖地要宋怀萱陪自己回家，宋怀萱没有拒绝。快到家门口，吴辛屏打破沉默，问这是第一次吗？宋怀萱摇头。她又问，那是什么时候开始？宋怀萱不想讲。吴辛屏又气馁又难过，她看得出来，宋怀萱谈不了这个话题，曾几何时，那个喋喋不休的女孩子成了童话故事中的美人鱼，再也发不出声音。

吴辛屏停下脚步，定定地瞅着宋怀萱，问，那你怎么办？宋怀萱看着地面，说，我没事，她的表情却是扭曲着，以恐怖的角度变形。吴辛屏不信，她去抓宋怀萱的手，提议，我陪你去跟你爸妈讲，我可以当证人。吴辛屏说得斩钉截铁，仿佛她不这样做，她千辛万苦凝聚的勇气就会在转眼间消失得无影无踪。宋怀萱动也不动，像是石化了，她声如蚊蚋地说，不行的。不能这样子的。辛屏你不明白，他们不会站在我这里的。要我说出去，就是在逼我去死你懂吗？

吴辛屏又问，宋怀谷是不是碰了我。宋怀萱点头，结巴地说宋怀谷认错了人，是吴辛屏的声音把他赶跑了。宋怀萱撞见哥哥从自己房间走出，两人吵了一架。一个计划在吴辛屏脑海成形，她握着宋怀萱的手，说，我去跟连文绣老师说吧，用我的名字。宋怀萱一脸茫然地抬起头，眼中满是泪水，说，但明明不是你。吴辛屏打了一个长长的寒战，她的身子又冷又热，她想，宋怀萱只剩下我了，全世界只有我知道她的痛苦。她更用力地握着宋怀萱，说，不要怕，就因为不是我，我说得出口。

闻言，宋怀萱眨眨眼，难以置信地说，你是认真的吗？你知道这件事有多难吗？吴辛屏心底也很是惶恐，被这样一问，她反而增强信念，她可以，她办得到。她改握着宋怀萱冰冷的肩膀，说，我会让你哥哥知道这样做是不对的。宋怀萱急忙说，我不想伤害他，他会被抓去关吗？吴辛屏心神摇晃，抓去关，这个叙事过于庞大，她思索几秒，又一次坚定立场，她问，假设你哥哥被抓去关你可以接受吗？宋怀萱手握成拳，陷入挣扎，吴辛屏等了一会，才等到宋怀萱的答案：哥哥暂时消失也好，否则他回到家太容易了。说完，宋怀萱宛如被什么阴霾笼罩着，她闭上双眼，眼泪扑簌簌流下。吴辛屏见状，心如刀割。她再次承诺，我会帮你。你爸妈不会发现这件事跟你有关系。等到警察带走你哥。我们上大学，事情慢慢过去。你要对我们的未来有信心。

这时，宋怀萱挤出笑容，吴辛屏也吐出胸中那团沉沉的郁气，笑了。

吴辛屏简述了事情经过，但没让奥黛莉知晓另一个角色是宋怀萱。

“你们那时候在想什么？你有想过这样做的代价吗？”

吴辛屏闭了闭眼，“那年我们才几岁？不到十八岁。我想得很简单，我要帮那个同学，我不帮她，没人会帮。只有我做得到。我知道这样子做我会很危险，我不怕。就像我说的，只要我自己知道，事情不是发生在我身上，别人怎么说我无所谓。”

吴辛屏想起十几年前，连老师前脚一走，父亲二话不说，拾起桌上一切物品，烟灰缸，茶杯，遥控器，喉糖罐子，砸在她身上，他扑过来殴打吴辛屏，嘴上教训的却是黄清莲。你怎么教的。好好的一个女儿被你教成这样，被别人糟蹋就算了，还敢吵着要报警。吴辛屏被甩了好几个耳光，眼前天旋地转，她试着站起，又被父亲一巴掌甩回地上。她暗自想着，好险是我，若是宋怀萱，她怎么办？她岂不是要承受两次痛苦，我给她分担一次了，宋怀萱不孤独了。

除此之外，警察也让吴辛屏认识到，整个社会都宁愿包庇加害者，警察一听到宋怀谷的名字，还说吴辛屏要不要回家想清楚再来。要不是连文绣威胁要把警察说的话录下来，警察才故作正经，按照流程进行询问。吴辛屏从警察局回来，又被接获消息的父亲痛打一顿，吴辛屏被揪着头推到墙上，父亲要女儿去跟警察撤回，否则断绝父女关系。吴辛屏不答应，暴雨似的拳脚再度落下。吴辛屏不得不反击，大吼，再这样下去她就告诉连老师，这是家暴。父亲停下动作，要黄清莲跟吴启源在家不能跟吴辛屏说话，也不能给予吴辛屏食物。他要换个方式逼吴辛屏让步。

吴辛屏身心俱疲，案件往前推进，她遇到了检察官，她心乱如麻，不敢抬头注视检察官，怕被看出端倪，对方是一个女性，年纪比连文绣大一些，声音低沉，她问得很慢，很仔细。吴辛屏的双亲不同意验伤，采证进度胶着，她要吴辛屏尽可能说出还记得的事情。

听完之后，她说，辛苦了，你一定很害怕吧，你放心，我不会因为宋清弘在地方的关系就纵容这件事。

吴辛屏无缘无故地哭了，被父亲卯起来打的时候，她没哭；吴启源在深夜煮泡面给她吃，劝她放弃，她也没哭；在她以为最骇人的检察官面前，她反而哭了，她多么希望宋怀萱亲耳听到这些话。她想告诉检察官，我不是真正的受害者，真正的受害者比我还绝望一百倍、一千倍。但她不能。计划只差临门一脚。不能就这样半途而废。她得坚持到最后一秒钟。

“但为什么事情最后会变成现在这样呢？”

奥黛莉打断了吴辛屏的滔滔不绝，眼神有七分困惑与三分的怀疑。

吴辛屏看着奥黛莉，似乎被什么气氛给渲染，她的眼中升起一片霭霭的雾气。

“为什么事情会变成这样呢？”吴辛屏也极想知道答案。

“我爸收买了她的父母……”

宋怀萱的声音自门后传来，奥黛莉才惊觉他们过于入神，不知不觉，宋怀萱回来了。她双手提着托盘，盘子里有两杯饮料，跟从中剖半的面包。吴辛屏看着那杯饮料，根据经验，里头八成添加了安眠的药剂。

“我爸很聪明，他一明白收买不了检察官，就亲自去找吴辛屏的家人。五十万，不要，就慢慢往上加，像他谈生意，每个东西都有价钱，对方不卖你，不是他真的不想卖，是因为你还没碰到对方心里的那个数字。我爸别的不多，耐心最多，终于碰到了那个数字，吴辛屏在法庭上跟法官说，是她幻想出来的。宋怀谷没有对她做出那件事。她也不知道自己是怎么了。”

吴辛屏眼神低垂，没有反驳。

宋怀萱说了下去：“那几天，不管我妈怎么羞辱我，恨我、怪我、说我太白痴，从哪里找来一个不知羞耻的女生当朋友，我都无所谓。我在等你，也在等一份奇迹，我相信你，把你当成我唯一，跟全部的希望。我到最后一秒都相信你做得到。你没有，你放弃了，你跟你的家人拿到一堆钱，一副无所谓地离开，去当你的大学新鲜人。我以为你至少会写信给我，解释为什么，没有。你就这样走了。我想了好多年，每一天都在想，为什么，有一天我懂了，全是我一厢情愿，你打从一开始，就没有要帮我，你只是在利用我。”

奥黛莉的视线在宋怀萱与吴辛屏之中溜转，试着理解宋怀萱的发言。

“我从没有想过要利用你。”

“那你为什么退缩了？”

“因为……”吴辛屏身子一僵，那个被她锁进心中已久的问题跟画面，可以放出来吗？

吴辛屏的记忆跳回至那个下午，她饿得几乎要出现幻觉，吴启源给她挟带食物、塞钱一事，没几天就被黄清莲逮个正着。黄清莲把儿子骂得狗血淋头，要吴启源别得意忘形，父亲连日怒不可遏，谁帮吴辛屏，谁就跟着挨揍。吴辛屏去找连老师，在学校被许多老师唤住，问进度如何，他们的神情古怪别扭，看似关怀，又有点轻佻。别说那些老师，纵然是连老师，态度也忽冷忽热，一下子说她会陪吴辛屏，一下子又改口说她是老师，吴辛屏跟宋怀萱都是她的学生，她不能够偏袒任意一方，应该要保持中立。她要吴辛屏回头努力说服父母。吴辛屏在数天之内看尽人情冷暖，以及她跟宋怀萱确实准备不足、过于天真。她们年纪太小，没有经济实力，又住在家里，大人轻轻使劲就能掐着她们的喉咙。

宋清弘一来，见到吴辛屏脸上的瘀青，貌似不忍地跟着劝吴家父母不要对小孩动粗，小孩子不懂事，大人可以说道理，就是别使用暴力。宋清弘的到来让吴辛屏的处境更为严峻，宋清弘温文尔雅、好声好气说明宋怀谷有大好前程，那个晚上只是个无伤大雅的小误会，他们宋家有诚心解开误会，这也要吴辛屏的配合。吴辛屏不愿，宋家的诚心也越来越大，检察官一起诉宋怀谷，那诚心更是来到无比可观的数字，相较父母的威胁，宋清弘慈眉善目、循循善诱的态度才让吴辛屏难受。诡异的是，那个晚上的记忆仿佛长出自己的意志，变形、淡化，宋怀谷真的有做吗？吴辛屏倏地不能确信了。这是不是一场很长，跨越了好几天的梦？

吴辛屏心思纷乱，硬着头皮又去找连文绣，那时两人气氛已有些微妙，吴辛屏有猜到连老师不会支持自己，但她没算到连老师直接要吴辛屏做伪证，理由是："我不希望你小小年纪就背负这么多，你在大学有新生活了，把一个人送进大牢，这种压力会跟着你一辈子的。”

吴辛屏失魂落魄地步出母校，她感到孤立无援，她得去找宋怀萱，她心知肚明，这破坏了两人说好的规矩，也很清楚若被人撞见她们两人在交谈，对双方的处境都很不利。吴辛屏挂上口罩，拉上外套的帽子，沿途她低着头，不想让人认出。她有惊无险地来到宋家侧面的围墙，她想了几秒，翻墙太过引人注目，吴辛屏弯腰捡了一颗石头，想锁定宋怀萱房间的窗口。她祈祷宋怀萱在房间。她的机会很有限，几乎可以说是只有那么一次。她蓄势待发，看到有人步出大门。是宋怀萱，紧接着是宋怀谷，吴辛屏蹲下身子，移动到侧门，从栏杆之间看着两人的互动。

她捂着自己嘴巴，不让自己的惊呼从指间逸出。

现在，她可以问了吗？她可以确认那个下午自己目睹的景象实际发生过吗？

她可以为搁置在心中多年的疙瘩找一个结束吗？

质问宋怀萱会不会让自己跟奥黛莉的处境变得更不利？

“我想让你知道，”吴辛屏抬高音量，“不只你，我也是有阴霾的，我常常想到你，就难过得喘不过气来，我很清楚，我怎么辩解，某种程度上我还是辜负了你，可是，我也不认为全部的错误都得我一个人来扛……”

“你是想将功赎罪吧？”宋怀萱指着奥黛莉，“辛屏，你想用个好人的面貌重新开始，对吗？我也很了解你的，你喜欢当圣母，才会答应导师来当我的朋友。抗拒不了金钱的诱惑，你也很痛苦吧？你需要找到下一个目标，让她膜拜你，依赖你，像我曾经那样对你，我说的没错吧？”

吴辛屏没有反驳，看似默认了宋怀萱的说词。

“你好恶心。”宋怀萱放下了托盘。

门铃响起，吴辛屏瞪圆了眼睛。

宋怀萱的眼珠转了一圈：“还能是谁呢？”

手攀在门把上，宋怀萱转过头：“辛屏，你不知道吧，我去台北找过你。站在你的补习班对面看着你好几个小时。等你下班，上了地铁，我跟你在同一站下车。我眼睁睁看着你走进一家餐厅，你的老公跟小孩在里面等你，你看起来好幸福。我那时候就想，我不会原谅你的，无论你说什么，我都不会原谅你的。”

范衍重接过宋怀萱的杯子，那是第二杯水了。

宋怀萱是个周到的主人，范衍重的杯底一空，宋怀萱起身，没有问过他，就拖着脚步回到阴暗的厨房。范衍重把握时间，整理着他方才从宋怀萱那里得到的信息。宋怀谷很久没回来了，跟原生家庭也呈现半失联的状态，宋家只能被动地获知宋怀谷的行踪。

范衍重气馁得不断举起杯子，下意识地想用喝水这个日常的动作，掩盖掉自己无计可施的仓皇。他抬头，视线与宋怀萱对齐，宋怀谷有动机伤害吴辛屏吗？很难说，乍看是很久以前的恩怨，但宋怀谷学业中断、被扔到国外，甚至，若按照连老师父亲的推测，连宋清弘的死都可以被算在吴辛屏头上。这份仇恨会随着时间而淡化吗？

范衍重回溯着自己跟连文绣的对话，试着搜索让他可以开启对话的字眼。

“你一个人住在这里吗？”

宋怀萱摇头，“我跟我的母亲住在一起，她身体不太好，在休息。”

“我们这样子说话会打扰到她吗？”

“你放心，她不会在意的。”

宋怀萱比他料想得亲切太多，范衍重想，这个女人看起来什么都不知道。

意识到这点，范衍重有些失落。

“你还记得吴辛屏这个人吗？”

宋怀萱凝视着范衍重："我记得，她是我高中同学。”

“那好，我得告诉你一件事，请你不要吓到，”范衍重在脑中思索着合适的语气，“吴辛屏是我的朋友。她前几天来到这里以后，就再也没有回到台北了。”

“所以，”宋怀萱眯起了眼，“你在怀疑我哥吗？”

“我是想说，也许有这个可能性，辛屏来到这，遇到了你哥……

因为他们之前……”

“你知道他们之前的事？吴辛屏说的？”

“不，辛屏从没有跟我说过，是她妈妈告诉我的。”

宋怀萱若无其事地点了点头，望着范衍重，神情诚恳：“范先生，我可以理解你为什么会怀疑我哥，但，我得说，这是不可能的，我哥哥现在人在美国，跟妻子过着很幸福的日子，也很少回来台湾，我不认为吴辛屏的失踪会跟我哥哥有关。很抱歉刚刚没有跟你坦承他在国外的事实，毕竟我尚未确定你的来意，我得保护我哥。”

“没关系，我可以理解，那你哥上次是什么时候回来的呢？”

宋怀萱嘴角勾成调侃的角度：“范先生，你还在怀疑我哥吗？”

“请你不要介意，我只是想求个慎重。”范衍重识趣地道歉。

两人间形成一股沉默的气压。范衍重想，可能得离开了。若宋怀谷如宋怀萱所言，在美国建立了家庭，他回到故乡挟持吴辛屏的诱因就会缩小许多。就在范衍重考虑着要怎么提出告辞的打算时，耳边响起宋怀萱气若游丝的呢喃。

“范先生，你当初是怎么跟辛屏在一起的呢？”

范衍重看着宋怀萱，双唇微启：“我刚刚不是说我们是朋友吗？”

“这种谎话就别再拿出来第二次了。我都几岁了，看得出来你跟吴辛屏不是普通的关系。男人才不会为了朋友而付出这么多。”

“是这样子的吗？好吧，我们确实关系比朋友还深。”范衍重还是做了保留。

“你现在知道辛屏跟我哥的事，会失望吗？辛屏不是个强暴案件的受害者，就是个骗子，我很不想这么说，但我实在很好奇，对一个男人来说，哪一个才可怕呢？”

范衍重又是一愣，他有些意外，宋怀萱的神情寻常，说出口的问题竟如此咄咄逼人。

“既然你也知道这问题很冒犯，我拒绝回答也是理所当然吧。”

“那你爱她吗？”

“你太得寸进尺了——”

“好的。”宋怀萱放弃得很利落，“我们就讨论到这里吧。”

宋怀萱送范衍重至门口。范衍重弯腰穿鞋，一边寻思着，他还是得对自己的冒犯致歉。不管怎样，自己在毫无证据的前提下，冒失地造访宋家，还得寸进尺地问了许多宋怀谷的问题。

他又转念想，为了以防万一，还是找人确认宋怀谷的出入境记录吧。

范衍重在心底琢磨着。难不成，还是得交给警方了吗？这将为他的执业带来怎样的风波，他是不是得先跟邹国声请教，进行模拟推演？别人又将怎么看待他？他跟颜艾瑟好不容易止息的议论势必又会被搬上台面。还是说，他应该要若无其事地把日子过下去？

这个念头一浮现，罪恶感也紧跟着窜入，你怎么可以到了这个关头还在担心你的名誉，若吴辛屏遇难，不正是你的拖延害惨了她吗？在你的心目中，吴辛屏比不上你的名誉吗？你还有人性吗？范衍重转头望着宋怀萱，他多想从她，或是黄清莲、吴启源甚至那个形迹可疑的奥黛莉身上摸出答案，如同从果树上摇落一颗果子。

“可以再问你一个问题吗？”

“我会尽可能地回答你。”

“吴辛屏之前有来找过你吗？我的意思是……你们两人以前也算是……”

“她没有来找过我。”宋怀萱答得斩钉截铁。

“那么，”范衍重不得不问了下去，“我保证，最后一个问题了，你不想回答也没有关系。当年，吴辛屏跟你哥之间发生了那件事……你，还好吗？”

宋怀萱轻轻地笑了，那笑声几乎是甜的，从胸腔深处涌出，双眼也弯成月形。

“范先生，你是一个善良的人。”

范衍重吞了吞口水，宋怀萱的评价让他怀疑自己方才的心思已被看穿。

他是一个把个人前程放得比妻子还前面的人，有资格被称为是善良的人吗？

“你如果去问二十岁、二十五岁的我，我可能会告诉你，不恨是骗人的。只是，有一句话怎么说？时间是最好的药。我可能记错了，大致上是这个意思。”宋怀萱耸了耸肩，“我哥先走出来了，他在美国找到自己想过的生活，当事人都不追究了，我也该放下。现在回头去看，吴辛屏也不算多可恶，要说的话，只能说我们那时太年轻了，有些行为没想清楚后果，就去做了。所以最后都付出了代价，也学到惨痛的教训。”

“那样就好。”宋怀萱的坦率态度让范衍重有点自惭形秽。他作势要离开。

门即将掩上之前，宋怀萱小心地唤住了范衍重。

“我不晓得辛屏去了哪里，但，还是想给你一个忠告。不要太依赖辛屏。她很懂得替自己打算，不会让自己吃亏的。你敢不敢去想一个可能性，也许她故意让自己消失。人的本质是不会变的，辛屏就是这样，一觉得不对劲就毫不留情地离开，也不管别人的感受。”

范衍重因宋怀萱猝不及防的剖白而哑口无言，他嘴巴动了动，发不出声音。过了好一会，他才可以说话，他好久没听到自己颤抖的声音，他说，谢谢。

▲▲▲

宋怀萱走到吴辛屏面前，蹲了下来，平视着吴辛屏。

“猜猜我刚刚见到谁了，你的先生。”

吴辛屏挫败地低吼：“你对他做了什么？”

“放心，我什么也没做。我只是想看看你结婚的对象是谁而已。”

宋怀萱笑了起来，她好久没有这种热闹的感受，她孤单太久了，短短一日她说了好多话。她的笑容很快止住，歪着头，看着吴辛屏，想起从前她熬夜给吴辛屏写信的愉悦。

跟哥哥也幸福过。跟辛屏也幸福过。宋怀萱想，这就是她的人生。

她跟人的幸福注定得有些扭曲跟倾斜，值得庆幸的是，苦难都快结束了。

“你跟他幸福吗？”宋怀萱问，“他看起来不是个好相处的人。他对你好吗？”

“这跟你没有关系。”

“怎么会跟我没有关系，辛屏，你以前什么都告诉我的。现在，回答我，你爱他吗？”

“非得这样对我吗？”话题多了范衍重，吴辛屏的情绪显然有了起伏，“只因为我没有撑到最后一刻？这样子是不是对我有些不公平，我也受到了惩罚，我无家可归，被众人耻笑。”

“你说过，我去哪，你也会跟上。现在我在地狱。你也得跟上。”

“那好，只要你放走我朋友，我任凭你处置。我很早就有预感，有一天你会来找我的，你怎么可能放过我，你自己——也是个骗子不是吗？”

宋怀萱一巴掌扔在吴辛屏的脸上，眼中是猩红的愤怒。

“凭什么说我是骗子？你才是，你给了我那么多希望，又一走了之。”宋怀萱冷笑，“若你心中没有愧疚，你为什么要逃？不就是为了躲避我吗？吴辛屏。你怎么解释，最后你们一家上下被利益熏了心。你没想过那是我的人生吗？我的痛苦不是拿来给你卖钱的。走到今天这一步，你是最大的始作俑者。”

见吴辛屏默然无语，宋怀萱瞄了奥黛莉一眼：“你情愿去找一个替代品，对她付出关心。你竟然是这样解决事情的。可耻、真可耻。我从前还问你，你是真心诚意地想跟我当朋友吗，你的回答是什么，自己心里有数。看看你后来做尽的丑事。”

“你要怎么对我们？”奥黛莉眨眨眼，试着打断宋怀萱。

“你们不会等太久。”

“那边那个人，也是你……做的吗？”奥黛莉又问。

宋怀萱笑了，那笑有些苍凉：“不要害怕。那个人不会伤害你们的。”

宋怀萱一步步上了楼。

她坐在一楼的地板上，卸下伪装，咬起指甲，她没有把握她可以得到她想要的。幻听又来了，宋怀萱听到急促的门铃，她用力拍打自己的脸，过去只要这么做，声音便会缩小。宋怀萱的脸颊刺麻，铃声还是响个没完，她听见男性的高分贝叫喊。不，这不是幻听。

一个半钟头前，吴家庆拦下连文绣。起初连文绣拒绝透露她跟范衍重对话的内容，吴家庆急中生智，他透露了自己身份，宣称自己正在追踪一桩刑案，范衍重是嫌疑人，连文绣才脸色一变，说出范衍重向自己追问多年前一件强暴案。吴家庆听到受害者姓名，心底打了个突，怎么会牵扯出案外案呢？吴家庆按照张仲泽留下的地址，来到一户透天厝，他拨了好几通电话给奥黛莉，铃声在耳边萦绕，重复到他几乎要起了幻听，吴家庆还在苦思这些事件背后的关联，范衍重的车竟也驶进了这条静巷，他飞快躲回车内。看着范衍重下车，撑着腰打量了一下这栋建筑物的外观，旋即上前。

接下来一小时，吴家庆使劲打给奥黛莉，怎么样也打不通。他跟张仲泽换来的号码也呈现关机状态，吴家庆一度怀疑这两个人先走一步，又很快地排除这个可能性，一来是他怎么想都找不到动机，二来是车子还留在咖啡厅附近。这也是个疑点，张仲泽为什么要舍弃车子改用步行？不过，他最想弄明白的，莫过于这户房子里头究竟住了谁，为什么这些人一个接着一个走了进去？吴家庆的太阳穴搏动得快，才想到一半，范衍重走出来了，吴家庆心一惊，奥黛莉呢？张仲泽又跑到哪里去了？

范衍重一脸倦容，迟缓地开门，即将跨入车内。

吴家庆跨步向前，从后面揪住了范衍重。

“奥黛莉呢？”他粗吼着问，“你对奥黛莉怎么了？”

范衍重转身看清来者，呆愣几秒，也勃然大怒：“你为什么在这，你跟踪我？”

“这不是重点，你先回答我，奥黛莉在哪？”

范衍重眉头蹙起，“奥黛莉？我哪知道她在哪？”范衍重很快地会意，“你们一起跟踪我？”

吴家庆以下巴指了宋宅：“你在里面没看到她？”

“没有，她为什么会在里面？”

“她在你之前进去了那间房子里，你不要闪躲话题，奥黛莉在哪？”

吴家庆逡巡着范衍重的神情，想从中摸索出范衍重的下一步动作，他的重心缓缓下沉，准备应对范衍重突如其来的动作。没想到范衍重像是吓傻了似的，目光穿过了他，落在他身后的那户民宅，嘴巴动了动，听不清在嗫嚅些什么。

范衍重脑中升起宋怀萱那冰冷的微笑：“你爱她吗？”

他当机立断，跑回宋怀萱的住宅，奋力地按着门铃。

范衍重心底只剩下一个想法，若奥黛莉也来找她了，为什么宋怀萱只字未提？

又为什么要问他那个突兀的问题？

宋怀萱透过猫眼，看到范衍重，视线偏移，旁边还站着一名年轻男子。为什么范衍重又回来了？还带着一个人。他们的五官狰狞，范衍重使劲拍击着门面，伴随着一声声强烈呼唤。

该开门吗？当然不。

宋怀萱进入厨房，取走她要的物品，回到地下室，把门锁上。她看着手中的打火机与汽油，地下室内堆满了积放多年的纸箱。宋怀萱看着吴辛屏，她很清楚，审判得提早开始。她的内心满涨着哀戚，她只是想把吴辛屏关在这，哪儿都不让去，待在她身边。她没有预想到有那么多人会追来，局势变得复杂多端，她甚至误伤了一个男人。胸中浮起一声呢喃，你并不想这样，对吧？另一道声音又跟来，这时候放弃你会甘心吗。

宋怀萱紧握自己的手腕，指甲戳进肉里，带来片刻的清醒，若她半途而废，放吴辛屏回到那个不苟言笑的丈夫身旁，握着那个漂亮小女孩的手，漫步在缤纷繁华的大城市。她呢？哪儿也去不了，在监牢里数着日子，浪费她的余生。宋怀萱看着十根手指头，从一数到十，再从十数到一，人是自己命运的主宰，这句话是谁想出来的呢？没听过比这句话更残忍的言论了。

第十二章

无人应门，范衍重看向一旁的窗，非得要打破吗？范衍重四处寻觅，想找到击破窗户的工具，突然，门打开了，门的后方站着满脸泪水、不住打战的奥黛莉，她说，快去救辛屏。范衍重按着奥黛莉手指的方向往前疾奔，他大步跃下楼梯，通往地下室的木门紧锁着。

地下室内，火苗正在吞噬堆积的纸箱。吴辛屏双眼眨都不敢眨，眼中有火焰奔窜，她想要挣脱紧缚着四肢的绳索，徒劳无功、精疲力竭。宋怀萱看着她的挣扎，撑着手腕，在吴辛屏旁边躺下。宋怀萱看着天花板，心中一片宁静祥和，她觉得自己仿佛躺在云朵上，身子很轻，随时能化为雨滴坠落。她柔声问，你还记不记得我们以前也是这样子？躺在一起。那时我写了长长的信给你，每一封你都读得好用心。我想跟你说，你走了以后，我很想你。你是我唯一，也是所有的朋友。你应该要回来找我的。只要你好好解释，即使你爱钱，我也会原谅你的。

那年，宋怀萱考砸了入学考，进去一所从没想过的大学，读了名字很长的科系，她念得浑浑噩噩，时常倒在宿舍硬邦邦的床上过了一天。不到一年，她搬回家里，把自己关在三楼，三更半夜才溜出去觅食，她不敢跟母亲对上眼，母亲够恨她了。一个下午，宋清弘来敲她房门，宋怀萱忐忑地开了门，以为父亲是来教训自己被退学一事，宋清弘先关心钱够不够用，宋怀萱点头。宋清弘又问，不想读书，是受到哥哥的影响吗？宋怀萱身子一紧，无言以对。宋清弘低喃，哥哥的事情，是他自己经验不够，跟你没有关系，谁都会交到坏朋友。

宋怀萱昂起脸，事发以后，她很久没仔细端看父亲的容颜，宋清弘像是一口气被人借光了青春，傲然的青丝全白了。她抚着胸口，父亲的话，敲碎了长期把她给吞裹于内的绝望，她恳求宋清弘，把我送到国外吧，跟哥哥一样，不、不要美国，日本好了，她想起家族有个堂姐嫁到新宿，她要在新世界里重新做人，一切都是新的，包括她的人生。宋清弘脸色一黯，这个请求似乎让他有点心痛，但他仍答应会给女儿找到办理留学程序的人员。好几晚宋怀萱睡得很甜，她做了一个久违的好梦，她站在樱花树下，对着一个面孔模糊的男子说，请带我走。男子伸出了手，宋怀萱准备要把自己的手放进对方温热的掌心时，母亲狠狠把她摇醒，说父亲出了车祸，死了，警察站在客厅。宋怀萱想了几秒，才恍然大悟，哦，梦醒了。她的求生之路断了。

父亲，宋清弘告别式那日，宋怀谷从美国赶回来，青春时期奶白的肤色没了，转变成黝黑的肤色，饮食风格也影响了他的身材，修长的四肢隐约可见肌肉线条的起伏。宋怀谷用发油把头发整理得一丝不苟。宋怀萱清晰地听见自己的心跳声，急促、沉重，心想，哥哥如今仿佛是从电影走出来的人。若我跟哥哥在人潮中擦肩而过，我可能连他的气味都认不出来了。宋怀谷抱着一个坚硬的纸盒，说里头是给宋怀萱的礼物，宋怀萱木讷地拆开，唇膏、腮红、乳液、香水等瓶罐，还有一只名牌包。母亲见了，发出冷笑，说儿子笨，你难道忘了她把我们害得多惨吗？宋怀萱望着母亲，无言以对。

流言四处蔓延的那个夏天，要不是宋清弘阻止，宋怀萱深信自己可能会被母亲打昏。母亲恨吴辛屏，恨她的执着与死缠烂打，恨她不轻易和解，恨她把宋家当成摇钱树，但那恨，并不被鼓励。宋清弘的旧识与他们的妻子，表面中立，说吴辛屏这女孩不会想爱不到就毁了宋怀谷，奇异的是，他们安慰宋清弘夫妇时，脸上的愤慨看起来都像是拼贴上去，细看还可以找到黏着的接缝，让人心有所悟，这些人转过身说的是另一套台词吧，即使吴辛屏有千万个不是，宋怀谷还是个强暴犯啊。母亲读了这些人的心口不一，不再跟外人倾诉她的内心创痕，她的恨意很快地纠缠上宋怀萱，你不要去招惹吴辛屏，这一切就不会发生了。

宋清弘一方面奔波、疏通人际关系，一方面排解妻子对女儿的心结，他深信不能让一件事毁了全家的感情，他把宋怀谷送至美国避风声，也要宋怀萱心无旁骛地前往大学专心念书，别把母亲的话放在心上。而在宋怀萱被退学，宋清弘忙于张罗把女儿送到日本的那几日，又突然横死。母亲把宋清弘的死也算在宋怀萱身上。她说，你害惨了你哥就算了，更是害死了你爸。宋怀萱不动声色地听着，没有抵抗。偶尔夜阑人静时她会想，奇怪，是谁提议要报警的，是她先说的，还是吴辛屏主动的？她忘了。再来一次，她会阻止这主意继续发展下去。太可怕了，说出来比隐忍着还可怕。好像开启了通往地狱的门，她没有因此而离开地狱，只是身边亲爱的人一个个被抓进来，承受折磨与惩罚。宋怀萱很专注地忏悔，她不应该想着要把哥哥给关进监狱、冷静一段时期，她邪恶的思想招致了全家人的劫难。

返家的宋怀谷如同旧往安抚着母亲，无奈地说，这话题该结束了。母亲住嘴，换上讨好儿子的笑容。宋怀萱清楚哥哥在照顾她，跟过去一样。然而哥哥的温柔也曾带领她走入沙尘暴，让她盲了双眼又灌了一鼻子嘴巴的灰，仿佛被掩埋。宋怀谷估计回美国的前一天，前来轻敲宋怀萱的房门。宋怀萱心底的声音又爬了出来，一个说，不要出去，另一个说，别害怕，哥哥不是坏人。她打开门，宋怀谷提着行李箱，说他决定去趟机场，以免睡过头，错过班机，再见。

宋怀萱站在房间门口，也说，再见。宋怀谷问，你没事吧，你看起来病恹恹的。宋怀萱点头，说自己可能感冒了。宋怀谷的手伸过来，摸乱了她的发，脸上笑容温暖如火，又抱了抱她，点点火苗蹿开，掉在脖子与锁骨上，好烫。哥哥的声音在耳边，如两人小时候常说的悄悄话，宋怀谷说，我要走了，你也快点回到你先生那边吧。希望你们没事。说完，他往后退了一大步，仿佛被烫伤的人成了他。

宋怀萱感到如梦似幻，她的记忆错了位，不是才刚告别式，她怎么就结婚了？宋清弘一离世，宋怀萱感受得到，父亲的资产被人动了手脚，大伯主持把她跟母亲送进一幢老旧的透天厝，理由是原先那拥有宽敞庭院的浪漫别墅跟他们八字不合，惨事连连。母亲一脸无所谓，丈夫离世、儿子避走他国，她的智商倒退至孩童的程度，渐渐只能理解很简单的信息。她也不若头几年很热衷咒骂宋怀萱，终日躲在一楼的小房间里，宋怀萱得十分安静才能听到母亲在屋内走动的脚步声。

宋怀萱深夜摸黑出门进食，减少与母亲在家中相遇的概率，两人无形中形成了漠不关心的默契。这时大伯母问宋怀萱想不想谈恋爱、结婚，她身边有个不错的对象，宋怀萱想，在哪儿都好过此时此刻，很可惜的是，她似乎又失败了。

她的丈夫，是大伯母的侄子，隔壁县市，在一家负责高速公路电子收费系统的公司上班，快四十岁了还没有交过女朋友。第一次见面，宋怀萱有些忐忑，跟母亲同住一个屋檐下让她几欲窒息，她偶尔会梦到母亲提着凶器一步步走上阶梯。她看对方是个温柔的男子，没有多想，点头说她可以。事后想，同情对方，跟放弃自己，是答应的主因。她的上半生成了死局，要找一个看不懂的人过下去。

丈夫要的不多：妻子跟孩子，或许她的身体太难用，只要丈夫试着分开她的大腿，她就像是傀儡断了线，四肢乏力，平瘫着。丈夫以为是处女的缘故，频频要她放松，第一个晚上没流血，隔了好几次丈夫才问，你的处女是给了谁？宋怀萱摇头，说七岁骑脚踏车把自己弄出血，丈夫先是哑然，随后埋怨，怎么那么不小心。后来她的身子始终很冷硬，丈夫转而要她领导，一如他常看的影片类型，女人在男人的身上为所欲为。宋怀萱认真模仿，事倍功半，两人气喘吁吁又一身热汗，丈夫推开她，坐在床沿，盯着她袖珍的乳、平坦的小腹，套弄着自己，高潮时，粗鲁地射在她的阴部。

白天，丈夫温柔，多话，连一袋卫生纸都舍不得让她提，入夜，两人被一股可怕的张力笼罩着。一晚，丈夫抢了她的手，压在他勃发的阴茎上，哀求说，你也不想看我这样难受吧。宋怀萱把那根含进嘴里，她记得这样做会让男人开心，丈夫愉悦地发出叹息，腰肢前后抽动，完事，丈夫倒在床上，脸上焕发着幸福。宋怀萱蹒跚地拖着脚步走进浴室，抱着马桶把几个小时前吞下的面条吐了出来，她边吐边想，好像有什么埋得很深又消化不了的，在喉咙不上不下。

宋怀萱感觉到有视线扫来，如刀子刮鱼鳞那般刮着她的皮肤，原来是丈夫，丈夫瞪大眼，面容扭曲地哭，她的耳朵一片鸣响，听了好久，才弄懂丈夫在说什么，他说，我就知道事情没那么简单，你不丑、家里不缺钱，为什么愿意嫁给我，这是阴谋。你性冷淡，你这女人有病吧。宋怀萱跪在冰冷的地板上，久久没反应，一个声音说，这不是冷感的问题，另一个声音说，是性的问题。丈夫拿起浴巾擦干眼泪，看着她说，我不想再这样下去了，你回家吧。我再来想想下一步，我不可能跟你生小孩的。我没那么贱。

宋怀萱目送着丈夫仓皇离去的背影。回到宋家，继续跟母亲过生活。

没多久，丈夫跑来，说他释怀了，要重新开始，过没几天又气极败坏地回去。几个月后，她接到丈夫的电话，大意是他跟父母谈过了，两老认为他还年轻，还来得及找一个正常人结婚生子。宋怀萱办理手续。回到宋家的那一刻，宋怀萱想，我这辈子逃不出这里了。她察觉母亲的生命力流失得比过往更严重，皮肤蜡黄，经过一楼时，她听到房间内有电视节目的声响，二十四小时放映。

只有在一个时刻，她相信母亲还意识清醒，宋怀谷每隔三四天打来一次电话，宋怀萱会听到母亲清脆的笑声，问候儿子在美国的生活，下一次回台湾什么时候，那笑声仿佛一道无声的墙，把宋怀萱阻挡在外。宋怀萱重拾趴在书桌上写信的日子。偶尔，她躺在床上，想着哥哥，想着吴辛屏，身子静静化成一滩水。她眨眨眼，哭了。她想着不该想的人，但除此之外她也不晓得自己还能想谁。

◆◆◆

宋怀谷再一次回来，身后站着一个女孩。女孩似乎在适应着她一路奔波所见到的风景，她看起来有些兴奋，也很疲倦，她把头倚靠在宋怀谷的肩膀上，孩子似的闭上眼睛，宋怀谷低头抚摸着女孩，姿态像一对交颈鸳鸯。哥哥说女孩累了，要调整时差，他们早早上楼，宋怀萱在门外听，除了鼾声不闻多余的声响。

隔日傍晚，宋怀谷把所有人载到一家餐厅。他们先走过一条落羽松夹道而立的小径，池塘里有水草攀爬着池壁生长。餐厅的墙面是巨大的落地窗，透出橘黄的灯照。宋怀谷走到柜台，说出订位号码，小石头磨着宋怀萱的胃，有大事要发生了，哥哥不是这样精心规划的人，她转身看着母亲，母亲一脸适然，双眼晶亮，对于她方才经过的厚实木门与天花板垂坠的灯具，发出细小的赞叹。宋怀谷回来看她，她奄奄一息的气色一下子好转了，流露出孩子般的姿态，碰了碰哥哥的手，询问哪里找的餐厅，像是在跟那女孩竞争着什么。

服务生端上花茶，哥哥介绍女孩，钢琴老师，大学主修音乐，学生近日才得了一个重要的大奖。母亲问，教小孩子很需要耐心吧。女孩把发丝勾到耳后，羞赧地笑了一下，声音轻细如同她小而立体的五官，女孩整个人精致得让人怀疑她的骨头是不是水晶做的。

他们应对时，宋怀萱很担忧，嘴里的蟹肉炒饭嚼了好久，她极想探知哥哥在酝酿着什么，她了解他，她在等待，一如从前她每一次等待哥哥的实际动作。宋怀谷终于开口，我这次回来，是想跟你们说，我们要结婚了。她的爸妈跟家人几乎都移民到美国了，婚礼确定有一场在美国，台湾这里我不是很确定，也许你们也来美国参加?

宋怀萱愕然抬头，看着哥哥，母亲手上的汤匙掉落至盘上，敲出咣当一声，她面红耳赤地嚷嚷：你不是说过几年，要回台湾照顾我吗?宋怀谷冷静地解释，他习惯了美国的规矩跟文化，他有苦衷。若母亲愿意的话，可以过去美国住几个月，他有自信让母亲在美国过得更舒适。母亲不甘地挣扎，你爸送你出去不是要让你当个美国人的。宋怀谷完全不受动摇，他揽着女孩的臂膀，斩钉截铁地说，他要在美国落地生根了，若父亲还在世，也会支持他留在美国打拼的。母亲别过头去，手握成拳，忍受着什么。宋怀萱既觉得哀伤，又有一丝坦然的快意。

宋怀萱看了女孩一眼，女孩礼貌地对宋怀萱投以一笑，女孩的父母在家刻意使用英文，她的中文跟不上他们的语速。宋怀萱猜想待会女孩势必要宋怀谷把饭桌上母子的对话以英文再讲述一次。想到两人之间如此亲密，宋怀萱心中流泄出哀愁。哥哥要走了。

她想象哥哥搂着女孩，站在一个院子碧草如茵的两层楼平房，说不准养了一头毛色金亮的大狗。母亲那时八成气消了，又苦涩又骄傲地搭上飞机探视他们，在屋前抱着他们的小孩留下合照。宋怀萱皱眉，想在这样的画面里填入自己的位置，她尝试良久，有了她的加入，整幅景色立刻扭曲、歪斜。那晚，宋怀萱翻来覆去，睡不着。她走到一楼，想着再几个小时，哥哥预定的包车就要把他们载到机场了。宋怀萱想，那我呢，会有谁来载走我？

哥哥一走，母亲的拒食情形更严重，她掉了好几公斤，双脚骨瘦如柴，移动时摇晃到像是随时都能在地上跌掉一身骨头。宋怀萱想这样不对劲，她走进房间，母亲坐在摇椅上，身躯缩成弓，像是被椅子吃了进去，双眼骨碌碌地盯着她。宋怀萱放下一杯果汁牛奶，说，你喝吧，喝这个增胖，太瘦了对身体不好。母亲喝了几口，猛然推开她，杯中剩余的奶液泼在宋怀萱脸上。母亲气若游丝地说：会有这一天，就是因为你当年把那个吴辛屏邀请到家里来玩。

宋怀萱再也没进去母亲的房间，她走回三楼继续写信。几日后，宋怀萱在超市撞见一个女子，要不是对方介绍得很详尽，她不会想起这个女孩，张贞芳，当年爱哥哥爱得很苦，写了好几封信，也曾在宋家门口等哥哥，只为亲手递上一包糖果，那些文字跟糖都被宋怀萱吞了进去。宋怀萱听过风声，事态鼎沸时，张贞芳找过连文绣，谈了什么没人清楚，几天后连老师的机车被人刮得面目全非。

宋怀萱有些讶异张贞芳还认得出自己，她们未曾说过话，在张贞芳心中她或许是暗恋对象背后那团模糊的小影子。张贞芳冷不防搭住了她的手腕，说，你知道吴辛屏有回来过吗，她妈妈亲自去台北把她抓下来的。宋怀萱浑身一颤，多少年来，除了母亲，她没有从别人口中听见这三个字。

宋怀萱出了一趟远门，挂着口罩，只露出一双眼，她太久没移动了，每更换一种交通工具，她的精神就萎缩了几分，千辛万苦才把自己带到张贞芳形容的位置。她站了两个钟头，才看到吴辛屏从一间教室步出，放下一叠书，跟柜台的年轻女孩指手画脚，又匆忙走进。单凭那一眼，宋怀萱就能听到血流擦过管壁的勃勃声响。

宋怀萱的包包内除了数万元的现金，也有一叠更改了多年的信。她注视着眼前的吴辛屏，脑中浮现十几年前吴辛屏躺在她身后，指头在她背上画着圈圈，那柔情万种的时分。她又像个傻瓜一样伫立了几个钟头，孩子一个个背着沉甸甸的书包走出，再来是吴辛屏。宋怀萱拉下帽檐，口罩上提，她跟着吴辛屏，数过每一站的足迹。有工作，有孩子，有丈夫，最重要的是，有个家。

宋怀萱捏紧手上的信，她冷不防觉得，不值得，这个女人才不值得。吴辛屏根本把自己忘了。一个计划在她心中成形，该怎么让吴辛屏想起自己？她得先回家处理母亲，再回来复仇。宋怀萱精疲力竭地回到家，推开母亲的房门，她得让母亲知道，自己并非一事无成，她即将前去找吴辛屏修正多年前的错误。

在她眼前是一具衣着完整、散发异味的干躯，蝇虫满天，依旧在摇椅上，电视屏幕暗下，不知是母亲关上，还是给烧坏了。宋怀萱站在原地，用力思考，母亲不是几天前还有力气咒骂她吗？她蹲下身，抚摸那些渗出的液体，怀疑是否连时间也忘记了她，为什么她的一天是别人的一个月，甚至更长？她耗了好长的时间才把母亲的痕迹给刷洗干净，身体连同摇椅挪到地下室，她很矛盾，不想要这个家只剩下自己，又不情愿母亲跟自己靠太近。那段时期，新来的超市店员赞美她气色变好了，是有在运动吗？她难为情地点了点头，不敢让店员得知她在门窗紧闭的空间里忙碌着什么。

吴辛屏从她眼前经过的那一秒钟，宋怀萱以为是她内心巨大的执念形成的幻觉，或者是老天也难得垂怜了她？小镇是多方便的地点，若在台北执行计划，她没有把握自己会成功。宋怀萱更不敢置信，吴辛屏毫不设防地跟自己回到家。计划初始多么美丽，要不是后来这些人的阻挠，她情愿把吴辛屏关在这，她会照顾吴辛屏的。吐出一口长气，她的内心好安静，没有声音了。她对于自己再也听不见那么多，感受到前所未有的宁静。好像走向一湖深水，声音在水底糊散开。

范衍重把妻子从宋宅里背出时，吴辛屏已因吸入过多一氧化碳而昏迷。过了两三个礼拜，她才能够解释事情的经过。而在整合了吴辛屏与奥黛莉的说辞以后，范衍重才彻底自吴家庆的眼中脱去了嫌疑。范衍重是在通往一楼的阶梯上找到使劲往上爬行的妻子，众人以为是吴辛屏跟宋怀萱经历扭打、千钧一发逃了出来，吴辛屏没有否认，放任这个版本广为流传。

简曼婷告诉在补习班外出没的媒体，吴辛屏能够逃离宋怀萱的魔掌，自己扮演很关键的角色。她虽然质疑错对象，但若没有她的积极介入，这些人不会阴错阳差地聚集在凶手的住处，成了破案的关键。简曼婷传了一封很动人的短信给吴辛屏，说她迫不及待与吴辛屏相会，她会给吴辛屏一个大大的拥抱，并耐心倾听吴辛屏诉说跟凶手共处的惊悚时刻。吴辛屏没有回复。

警方请奥黛莉重建宋怀萱放走她的现场，奥黛莉说，她忘了。大家都信她，她的头部受过重击，心理可能也残留着创伤压力综合征。奥黛莉并没有忘。大象永远不忘记。

她把那短短几分钟，宋怀萱对自己说的话都牢牢烙印在脑海。宋怀萱把她扶起，坐正，她的眼神深深地穿进奥黛莉的眼珠，其中有一整片冰原。宋怀萱问她："你想不想活下去？"奥黛莉瞪着宋怀萱，该怎么回答，她试着从双眼中判读出信息，若她答是，宋怀萱是否要对自己下手。奥黛莉脑中闪过许多模糊的脸孔，有亲爱的父母，有林老师，有她求学跟工作期间，因自己孤僻冷淡的个性而疏远或嘲笑的人，最终，也免不了想起芝行和张仲泽。

你想不想活下去？她要怎么回答。她能否诚实地说，我也时常怀疑自己该不该活下去，我没有答案，这问题太难了。奥黛莉闭上眼，疲惫地吐出，我想活下去。话一出口她就后悔了，怎么可以在杀人凶手面前展示出自己想活着的愿望？宋怀萱拉着她站起，奥黛莉觉得有个冰冷的物件抵着自己的背，她不愿细思，宋怀萱呵斥她往前走，吴辛屏发出求情的呜咽，奥黛莉经过张仲泽时，脑筋转过一个可笑的想法，她跟张仲泽早注定要一起上黄泉路，她只是心疼两人不是在一个体面的情形下走完最后一程。

奥黛莉颤抖得厉害，她想，若有面镜子，她的五官应该是非常难看，像是被狮子老虎叼着头往前拽拉的羚羊。门铃声变得更加清晰，外面的人是谁，不要再按了，别再刺激凶手的情绪。奥黛莉拖泥带水地走着，不想要太快就上到一楼，宋怀萱似是察觉了这份心思，踢着她的脚踝，逼她加速。上到一楼，奥黛莉的心情灰暗，她认为宋怀萱要攻击她了，宋怀萱却是蹲下身，解开她脚踝的束缚，把她往前推倒在地，旋即往后奔跑。奥黛莉事后常想，为什么？为什么放过了她？有记者问，是否怨恨宋怀萱？张仲泽的部分，她恨，至于个人的部分，说不上缘由，奥黛莉没有太多的怨。

经历了这不到二十四小时的惊魂，奥黛莉内心某些歪斜疯长的郁念，反而平抑了。过没几天，奥黛莉的父母来把奥黛莉接走。父亲说，等你想说话的时候再说，我们等你。母亲说，我们知道你遇到了很可怕的事情，那个女人太疯狂了。奥黛莉抬头看着他们，意外地认识到，这对她从小到大又爱又惧的完美父母，变得好矮，好老，皱纹好多。奥黛莉走进房间，物品的数量与摆放位置，停留在她离家时的样貌，床单是新晒的，有蓬松、粉质的气味。奥黛莉睡了一场很漫长的觉，十几个钟头，醒来时是隔日的黄昏，夕阳是奶油般柔软的橙色，奥黛莉坐起身，有部分的自己跟宋怀萱一起烧毁在那个阴暗的地下室了。

她也还在捉摸，剩下的，坐在父母家中的自己，是哪方面的奥黛莉。不管怎样，这么多年以后，奥黛莉首度感受到，她干涸的内心有什么正在分泌、流出。她想活着，她得活着。她被破坏了那么多次，没有死。奥黛莉规划着，这一次，她得走出去，她想要跟父母商量，找人接手照顾张仲泽的父亲，张仲泽是因我而死，我们对他的父亲有责任。她也要巨细靡遗地说，林老师是个怎样的人。奥黛莉会坦承，是的，她爱过林老师。只是爱一个人，不代表能为他承受这么多。说来多么讽刺，奥黛莉竟然有些感激，宋怀萱没有杀她，像是她也感激过，林老师只是绕着她下面的外核浅浅地抚摸，没有实际插入。

▲▲▲

邹国声来找范衍重，报告一个好消息，娜娜消失了，邹振翔心碎得在房间里哭了好几天。邹国声很高兴结局是这样子，若他跟妻子干预过度，儿子的抗拒也会升级吧。邹国声还说了一些娜娜与她的母亲的坏话，像是，女孩的身体也只有这时候值钱了，再过几年，不信她们母女还能这么得意。范衍重垂着眼，看着手上漂浮着渣滓的咖啡，新来的助理是个有些不灵光的女孩，冲滤挂包咖啡贪图省时，常常一口气注入太多的热水。

邹国声卸下胸口的大石，话也多了起来。“总算解决了这个麻烦，这年代做父母也辛苦，以前只有生女儿要担心，现在生儿子也要提防。对了，你太太还好吧，那时我跟我太太看到新闻，太可怕了，好险你太太逃了出来。我看报道，那女生根本精神变态，被退学后就在家里当啃老族了。真想不清楚她为什么要绑架你太太？”

邹国声停顿，看着范衍重，范衍重感受到自己得回应朋友的好奇。一个地下室里躺着三具焦黑的死尸，画面如此惊人骇人，引起广泛关注。不晓得是谁走漏了风声，告诉媒体，烟雾参天之际，两台救护车进入巷弄载走两个女人。记者追到医院，认出范衍重，他再一次登上版面，“地下室三尸命案，疑似与颜艾瑟前夫有关”，这种杀人标题让范衍重再次被海量的来电给冲垮，他再三澄清，这案子唯一与他有关的部分，仅在于他的妻子是凶手的目标之一，实际情形，检警仍在侦办中，他不方便透露。他也恳请媒体放过他跟妻子，吴辛屏还在走出阴霾，过度的报道只会刺激到她。几天后，台北爆发了另一件更令人发指的情杀命案，媒体这才甘愿饶过他们，像是被更大块的鲜血淋漓的肉给引走的鲨群。

范衍重没有完全放松，这几年来媒体界吹起深度报道的风气，记者蹲点，深入田野，若被他们抓到十几年前吴辛屏跟宋家的过往，范衍重几乎可以揣摩那宛若深知人间疾苦的滥情笔调，他更可以想见，有些人会转变态度，范衍重望了一眼邹国声，忖度，这位朋友会怎么想呢，也许他会将心比心，认为宋家的恨不无道理。

“十几年前是同学，毕业后没什么联络了。动机我也不知道。”

“你太太没说吗？”

“她什么也没说。”

“好吧。”邹国声很快地换上客气的笑脸，“还是谢谢你协助我儿子。经过这一次经历，那孩子也该明白保护自己的重要性。世风日下，人心不古，以前谁敢拿这种事来兴师问罪，没有打断女儿的脚就不错了。现在科技进步，有些人情义理也淡薄了。”

邹国声一走，范衍重往后贴着椅背，五点半了，他晚上没有应酬，是可以回家的时间，他却不想回家。人回来了，问题就在这里。他要怎么面对一个大难不死的妻子，又要怎么厘清许多年前吴辛屏和这对兄妹的关系。

他一方面猜想，吴辛屏在等他开口询问？一方面又想推翻掉，也许那只是自己把内心的困惑投射在吴辛屏身上。吴辛屏出院以后，她辞掉工作，范颂律也暂时停了补习班的课程，吴辛屏手把手地辅导她，陪她把联络簿上的待办事项给逐项完成。九点多，吴辛屏哄睡范颂律，去浴室盥洗，十一点回到房间，日子跟从前没两样。

范衍重吃完饭，就躲在书房里，确认客厅的灯关了才溜出来。李凤庭原先就对吴辛屏没多少敬重，事情过后，轻慢成了轻贱，她怨怼吴辛屏的隐瞒，也恨吴辛屏让宝贝儿子又上了一次版面。她私底下劝范衍重，你怎么两次都找到了有病的女人，等大家不再关注，签字离婚吧。你处理了那么多离婚诉讼，你会找到一个方法的，颂律我可以照顾。范衍重虚应着母亲，内心也想着，他好像都被这种外表看起来完好如初，内心却有一大块荒芜的女子给吸引着。

从前颜艾瑟会在他不想说话的时刻，逼迫他说话，把两人给扯到一个毁灭的境地，他疲乏无助，他要的是距离，他走进书房，颜艾瑟不肯善罢甘休，拉扯他的衣袖，尖叫，凭什么是你决定我们两个对话要不要结束，我要说下去。范衍重转身，那一秒好像有谁占据他的身体，替他伸出手，抓取他眼中的物件。他想，我终于了解了我以前的当事人行动时在想什么，他的内心平静，并无悔意，觉得这是他应得的。他要安静，他得到了，没有战争，哪来的和平。不问后来的代价与纷争多么纷杂，在那一刻，他的心抵达了近乎永恒的宁静。

吴辛屏从来不逼迫他，她很识相，他需要时，出现；他忙碌时，消失。她是个功能性的配偶，让他的生活趋向完善，但他不曾想过，这个夜晚躺在他身边的女人，她在想什么。她会做梦吗？她的梦会长成什么模样，会有他吗？结婚也有两年了，他过于信赖、欣赏吴辛屏的缄默，还有些沾沾自喜，婚姻并不一定得经过那相互掏取彼此心事与人生创伤的过程，有时，反而是经历了，伤害与辜负才接踵而来。如今，他成为想要打开这块沉默的人。他想问，你跟你的家人、奥黛莉、宋怀萱、宋怀谷，甚至连文绣，你跟这么多人之间究竟是经历了什么？

▲▲▲

吴辛屏躺在床上。范衍重浓厚的鼾声，她多久没听到了，说不上怀念，只是有恍若隔世的彷徨。一早，范衍重急着把小孩载往李凤庭那，吴辛屏心底擦过火光，时候到了，她明白，范衍重迟早会跟她讨个解释。她一五一十地，从宋怀萱宋怀谷，生日派对，父母收取宋家的和解金都全盘托出。宋清弘被逼急了，金额来到将近天价。她收了，更改证词。范衍重迟疑半晌，咽下他内心最大的疑问：那宋怀谷有侵犯你吗？他意识到，任何答案都不可能令他满意。他只好温和地埋怨，你不应该隐瞒这么多的。你可以试着相信我。

闻言，吴辛屏几乎想哭，她可以信谁？有好几次，她试着重建生活，大三那年，她申请了一些账号，也跟人社交。她更新着缤纷的照片，尝试掩埋那个暑假的回忆。大学毕业的前几天，她被朋友的电话唤醒，一个陌生网友在她社群媒体的每一则照片跟文章底下留言，“吴辛屏十八岁就被有钱人的大屌插来赚学费”。那个网友的大头贴是一面墙，点进去什么信息都没有，只标注来自什么城市，是老家。

吴辛屏删了对方所有的留言，点击那个账号，发去信息，“你是谁”，对方回复，“我是你的良心”。吴辛屏又问，“你想做什么？”对方答，“送你下地狱”。对方重复送出了好几十次，吴辛屏吓得连笔记本电脑都一并合上，她胸口泛起一片剧痛。很多同学来问她这留言是怎么一回事。他们注视着吴辛屏的目光，不仅仅是关心，吴辛屏辨认到，还有一丝激昂。为了什么而激昂？吴辛屏又躲了起来，这一次她遁得很深，谁也不联络，谁也不信任，她一度在饮料店打工，赚得很少，也不快乐，偶尔回镇上探望家人，待的时间很短，小镇勾起她太多惨痛的回忆，她尤其不敢问宋家的近况。她想深埋那段往事。

奥黛莉在网络上发表的那些文字唤醒了她内心的些微柔情与酸楚，她被奥黛莉打开，然后是芝行。她跟一个温柔的男孩坠入爱河，在她以为自己尚且有能力去爱人与被爱，又遭逢了另一次爆炸。她怎么相信人？她甚至不相信自己的无辜。

范衍重扔出最后一个问题，那个问题让吴辛屏最是不知所措。

他问，跟我在一起的这几年，你在想什么？吴辛屏感觉到心底幻化成一片苍凉的海。你在想什么？她回答，我什么都没有想。你什么也没问我，我什么也没问你，人都会很执着过去的事情，你没有，你很害怕过去，我也是。我们都在想尽办法遮掩过去的自己，这是我决定要跟你一起过生活的原因。换作是其他人，一定会问个不停，但你从来不问，你只是给了我一个家，跟你在一起的这些日子，我时常觉得自己很幸运。我猜，你从未爱上我，你只是怕孤单，又需要一个人照顾颂律。这样更好，别误会，我不是在讽刺，是真心诚意这样想，我有预感有一天我的过去会找到我，我希望那一天你不会太痛苦。我最后也猜对了，不是吗？

范衍重一脸愕然，他很想否认，但这确实太虚伪。

换吴辛屏提出问题了："你想离婚吗？现在你什么都知道了。"

范衍重双手交握，陷入了沉思，几秒后，他反问："你记得吗？你曾经问过我跟颜艾瑟之间是怎么一回事。我得跟你说，我之前告诉你的都不完整。事实上，到我们离婚前的几个月，我打了她，不止一次。"

范衍重深吸一口气。"她来找我谈离婚，我不想谈，她非得逼我签字，我就会动手。颂律看过，她看见过，她只是假装她没看见过而已。最后一次，颜艾瑟说她喜欢上别人，我拿东西砸她的头，我跟警方说我是失手，是过失，我只是想吓唬颜艾瑟，但，我不是，我是故意的。"范衍重注视着自己的双手，"我到现在都还记得那种感觉，颜艾瑟在我面前，有时候，几秒钟的时间，不知道为什么，她会变成好像桌子、书柜，或什么，她会变成一个物品，我会想，我可以踢她，就像人有时候生气会捶桌子那样。

颜艾瑟跟记者说我只有打她一次，她报警的一次。这是谎言，她只是不想我跟媒体说出她的外遇。跟你在一起的这几年，我一直很害怕，也等着我对你出现那种感觉。就像你说的，我也有预感有一天我的过去会找到我……你失踪的前一天，我们不是大吵一架吗？那时，我很紧张，我以为我又要……我也确实、差点，我以为你要尖叫了，或诅咒我，我得阻止你，你却突然道歉，说你错了，你不应该那样对我说话。你的反应让我恢复了理智，总之，我很感谢你，你没有让事情发展下去。我很谢谢你。你让我知道，我也许，没有那么糟糕，我还是可以当一个好人。”

“你不用再说下去了。我明白了。”

吴辛屏心内那片苍凉的海转瞬间变得温暖。

他们都背着可怕的秘密。

正因为如此，他们不会就这样分开。

连文绣老师写了一封信给她，说明她连日祈祷吴辛屏早日康复，她也期待吴辛屏伤愈了，能够跟她见上一面。她有非常多话想跟吴辛屏说。吴辛屏把信件很快地填入碎纸机里，她估计不要和连老师见面。她太累了。

宋家亲戚寄来一个铁盒，说他们在宋怀萱的房间找到的，外面贴着一张标签，给吴辛屏。他们不知如何处置，要吴辛屏看着办。吴辛屏打开铁盒，里头几十张写满的稿纸。吴辛屏看了几页，决定放几年再来读，也许她这辈子都不会打开。她不知道。

吴辛屏闭上双眼，想起两人最终的对话。

汽油一点点延展，闻到那股气味，吴辛屏的身体反射性地痉挛。她想，我就要被我童年最好的朋友带走了。宋怀萱在她后面倒下，柔声说，小鱼，你在吗？你可不可以听我说话。吴辛屏眨了眨眼，要不是空气中高升的温度，她会误信时光倒转，两人回到从前，在她的床上漫不经心地聊天。她听到自己说，怀萱，不要做傻事好不好，有什么事我们到外面说。

她听见宋怀萱的低泣声，哽咽，含糊地说，我跟你无话可说了。你背叛了我。

吴辛屏咬牙，她好讶异自己语气如此沉着。她说，要不是你，我可以坚持到最后一刻的。

吴辛屏眨眨眼，记忆调转至那个午后。

她冒险想找到宋怀萱，跟她说宋清弘太可怕了，连老师的支持也在流失。她很害怕，这计划太大，她们又太小，像是小孩穿大衣，最终被绊得不断摔跤，碰得鼻青脸肿。她知道宋怀萱比自己更痛苦，但她还是想从宋怀萱身上取得一些勇气或安慰，让她走下去。她来到宋家，探测着地形，她在内心大声祈祷扔出石头时，是宋怀萱接收到她的信号。这时，见到宋怀萱走到庭院，后头紧跟着宋怀谷。

吴辛屏闭上眼，一口气说出那困扰了她许多年的影像：我见到你主动拥抱你哥，你们紧紧抱着，好久好久，好像一对情侣。吴辛屏已无后顾之忧，她的语气混合了迷惘与悲伤，我不懂你为什么要做出这种事，你不是应该要恨他吗？我吓坏了，我好像是一厢情愿的笨蛋，我根本在帮倒忙。是，我是更改了证词，但那不是因为我家贪图那笔钱，你、你才是原因，这几年来我为什么要躲你，我怕见到你就想起那一幕。我以为你哥那样对你，已经是我见过最可怕的事，但我没想到，我错了。你到底在想什么?

吴辛屏安慰奥黛莉的初衷并不单纯，在网络上读到奥黛莉的文字时，她不由得想，能够厘清我的困惑的人并不多，眼前就是一个，过程中她也逐日投入真心，她也被奥黛莉的痛苦、矛盾给深深触动了，她有个模糊的猜测，如果林老师很伤心，也许奥黛莉也会去拥抱林老师。奥黛莉让吴辛屏稍稍释怀了那一幕的冲击，她渐渐相信，辜负她的不是宋怀萱，至于是什么，她想不透。

此际，她不仅想为自己辩驳，也想抓出辜负她们的究竟是什么。

吴辛屏停止呼吸，宋怀萱按下打火机，火舌一下子腾空飞舞。

下一秒，宋怀萱蹲下身，解开她的绳缚。

“小鱼，你走吧。我不想带走你了。”

吴辛屏好不容易站起，她看着火焰步步推进，她伸出手：“一起走。”

“我不打算活下去了，一开始我就不打算活下去了。”

“我们先出去再说，有什么事，之后再说。”

“那是因为你不知道我做了什么。小鱼，我们人就是这样，我们在上半辈子，就把我们下半辈子的故事给写完写死了。我很难跟你解释为什么我要拥抱哥哥，还安慰他，很难的，有时候我也分不清楚我在做什么，好像一下子有爱，一下子又有点恨。”

宋怀萱也记得那个下午。宋清弘没有带回好消息，母亲的泪水淹没了全家，她要宋清弘下一次去谈判也带上宋怀萱，宋清弘不肯，说宋怀萱没有错，真正该出面的是宋怀谷。母亲歇斯底里地尖喊，宋怀谷不能出现在吴家，这样间接证实他有做错事。有父母撑腰，宋怀谷看似无忧，内心却满栖着哀愁。他拜托宋怀萱听从母亲的指示，去说服吴辛屏，宋怀萱以宋清弘会生气为由，回避着这项安排。宋怀谷没有再强迫，他拉着宋怀萱的手腕，扔下一连串问题，我明明只是摸了她的身体一下，为什么会这样？他们家这么缺钱吗？我如果去坐牢，你跟爸妈会来看我吧？这句话狠狠刺进宋怀萱的心，她怀疑自己的灵魂跟内脏都快掏空，即使如此，她还是得再付出些什么。她伸手拥抱哥哥，柔声说，放心，我会去看你。宋怀谷在她耳边泣不成声地说，我明明什么都没有做。宋怀萱的掌心上下安抚着宋怀谷，说，我懂。我相信你。

“我们出去讲，你把全部的全部都告诉我。”吴辛屏奋力大喊，“我们一起走啊。”

吴辛屏连日没有活动，她拖着步伐，发现怎么样都拉不动宋怀萱。突然，宋怀萱动了起来，她架起吴辛屏往前走，吴辛屏松了一口气，两人离开房间，来到走廊，吴辛屏看到通往一楼的门，听到范衍重在门后的大喊。门板震动，他们似乎正在试图破坏门板。她还想往前，宋怀萱又不动了，吴辛屏纳闷地往后，宋怀萱眼中满是泪水，言语破碎。

“来不及了。一切都来不及了。小鱼，我杀了人。我的人生没办法再往前了。”

吴辛屏不安地喊，“我会帮你解释，你不是故意的，是过失。”

宋怀萱摇头，“我不是说那个男人。我何必在意一个陌生人的死活？”

“那你在说谁？”

“跟你说一件事吧，我哥哥其实死了，他在美国自杀，连人带车开进他家附近的一座湖。那是我做的。”

“你怎么可能？”

吴辛屏还来不及反应，宋怀萱已节节后退。她来到摇椅旁，安分地坐下。

“妈妈，我会赎罪的，你原谅我吧。”

火焰从天花板坠落至宋怀萱的头发，她没有闪躲，反而紧抓着摇椅扶手，一动也不动。吴辛屏只能转身，以最后的力气拔起大腿，登上阶梯，并在昏厥前，跌入范衍重的双臂。

▲▲▲

铁盒里的稿纸，最上面一张写的就是这件事。

▲▲▲

哥哥跟女孩要离家的那天清晨，宋怀谷安抚着依然躁动的母亲，女孩与宋怀萱在门口，两人四目相交，女孩给了一个友善的微笑，说很谢谢这几日的招待，早知道台湾这么好玩，她很想再待久一点。宋怀萱递给那女孩一个小盒子，慎重嘱咐，抵达了才可以打开，以及，请不要让哥哥知道有这木盒的存在，是惊喜。她问女孩，你可以读中文吧。女孩羞红了脸，生涩且缓慢地咬着字：我认识的字很少。我们会先回我父母家，我请他们读给我听。宋怀萱点头，致上祝福的笑容。盒子里有几盒面膜，她太久没送人礼物了，去了药妆店，问外国人喜欢什么，店员说之前有个香港人拿行李箱来，搬了好几盒面膜回家。

面膜底下是一封信，字数不多，她数过了，大概一百个字。信里，她祝福女孩，也认为哥哥很幸运，能够遇到支持他与爱他的人。写上自己的署名之后，宋怀萱打上了一个注记。

有件事我想告诉你。

在我什么都还不懂的时候，哥哥跟我发生了性关系。

后记

/ 吴晓乐

我原认为作者应隐于作品之后，不说明前因后果，又在成书之后，屡屡感到有一股不得不的意志在拉扯着我，想我说出什么未竟的事业。请容我以后记寄托作品的前身。初稿完成之后，很多人问，为什么会想写一个这样的故事。我粗略地抓出两个时间点，一是挚友邦婕前往美国攻读电影研究，一日，她告诉我，她看了一部纪录片 *Family Affair*，邦婕同我讲述剧情要旨，最终，我们被里头的人情纠缠弄得眼花缭乱，百思不得其解，其中一些意想约略违反人们的公道与直觉，然而，违反了又如何？

第二个时间点更早，记忆浮上脑海如藻荇交横，揉碎且恍惚，我还初初是个小女孩，在一个小房间，和几个同我一样年纪的女孩们聊到，人与人之间的关系，偶尔还有性的惶惑。有女孩说，她曾被老师抱到桌子上；另一个女孩说，堂哥曾把她牵进了浴室。她们在这过程中，时常不能明白自己的角色，偶尔，她们感受到自己在试着回应这份，姑且容我简化为“欲望”的事物，她们不得章法且精疲力竭，她们质疑，这些举止是否让自己成了共谋，从此得缄默。我忘不了当下每一个女孩说话时喘不过气的停顿与迂回。我不是从数据或研究明白了“女孩”与“性”之间的高发张力，我是在人生中，这些女孩们试着诉说，或阻止自己诉说下去的过程，以我内心的共鸣、抑郁与不快乐，也就是说我是用身体，甚至我“身而为人”的那颗心，去学习这里头的矛盾以及可能与常识悖反的部分。

我曾把记忆紧旋上并束之高阁，三十岁过后，才认为自己也许追上了女子在社会上，“语言”“叙事者资格”上严重武器不对等的落差，即使如此，此书仍尽责地掏空了我的人生经验、知识与想象力。有大落的篇幅，屡屡被我毁弃又拾回，于是方知，偏见如此可亲，稍有不慎，我亦与之为伍。明明我心底雪亮，女孩为人是否天真善良，与她的无辜并不相系。我深惧与我的角色们划出舒适又背叛了她们的距离，在那破碎的分分秒秒，我没有一刻想起读者，只记得我的角色们。

此书付梓之前，我进行最终的校对，在一个寻常无奇的情节滴下眼泪，那是我首度，为了书中的人情掉眼泪：乐园崩毁之前，少女舍命抢救这满砌着藏污纳垢的碉堡。我常听人们说女孩太傻太天真，仿佛得念其“思虑不周”，才能撑起呵护她们的空间，若是如此，那真真叫人情何以堪？我想说，少女们不妨天真有邪——若注定要变成泡沫，消沉于大海，那可不可以长出尾巴，让自己变化为童话故事中的人鱼?

童话很残忍，对小女孩尤其如此，然而我想捕捉小女孩拥抱童话的最终想愿，她们如何从少得可怜的筹码中，长出一个动听的好故事。我们何尝不是自己人生的“第一位读者”，我们有极大的诱因说一个好故事给自己听。童话是坏的，女孩戮力守卫自己的心意却如此真挚。尾声，我还有一些想说的，而编舞家、舞者碧娜·鲍许说得比我更好：“我们跟某些人一起受苦，以理解这个人的感受或他必须有的感受，所以会有一些暴力，但不是出于暴力，而是相反之物。”

此书亦从许多作品中找取灵犀，包括但不限于《猫派》（皇冠丛书）、《无以阻挡黑夜》（自由之丘）、《房思琪的初恋乐园》（游击文化）、《幽黯国度：障碍者的爱与性》（卫城出版）、《遍体鳞伤长大的孩子，会自己恢复正常吗》（柿子文化），以及“中研院”民族所彭仁郁副研究员《乱伦创伤主体的性别自我认同及能动性》与《家内性侵开不了口的原因》。最后，由衷感谢一路走来陪伴我，忍受我一旦投入书写，就“阴阳怪气得理直气壮”的家人和朋友（若你怀疑自己是否算数，你一定也在里面），以及为此书的尽善尽美而付出努力的镜文学伙伴们。创作是作者躲进洞穴内又一意孤行，而你们始终不忘在外为我点一盏灯。